クリスティー文庫
7

エッジウェア卿の死

アガサ・クリスティー
福島正実訳

Agatha Christie

早川書房

5440

LORD EDGWARE DIES
by
Agatha Christie

Translated by
Masami Fukushima
Published 2021 in Japan by
HAYAKAWA PUBLISHING, INC.
This book is published in Japan by
arrangement with
AGATHA CHRISTIE LIMITED
through TIMO ASSOCIATES, INC.

キャンベル・トンプソン博士夫妻に捧ぐ

目次

エッジウェア卿の死

登場人物

エルキュール・ポアロ……………………私立探偵
ヘイスティングズ…………………………ポアロの友人
ジェーン・ウィルキンスン………………女優
エッジウェア卿……………………………ジェーンの夫
カーロッタ・アダムズ……………………女優
ルシー・アダムズ…………………………カーロッタの妹
ブライアン・マーティン…………………映画俳優
ロナルド・マーシュ………………………エッジウェア卿の甥
ジェラルディン・マーシュ………………エッジウェア卿の先妻の娘
キャロル……………………………………エッジウェア卿の秘書
ジェニー・ドライヴァー…………………カーロッタの友人
ドナルド・ロス……………………………晩餐会にいた男
マートン公爵………………………………若い貴族
マートン公爵夫人…………………………公爵の母
エリス………………………………………ジェーンのメイド
アルトン……………………………………エッジウェア卿の執事
ジャップ……………………………………警部

1　ショー

世の人の記憶ははかないものだ。当時あれほど人々の好奇心をあおり、人々を興奮の坩堝《るつぼ》にたたきこんだ、エッジウェア男爵家第四代、ジョージ・アルフレッド・セント・ヴィンセント・マーシュの殺害事件も、すでに今日では、過去の出来事として忘れ去られようとしている。新しい日々の新しい事件が、いまそれにとって代わってしまった。

この事件に関するかぎり、わが友エルキュール・ポアロの名もついに公表されることなく今日に及んだ。これは、まったく彼自身の意志によるものであった。彼はわが名を出すことを望まなかった。そのため事件解決の名誉は彼のものとはならなかったのである。かつまた、ポアロ一流の考え方からすれば、この事件は彼の失敗のひとつであった。彼を正しい解決に導いてくれたのは、いつに、街路ですれ違った通りすがりの人間の偶然のひと言だ、とポアロは必ずいうのである。

とはいえ、この事件の真相をつきとめたものがポアロの天才的な頭脳であることはいうをまたない。エルキュール・ポアロなくして、はたしてこの犯罪を解き明かし、犯人を射止めることができたかどうか、それはきわめて疑わしい。

こうした事情もあり、もうそろそろ、事件について私の知るかぎりのことを公にすべき時期であると思う。私は事件の内外の詳細を親しく知っている。と同時に、そうすることが、ある非常に魅力的な一女性の心からの願いを実現することにもなる、ということをも一筆書き加えておこう。

あの日——ポアロの、こざっぱりととのった小さな居間で、ひどく細長い絨毯の上を往ったり来たり大股に歩きながら、小柄なわが友人が、この驚くべき事件の梗概《こうがい》を、彼一流の巧みな話術によって語り聴かせてくれたときのことを、私は何度も思いだす。

さて私も、あのときポアロのしたように昨年六月の、とあるロンドンの劇場でのことから話を始めよう。

その頃、カーロッタ・アダムズはロンドン中の人気を一人でさらっていた。その前年カーロッタは二、三のマチネーに出演して大成功を博したが、今年は三週間の契約で出演していた。その晩はいよいよその楽日《らくび》の前夜に当たっていた。

カーロッタ・アダムズはアメリカの女優で、一人で演ずる寸劇をやらせたら、天下一品だった。メーキャップもしなければ背景も使わない。彼女はあらゆる国のことばを流暢に話せるようだった。《ある外国人ホテルの夕べ》と題した寸劇はじつにみごとだった。順々にアメリカ人の旅行者、ドイツ人の旅行者、中流の英国人の家族、あやしげな貴婦人たち、文なしにおちぶれたロシア貴族、それから、ウンザリするほど丁重なホテルのボーイたち——それらの種々雑多な男女の姿が、つぎつぎと観客の眼前に現われるのだった。

深刻なシーンから陽気なシーンへと、またその逆へと彼女の演技はじつに闊達自在だった。病室のベッドで最後の息を引きとろうとするチェコスロヴァキアの女の姿に、胸がいっぱいにさせられる——と、その次の瞬間には、商売熱心な歯医者が、さも愉快げに己《おの》が犠牲者とああでもないこうでもないと話を交わす滑稽なシーンに、息のつまるほど笑いころがされるのだ。

カーロッタのプログラムの最後は、《人物模写》だった。

これはすばらしいみものだった。なんのメーキャップもほどこさぬ彼女の表情が、突然崩れて、たちまち、たとえばある著名な政治家の顔とか、有名な女優とか、あるいは社交界の美人連とかの顔に豹変する。そのそれぞれに彼女は、各々の性格にぴったりの短いスピーチをつけた。余談だが、そのスピーチたるやずば抜けて気がきいており、それが、選ばれた対象の弱点をうまく模倣しているように思われるのだ。

この人物模写の最後の一つに選ばれたのが、当時やはりロンドンで評判をとっていた若いアメリカの女優、ジェーン・ウィルキンスンであった。これがまた抜群の出来ばえだった。カーロッタの声音《こわね》から、ありきたりの調子が消え失せ、その代わりに、ある強力な感情の流れが注入される。彼女の口から出る一語一語が何か力強い、重要な意味を伝えるかのように聞こえてくるのだ。みごとに整って、深みのある、ハスキーな声は、聴く人の心を快い陶酔に誘わずにはおかぬ。その、ひとつひとつ意味ありげながら、控えめな身のこなし、なよやかにゆれる身体の動き、そして、ジェーンの肉体の強烈な美しさすらを――カーロッタはいかに如実に、演じてのけたことだろう!

私は以前からこの美しいジェーン・ウィルキンスンの大の讃美者だった。彼女の、なんともいえぬ情緒的な雰囲気は、私を戦慄させた。私は、彼女の美しさは認めるが、結局女優とはいえないと批判する連中には反対で、あくまでも彼女は堂々たる演技力を身に備えていると考えていた。

ちょっと異様な感じだった――私などドキリとしてとび上がりそうになる、ジェーンのあのよく知られた悩殺的なハスキーな声を耳にしたり、また、ゆっくりと、掌を閉じたりあけたりするしぐさや、不意に頭をぐいと後ろへそらせて、髪の毛を顔から払いのけるジェスチャーなど、ジェーンが、劇的なシーンの終わりに必ずやるしぐさを他人が演じているのをみるのは。

ジェーン・ウィルキンスンは結婚で舞台生活を閉じながら、二年もたたぬうちにふたたび舞台に舞い戻った。女優によくある経歴の持ち主である。

三年前、彼女は富裕な、だが少しエキセントリックな噂のあるエッジウェア卿と結婚した。が、ゴシップの伝えるところによれば結婚後まもなく卿のもとを逃げだしたという。それはともあれ、結婚してから一年六カ月後には、彼女はアメリカにおいてはさまざまな映画に出演し、このロンドンでは、舞台に出て好評を博していた。

カーロッタ・アダムズの人物模写を見ているうちに、私はある種の疑念が湧き上がってくるのを感じた。主題に選ばれた当の人たちに、彼女のじつに器用な、しかしそれだけにどこか悪意のある演技が、果たしてどう受けとられるだろうか？　その評判のよさを、自分の宣伝になるといって喜ぶだろうか？　それとも、結局は自分たちのかけひきのトリックを、こうもまざまざとあばきたてられることを、不愉快に思うのではないか？　カーロッタ・アダムズは、自らを世間の手品師どもの競争相手に見たてて、こういっているのではなかろうか？——「みなさん、古い手なんですよ、これは——じつに単純なトリックなんです。よろしい、どんなふうになっているのか、仕掛けをお目にかけましょう！」

もしかりに私が問題の人物に選ばれていたとしたら、きっと、ひどく当惑してしまうにちがいないと思った。もちろんあからさまに弱ったふうは見せないだろうが、内心穏やかでなくなるにちがいない。ああまで無慈悲な暴露をやられたのでは、よほどユーモアのセンスに富んだ、腹の大きな人間でなければ、とても鑑賞するどころの騒ぎではあるまい。

こうした結論に達した折も折、いま、舞台の上でカーロッタの演じている、ハスキーな笑い声が、私のすぐ後ろの座席から木霊《こだま》のように響いてきた。

私は驚いて振り向いた。するとそこに、私のちょうど真後ろの席に、前かがみに身を倒し、唇をかすかにひらいて笑っていたのは、ほかならぬエッジウェア卿夫人——ジェーン・ウィルキンスンその人であった。

彼女を見た瞬間に、私は、先刻までの自分の考えが当て推量に過ぎなかったことを知った。前かがみになって、唇をほころばせ、嬉々として笑っている彼女の瞳には、興奮と喜悦の色がみなぎっていた。

《人物模写》が終わると、彼女は激しく拍手を送り、なお笑いながら、隣席の連れの男を振り返った。背の高い、ギリシャ彫刻にも見まごう美男であった。私はすぐに、舞台よりも映画で見る顔であることに気づいた。当時最も人気のあった銀幕の大スター、ブライアン・マーティンだった。ジェーン・ウィルキンスンと彼とは、数本の作品に共演していたのだ。

「彼女、すばらしいわね?」エッジウェア卿夫人がいった。

男は笑った。

「ジェーン――すごく興奮してるじゃないか」

「ほんとよ。すばらしすぎるくらいだわ――わたしが思っていたのより、よっぽど大物ね」

私は、ブライアン・マーティンの愉快げな返事を聞きもらした。舞台ではカーロッタ・アダムズが次の即興劇に移っていた。

その後に起こったことは、あとで何度も思ったことだが、じつに奇妙な偶然のめぐり合わせだった。

芝居がはねてから、私はポアロと連れだってサヴォイ・ホテルへ夕食をしにいった。席をとってみると、われわれのすぐ隣りのテーブルに、エッジウェア卿夫人とブライアン・マーティン、それとほかに私の知らない二人の男女が席についていたのだ。私はポアロに彼らの存在を知らせた。と、そうしているうちに、もう一組の男女が、そのもうひとつ先のテーブルに席をとった。女はたしか私のよく知っている顔だった——が、じつに妙なことに、瞬間私は女が誰か思いだせなかった。

それから、ふいに気がついた。ついいままで舞台の上に見ほれていたカーロッタ・アダムズだったのだ！　男のほうは見覚えがなかった。キチンとした身なりで、愉快そうな、いくらかばかげた顔だちの男。私の好きなタイプではなかった。

カーロッタ・アダムズは非常に地味な黒のドレスを着ていた。彼女の容貌もすぐに人の注目をひくようなきわだったものではなかった。いわば、先天的に物真似の技術に適した、きわめて変わりやすい、感覚的な顔のひとつ。他人の性格になら容易に乗り移れるが、それ自身の個性的な性格というものを持っていない顔なのだ。

私はこうした観察をそっとポアロに話してみた。彼は熱心に耳を傾けた。問題の二つのテーブルに、チラリと鋭い視線をくれるとき、彼の卵型の頭が、かすかにピクリと動いた。

「あれがエッジウェア卿夫人ですか……ふむ——ああ、思いだしました。芝居を見たことがありますよ。美人《ベル・ファム》ですね」

「美人にして、かつすぐれたる女優、ですよ」

「でしょうね」

「あやふやなんですね」

「時と場合によると思いますね。彼女がその芝居の中心的存在である場合は――つまり他のすべてが彼女を中心にグルグル回転するような芝居ならば、その役を演じきれる。しかし、なにかわき役を――あるいはいわゆる性格俳優の役を持たせられたら、そいつを演《や》りこなせるかどうか疑わしい。脚本は彼女のために、彼女について、書かれなきゃならないのです。わたしには、自分のことにしか興味のない女というタイプに見えますね」ポアロはちょっと言葉を休めて、意外なことをいい足した。「ああいう女は危険千万な人生をわたるものですよ」

「危険千万な人生ですって？」私は驚いた。

「またあなたを驚かすようないい方をしたらしい。ふむ、そのとおり、危険な人生ですよ。なぜならば、いいですか、この種の女はただひとつのものしか見ない――すなわち、自分だけをです。こうした女は、自分たちを取り巻いてひしめく危険や悪運や――人生の互いに相反する何百万という利害関係の錯綜に思いをいたそうとしない。これっぱかりも、です。彼女たちはただそれぞれの行く手の小径に心を奪われている。それゆえに、――遅かれ早かれ、――災難にぶつかる、ということですよ」

私は興をそそられた。彼一流のそうした見方はこと新しくもなかったけれど。

私は訊いた。

「じゃ、ほかの連中はどうです？」

「ミス・アダムズですかね？」

彼の視線が、さっと彼女のテーブルのあたりをひと掃きした。

「それで？」彼は顔に微笑をたたえた。「彼女について何が聞きたいのですかね？」

「あなたの受けた感じでいいですよ」

「おやおや。今夜のわたしは占い師ですか――手相を読んで性格を当てるというわけですね」

「だってあなたはその道じゃ誰よりも大家じゃないですか」私はいいかえした。

「そう思ってくれるとは光栄の至りですね、ヘイスティングズ。わたしは感動しましたよ。だがねえ、あなた、われわれ人間は一人一人が暗黒の謎、相矛盾する感情と欲望と知能との迷宮だ――そうじゃないですか？　しかり《メ・ウィ》、それが真理なのだ《セ・ヴレ》――とすれば個人がする小さな判断なんか、十中の九ははずれるものと決まっている」

「エルキュール・ポアロ以外は、でしょ」私は笑いながらいった。

「エルキュール・ポアロだってそうですよ、さ。あなたはいつも、わたしが自惚れ屋だと思っているようですがね、正直のところ、わたしはきわめて謙虚な人間なんですよ」

　私は吹きだした。

「あなたが——謙虚ですって？」

「そのとおり。ただひとつ——この口髭が、いささか自慢なのをのぞけばね。ロンドン中を探したって、これに比肩するのにはお目にかからないでしょう」

「おっしゃるとおりですよ、ポアロ」私はウンザリして、「あなたのは誰にも負けない。で、あなたは、あえてカーロッタ・アダムズの印象を口外することはしないつもりなんですね？」

「彼女は芸術家です」ポアロはあっさりいってのけた。「それで、彼女を語りつくしたも同然でしょう？」

「彼女は危険な人生をわたるほうじゃない、ってことだね？」

「われわれはすべて危険な人生をわたっているんですよ、あなた」ポアロはことさら荘重な声音をつくっていった。「不幸はいつでもわれわれに跳びつこうと機会をねらっているのです——が、あなたの質問に答えるとすれば、ミス・アダムズは成功すると思いますね。彼女は頭が良いんだし、それ以上のものを持っている。見てのとおり、ユダヤ人だし」

私はまだ気づいていなかったが、言われてみると、彼女にはかすかにユダヤ系の血が認められた。ポアロは頷いた。

「その血が彼女に成功をもたらすのです。ああ、もちろん、危険をもたらすおそれが、ないではないですね——」

「というと?」

「金銭欲ですよ。金銭欲は、ともすると、彼女みたいな慎重型の人間をも、正道から逸らすことがある」

「そりゃ、ぼくたち全部にいえることでしょう」

「ごもっとも。だが、少なくとも、あなたやわたしの場合はその危険に巻きこまれることを怖れています。少なくとも現在のあなたやわたしは、その危険の重みを測ってみることができます。ところが、人は金に対する欲望が過剰になったが最後、金しか見えなくなる。金以外のものはみなその陰に隠れてしまう」

私はポアロのまじめくさった大仰さに笑いだした。

「ジプシーの女王エスメラルダにそのよき例が見出される、ってわけですね」私は半畳を入れた。

「性格に関する心理学は非常に興味深いものです」ポアロはビクともしないで言葉を返

した。「心理学への興味なしに犯罪に興味を持つことはできません。犯罪というのは、単なる殺しの行為じゃないんです。犯罪の背後に専門家にしか見えないものが隠されているんです、――おわかりですか、ヘイスティングズ？」

私は完全に理解できると答えた。

「あなたと一緒に事件に当たっているとき、いつも感ずることなんですが、あなたはしきりとわたしに、考えるよりは行動しろといってせっつきますね、ヘイスティングズ。足跡を測り、煙草の灰を分析し、四つんばいになってこまごまとしたことを探らせたがる。安楽椅子によりかかり、眼を閉じて静かに思索するという方法を、あなたはどうも理解してくれようとしない。しかし、そのほうがよっぽど事件の解明に近づけるのですよ。心の眼で見るのです」

「ぼくには近づけないですね。安楽椅子によりかかって眼を閉じると、あとに何が起こるかは明々白々、ただひとつです」

「そうらしいねえ」ポアロはいった。「奇怪なことです。そういうときには、頭脳は凄まじい勢いで活動しはじめるものですがねえ。居眠りなんか始めるどころじゃなくね。精神活動――これは、じつに興味深い、じつに刺激的なものです。小さな灰色の脳細胞を活動させることは大きな精神的快楽ですね。これだけが、謎の濃霧を通して、真実にわれわれを導いてくれる、唯一の案内役ですよ」

私はポアロが例の小さな灰色の脳細胞の話をしはじめると注意をそらす癖がついてしまったらしい。耳にたこのできるほど聞かされてきたせいかもしれない。この場合にも、私の視線は隣りのテーブルについている四人の男女の上をさまよっていた。ポアロのモノローグが一段落したとき、私は思わずクスリと忍び笑いしながら彼の耳にささやいた。

「あなたはどうやら金的を射当てたらしいですね、ポアロ。ほら、美しきエッジウェア卿夫人が先刻からあなたのほうばかり見ている」

「わたしの人相を誰かから聞いてきたのでしょう」ポアロはなんとかつつましやかに見せようと苦心するようだったが、私の目から見ればまるで失敗だった。

「あなたの高名なる口髭のせいですよ。彼女はそいつの美しさにすっかりまいっちまったんだ」

ポアロは妙な手つきで口髭を軽くなでた。

「わたしのはちょっと類がないのですよ」ポアロは臆面もなく真《ま》にうけて、「あなたたちは〝歯ブラシ〟などと悪口をいいますがね、あなたたちのは――思っただけでゾッとしますな――まさに残虐行為ですね――自然の豊かさの悪しき改竄《かいざん》ですよ。そいつだけはやめてください、ね、あなた、頼むから」

「やあ、こいつは！」私はポアロの懇願には一顧だに与えず、「あの女《ひと》は立ち上がるところだ——ぼくたちのところへ来ますよ、まちがいなく。ブライアン・マーティンが何かいって止めているが、耳をかそうともしない」

案の定、ジェーン・ウィルキンスンは猛烈な勢いで席から離れると、まっすぐわれわれのテーブルへやってきた。ポアロは立ち上がってうやうやしく頭を下げた。私も椅子から立ち上がった。

「ムッシュー・エルキュール・ポアロではございません？」柔らかな、ハスキーな声がいった。

「おおせのとおりです」

「ムッシュー・ポアロ、わたし、あなたにお話ししたいことがございますの。ぜひ、お話ししなければならないことですの」

「うかがわせていただきましょう、マダム。お座りくださいませんか」

「いいえ、いいえ、ここではだめです。内密にお話ししたいのです。階上《うえ》のわたしの部屋へまいりましょう」

このときには、ブライアン・マーティンが彼女のそばに来ていた。説き伏せるような調子に苦笑をまじえながら、彼がいった。

「ちょっと待たなきゃ、ジェーン。食事の途中じゃないか。ムッシュー・ポアロだってそうだ」

しかし、ジェーン・ウィルキンスンはそう簡単に意志をまげなかった。

「あら、ブライアン、それがなんなのよ。お食事はわたしの部屋ですればいいじゃないの。あなた、すみませんけど、あの人たちにそういってくださらない？　ああ、それから、ブライアン……」

彼女は、踵を返してテーブルへ行きかけた男を追いかけていって、なお二、三のことを熱心に説きつけはじめた。彼はどうやら彼女の言葉に反対している様子で、首を振り、眉をひそめてみせた。だが彼女のほうではなおいっそう言葉を強めて相手を説き伏せようとする――ついに、男は肩をすくめて、女に折れた。

ブライアンに対する話のあいだ、一、二度、彼女はカーロッタ・アダムズの座っているテーブルにチラと視線を走らせた。彼女の話は、なにかあのアメリカ人の娘に関係があるのだろうか、と私は思った。

勝ち誇って、ジェーンは得意満面でわれわれのテーブルへ戻ってきた。

「さあ、階上《うえ》へまいりましょう」という彼女のまばゆいばかりの微笑に私はすっかり眩惑されてしまった。

彼女の計画に、われわれが賛成するかどうかという疑問すら、彼女には考え浮かばないらしかった。彼女は一片の弁明すらなしにわれわれを彼女の思いどおりに動かしてしまったのだ。

「今夜あなたにお目にかかれたのは本当にすばらしい幸運でしたわ、ムッシュー・ポアロ」エレヴェーターのほうへわれわれを導きながら彼女はいった。「何もかもわたしの思いどおりになっていくようで、嬉しくてしようがありませんわ。ちょうどわたし、一体どうしたらよいのかと悩んでいたところでしたの。そうしてふと見まわしたら、ここに、すぐお隣りのテーブルにあなたがいらしたのですもの——それでわたし、すぐ心のなかで考えましたのよ、〝そうだわ、ムッシュー・ポアロならわたしにどうしたらいいのかを教えてくださるわ！〟とね」

不意に言葉を切って、「三階よ」とエレヴェーター・ボーイにいいつけた。

「わたしにできますことなら——」ポアロが口を切った。

「もちろんあなたならおできになりますとも。あなたがいまだかつてないすばらしいお方だというお噂は、かねがねうかがっておりました。わたし、誰かに、いまの苦境から救ってもらわなければなりませんの。それで、あなたこそその人だと、思ったのですわ」

三階に着くと、彼女は廊下を案内して進んだ。とある部屋のドアの前で立ち止まり、中へ入ったが、それは、サヴォイ・ホテルでも最も豪奢な部屋のひとつだった。白い毛皮のショールを椅子のひとつに投げ、宝石をちりばめた小さなバッグをテーブルの上に置くと、女優は椅子にゆったりと身を沈めて、叫ぶようにいった。

「ムッシュー・ポアロ――わたし、なんとかして、夫と手を切りたいのです」

2 夕食会

一瞬の驚きの後、ポアロは気を取り直した。

「しかしマダム」と眼をキラキラさせながら、「離婚問題はわたしの専門ではございませんが」

「ええ、もちろん、そのことは知っております」

「あなたの必要とされるのは弁護士ですな」

「ですからあなたにわかっていただかなければなりませんのよ。わたし、弁護士にはもうホトホトあいそがつきてしまいました。正規の弁護士だけじゃなく、モグリの弁護士も使ってみましたわ。でも、彼らの一人として役に立ちませんでした。弁護士なんか、法律しか知らないんですわ——良識なんて、薬にしたくてもないのですから」

「で、わたしなら持っているとお考えになった？」

彼女は笑いだした。

「あなたは〝猫のお髭さん〟（〝すばらしい方！〟という意味の古風ないい方）だというお噂ですわ、ムッシュー・ポアロ」

「なんですと《コマン》？　〝猫の髭〟？　わたしにはよくのみこめませんが？」

「ええ。あなたがそれなんですわ」

「マダム。わたしが頭脳《あたま》を持っておるとおらぬとにかかわらず、です——実際のところ、わたしは頭脳《あたま》を持っていると自負しておりますがね——しかし、あなたのその小さな問題はいずれにせよわたしの扱うべき筋合いのものではないようです」

「なぜ扱えないのです？　ともあれ問題にはちがいありますまい？」

「はあ、ごもっともです」

「しかも、困難な問題です」ジェーン・ウィルキンスンはつづけた。「あなたもムッシュー・ポアロなら、困難に出会ってしりごみするお人でもございますまい？」

「ご賢察恐れ入ります、マダム。さりながら、ですな。結論は同じことです。わたしは離婚問題を手がけようとは思いません。わたしの得手ではありませんので、この仕事《ス・メチエ》は《・ラ》」

「ああ、あなた。わたしはなにもあなたに探偵をしてくれとお願いしているのではございませんのよ。そんなことは、してもなんの役にも立ちません。でも、わたしは、なんとかしてあの男の手からのがれたいのです。ですからわたし、あなたなら、なにかよい方法を教えていただけるものと思ったのですわ」

ポアロは、答えようとして、ちょっと間を置いた。次にいいだしたとき、彼の声には、それまでと違った新しい調子があった。

「まずこれをお教え願いたい。――マダム、なぜあなたはエッジウェア卿と〝手を切りたい〟といわれるのです？」

彼女はなんのためらいもなく答えた。その問いを、待ち設けてでもいたような間髪を入れぬ言葉だった。

「あら、いうまでもないことですわ。再婚したいからです。だって、ほかに理由がありますかしら？」

大きな碧い眼が、率直に彼を見つめていた。

「しかし、それなら離婚は比較的簡単ではありませんか」

「わたしの夫を知らないからそうおっしゃられるのです。ムッシュー・ポアロ。彼は――彼は――」といいかけて彼女は身震いした。「なんと説明していいのか――変わった男なのです――ほかの人とは違うのですわ」

ひと息ついて、それからつづけた。

「彼みたいな男は、結婚すべきじゃなかったんだわ――誰とでもよ。わたし――自分が何をしゃべっているのかよくわかっていますのよ。ただ、彼をなんといって説明していいのかわからないのです。とにかく、変わった人間なのですから。前の女《ひと》だって、ご存じのように、生まれて三月の乳飲み児を置いて逃げてしまったわ。それでも彼は決して離婚しようとしなかったので、彼女は外国のどこかで惨めな死に方をしたのよ。それから、わたしと結婚したのだけれど――わたし、どうしても耐えられなかったんです。怖かったんですわ。その後、わたしは彼と別居して、アメリカへ行きました。わたしには、これというはっきりした離婚の理由がないのです。でも、そんなものがあったにしたところで、夫は一顧もくれようとはしないでしょう。夫は――エキセントリックなのですわ」

「アメリカのどこかの州で離婚訴訟を起こしてごらんになったらいかがです、州によっては比較的容易に離婚できますよ」

「でも、わたしの役には立ちません――わたしは今後イングランドに住むつもりですから」

「イングランドに住むおつもりですと？」

「はい」

「そして、ご結婚のお相手は？」

「そのことですわ——マートン公爵です」

私は思わず息をのんだ。マートン公爵といえば、社交界の仲人好きの婆さんたちも匙《さじ》を投げている人物であった。年の若いのに、坊主臭い性質で、徹底したアングロ・カトリックの信奉者である。そして噂によれば彼は母親の公爵未亡人のいうがままに動かされていた。彼の生活は極端に厳格一方だった。中国陶器を蒐集しており、その方面では一家言をなすという評判であった。そういったふうで、女のことなど眼中にないものと考えられていたのである。

「わたし、本当に彼に夢中ですの」ジェーンは甘ったるい口調でいった。「わたしのいままで見てきたどの男性とも違います。それに、マートン城のすばらしいこと。すべてが、もう、なんともいえないほどロマンチックですの。彼も、とても様子のよい人ですわ——瞑想的なお坊さんのような……」

彼女は一息ついた。

「彼と結婚したら、もう舞台からはすっかり離れるつもりですわ。なんの未練もなくなると思います」

「ところで」ポアロはさりげなく、「エッジウェア卿はあなたのそのロマンチックなお話のさまたげになっているわけですな？」

「ええ。そのことを考えますと、心も、千々に乱れます」彼女はものおもわしげに椅子にもたれかかった。「もちろん、わたしたちがシカゴにでもいるのなら、あの嫌らしい夫をあの世へ送ってしまうことも造作のないことですわ、でも、ここでは、ギャングに頼みにいくこともなりませんし」

「さよう」とポアロはうっすら微笑をたたえながら、「ここでは、誰でも生きる権利を持っているように思われますな」

「それはどうか存じませんが、ある種の政治家の二、三人はいなくなったほうがよほどうまくいくのではございません？　エッジウェアのことでも、たとえあの人が殺されても、わたしは少しも損失だとは思えませんわ――むしろ、その逆ですわ」

ドアにノックの音がしてウェイターが夕食の皿を運んできた。ジェーン・ウィルキンスンはかまわずに言葉をつづけた。ウェイターの存在など眼にも入らないらしかった。

「とは申せ、わたし、なにもあなたに彼を殺してくださいとお願いしているわけではございませんのよ、ムッシュー・ポアロ」

「恐れ入ります《メルシ》、マダム」

「わたし、あなたならば、夫に談判するにも、なにか上手な手があるだろうと考えましたの。夫が、離婚に同意するように話してみてください。あなたならばおできになりますわ」

「マダムはわたしの説得力を過大評価していらっしゃる」

「いいえ！　それはちがいますわ。あなたにはきっとなにかよい策がお浮かびになるはずです」彼女はふと身体を乗りだした。碧い大きな瞳がふたたびいっそう大きく見開かれた。「わたしの幸福を願ってくださるでしょう、ムッシュー・ポアロ」

　ジェーンの声は柔らかく、低く、たとえようもなく人を魅了するようであった。

「わたしはすべての人々に幸福を願います」ポアロは慎重ないい方をした。

「それはそうでしょうけれど——でも、わたしはほかの人のことなど考えませんわ。わたしはわたしのことだけを考えているのです」

「つねにそのようにお見受けしますな、マダム」彼は笑みを浮かべた。

「とおっしゃるのは、わたしが利己的だということ？」

「めっそうもない、そんなことは申し上げません、マダム」

「そうなんですわ。わたしは利己的な女です。でも、わたしは、不幸が大嫌いなのです。わたしの演技にさえ影響してくるのです。それなのに、わたしはいま、これまでにもないほど不幸になろうとしているのですわ——夫が離婚に同意するか——さもなければ、死にでもしないかぎり」彼女は真顔でつづけた。「そうですわ。死んでくれたら、結局いちばんいいのです。そうすれば、もう、なんの憂いもなく彼から自由になれるのですから」

彼女は同情を求めるようにポアロを見やった。

「わたしのお願い、聴き入れてくださるでしょうね。ムッシュー・ポアロ?」彼女はつと立ち上がると、白のショールを拾い上げて、彼の顔を、訴えるように見おろした。そのとき、外の廊下に、ガヤガヤと人の声が聞こえた。ドアがきしんだ。「もし聴き入れてくださらなければ――」ジェーンはつづけた。

「もし聴き入れなければ、マダム?」

彼女は笑いだした。

「タクシーを呼びにやって、夫のところへまっすぐに飛んでいって、わたしの手で彼をあの世へ送ってやりますわ」

笑いつづけながら、彼女は隣室に通ずるドアをくぐって消えた。ちょうどそれと入れ替わりにブライアン・マーティンをはじめ、あのアメリカ娘カーロッタ・アダムズ、その連れの男、および先刻ジェーンたちと一緒のテーブルに座っていた二人の男女が、連れだって入ってきた。その二人の男女はあとでウィドバーン夫妻といってわれわれに紹介された。

「先ほどは」ブライアンがいった。「ジェーンはどこです？　おおせのとおりにいたしましたと話してやらなきゃ」

ジェーンが寝室の戸口のところに現われた。片手に口紅を持っていた。

「彼女を連れてきた？　それはすてきだわ！　ああ、ミス・アダムズ、わたし、あなたの演技にはすっかり感心しましたわ。ぜひ、あなたとお知り合いになりたいと思いましたの。ここへいらして、わたしが顔をなおすあいだ、お話ししてくださらない？　ほんとうに、怖いくらいよく似ていましたわ」

カーロッタ・アダムズは招きに応じて彼女の後に従った。ブライアン・マーティンは椅子のひとつにドシンと腰をおろした。

「ムッシュー・ポアロ――あなたもやっぱりつかまりましたね。わがジェーンはあなたを説き伏せましたか？　彼女の味方になってくれるように。無理はありません。遅かれ早かれ、彼女のいうとおりにならざるを得ないのですからね。彼女は〝ノー〟って言葉を知らないんですよ」

「おそらく、まだ〝ノー〟に出会ったことがないのでしょう」

「とてもおもしろい性格ですよ、ジェーンは」ブライアン・マーティンは椅子の背に寄りかかって煙草の煙を天井めがけてプーと吐きだした。「タブーということが彼女には意味をなさないのですね。いかなるものにせよモラルなんてない。ああ、しかし、彼女が不道徳だという意味ではありませんよ——実際、彼女は不道徳なんかじゃない。超道徳、というのかな——とにかく、世の中で彼女の関心を持つ事柄はただひとつしかない。ジェーンの望むこと、ただそれだけです」

彼は笑った。

「その必要があれば、彼女は陽気に笑いながらでも人を殺しますよ。そして、警察が彼女を捕まえてその罪で死刑にするといったら、彼女はきっと腹をたてますよ。どだい人を殺せば罪になるということがわからないんですからね。彼女にはそういった思慮分別がこれっぱかりもない。彼女の考える殺人といえば、タクシーにとび乗って、自分の名前を大書したのぼりかなにかひるがえしながらその人間のところへ飛んでいって、射殺する——といった具合でしょうよ」

「どうしてそんなふうに考えるのです？」ポアロは呟くようにいった。

「え？」

「あなたは彼女をよく知っていらっしゃるのでしょう、ムッシュー？」

「知ってると思いますがね」

彼はふたたび声を立てて笑った。が今度は、その笑いの異様な苦々しさが、妙に私の印象に残った。

「どう思います?」彼はほかの客を振り返って訊いた。

「そうよ、ジェーンはエゴイストだわ」ウィドバーン夫人が賛成した。「でも、女優というものはそうでなきゃならないのよ。つまり、もし俳優としての個性を生かそうと思えばね」

ポアロは何もいわなかった。彼の視線はブライアン・マーティンの顔に止まってしばらくそこから離れなかった。彼の眼には奇妙に探索的な光が宿っていた。それが、私にはなんの意味なのかさっぱりわからなかった。

このとき、隣室から、ジェーンが姿をあらわした。カーロッタ・アダムズがすぐ後ろについていた。ジェーンは〝顔をなおして〟きたのだ。彼女のいう意味がどんなことなのか、いずれにしろジェーンひとりの満足がいけばよいのだろう——が少なくとも私の見たところでは〝顔をなおす〟以前とちっとも変わらない同じ美しい顔だった。変えようにも変えようのない顔であった。

これにつづいた夕食会はきわめて愉快なものだった。だが、ときおり私は何か私には理解できぬ暗流が流れているような、落ち着かない感じに襲われた。

ジェーン・ウィルキンスンについては、もう何もかもわかっている。彼女は見たとおりの女である。一度にひとつのことしか考えられない普通の若い女だ。ポアロとの会見を望み、反対を押し切って、なんなくそれを実現してのけたのだ。いまや、彼女はたいへんな上機嫌であった。カーロッタをこの夕食会に招いたのはほんの気紛れなのだ。彼女は、子供のように、自分の巧妙な模造品を見て有頂天になってしまったのだ。

私の嗅ぎつけた暗流はジェーンに無関係だ――と私は思った。それなら、この陰にこもった流れはどの方角から流れてくるのだろう？

私は首を回《めぐ》らせて客の一人一人に気をつけてみた。ブライアン・マーティンか？ 彼の振る舞いはたしかにどことなく不自然だ。だがこれは、映画スターにありがちの性質にすぎないのではないか。私は自問自答した。虚栄心の強い男の、誇張された自意識。いつも、ある役割を演ずる習慣が身にそまってしまって、簡単にそれを脱ぎ棄てるわけにいかないのだ。

それにひきかえ、カーロッタ・アダムズの態度はきわめて自然だった。彼女はもの静かな落ち着いた娘で、低いが明るい声の持ち主だった。それとなく注意しているうちに、私は間近で彼女を観察する機会を得た。彼女はたしかに魅力を持っていた。だがそれは、なにかしら、ネガティヴなものだった。少しも人の神経にさわるような、ないしは甲高い調子のない魅力。彼女は、いわば穏やかな同意の声を思わせた。彼女の姿かたちもネガティヴだった。柔らかな漆黒の髪、無色かと思うほど色のうすいブルーの瞳、色白の顔、そして、変わりやすく、感じやすい口もと。会えば、好きになる顔だが、またほかのときにちがう服を着た彼女に出会ったら、すぐには思い出しにくいのではあるまいか。

彼女はジェーンの優しい態度やお世辞たっぷりな言葉に内心嬉しそうな様子だった。誰だってそうだろう、と私が考えたちょうどそのときである。ほんの小さな出来事が、私の性急な意見を変えさせることになった。

カーロッタ・アダムズはテーブルごしにジェーンの顔を凝視していた。ジェーンはポアロのほうに振り向いてなにか話しかけるところであった。彼女の眼は、傍目《はため》にはおかしいほどしげしげとジェーンの顔に注がれていた――それは、装われぬ生地のままの彼女であった。同時に私は、瞬間、その色のうすいブルーの二つの瞳のなかに、歴然たる敵意の光を見て愕然とした。

妄想だったのかもしれない。いや、それより、職業的な嫉妬と考えるほうが当たっているだろう。ジェーンは完全に名声を確立してしまったいまをときめく大女優である。一方カーロッタは、ようやく女優への階段を昇りはじめたばかりの駆け出しだ。

私は夕食会のほかの三人を見まわした。ウィドバーン夫妻はどうだろう？　夫のほうはのっぽで顔色の悪い男だ。細君はよく肥ったブロンドで、とめどもなくしゃべる女。裕福な夫婦とも、こと芝居に関することならつきることを知らぬ情熱を持っているようで、芝居以外の話には洟《はな》もひっかけぬという有様だった。イギリスを最近留守にしていた私が、あまり芝居に詳しくないと知ると、夫人のほうなど、ついに私にその広い背中を向けて、私の存在も忘れてしまった。

さて最後の一人は、カーロッタの連れの、陽気な丸顔の色の黒い若い男である。私は彼を見た瞬間から、この男が見た目ほどおとなしい男ではないのではないかと疑っていた。シャンパンを飲み進むにつれて、この私の印象はますますはっきりしてきた。

彼は複雑な劣等感に悩まされているように見えた。夕食会の半ば頃まで彼は重苦しく沈黙を守ってきた。ところが後半にかかる頃から、まるで昔からの友だちにでも対するような親しげな態度で、私に胸襟を打ち明けようとするのだ。

「ぼくのいいたいのはね、ちがうってことだ。とんでもない、いいかきみ、そんなんじゃないんだぞ」とこんな調子でしゃべりまくるのだ。

訳のわからない雑音は省略することにしよう。

「いいかね、——なんだっけ——そうだ、女の子の話だ——女の子にちょっかいを出そうとして、だよ、一生懸命駆けずりまわったあげく、何もかもブチこわしさ。まるでぼくが彼女にひと言もいわなかったみたいにだ――ぼくはあんなことをするつもりじゃなかったとね。彼女はそんな女じゃない、ピルグリム・ファーザーズだ――メイフラワー号だ――とにかくそんな具合に真剣だったんだ――ちくしょう――彼女はまともだったんだ――ぼくのいうのは――ええと――ぼくは何をいってたっけな？」

「運が悪かったという話だよ」私はなだめるようにいった。

「ああ、そんなもの、くそくらえだ、ちくしょう、ぼくは今夜の会にだって洋服屋に借金してこなきゃならなかった。じつにありがたい男だよ、ぼくの洋服屋は。もう何年も金を借りっぱなしだが、ぼくたちのあいだには、一種の証文が作ってあるんだ。証文以上のものはないからな、きみ、え？　きみとぼく、ぼくときみ――ところで一体きみは誰だったかな？」

「ぼくはヘイスティングズ」

「よせやいヘイスティングズなんて。よしわかった。きみはスペンサー・ジョーンズだ。わが親愛なるスペンサー・ジョーンズ。ぼくは彼にイートン校とハーロー校で会って、五ポンド借りた。――つまりぼくのいうのは、世の中には恐ろしくよく似た顔のやつがいるもんだってことさ。いいか、もしぼくたちが中国人だった日には、誰が誰だかさっぱりわからなくなるところだ」

彼は悲しげに首を振った。それから、突然陽気になって、さらに何杯かシャンパンを飲みほした。

「とにかく、ぼくはただの貧乏人じゃないんだ」

この考えが気に入ったのか、次第に彼は楽観的な性質のしるしをチラホラさせはじめた。

「な、明るい面を見ようじゃないか」彼は懇願の調子になる。「つまり、明るい面を見るってこと。いいか、そのうち——そのうちにだぜ——そうだな、七十五ぐらいになったらだ——ぼくはすごい金持ちになる。ぼくの伯父が死んだらだ。そうすれば、洋服屋にも借金が払えるんだ」

彼はじっと座って、そのときのことを想像するのか、明るい微笑を浮かべた。

そんなとき、この若者には、奇妙に好ましい何かがほの見えるのだ。丸顔に、ばかげた小さな黒い口髭を生やしている。それが、砂漠の真ん中で孤立しているようなひょうきんな印象を人に与えた。

カーロッタ・アダムズはほかの人々と話しながらも絶えず彼の振る舞いを監視していた。この彼の様子に視線を走らすと、彼女はつと座を立って、もう失礼するといいだした。

「勝手なお願いを聴き入れて来てくださって、ほんとうにありがとうございました」ジェーンがいった。「わたし、その場でヒョイと思いついたことをしてみるのがとても好きなの、あなたはどう？」

「さあ、あまり好きではありません」と、ミス・アダムズはいった。「わたしはなんでも実行に移す前に必ずよくよく考えて計画を立ててみますわ。そのほうが——少なくとも不安がありませんもの」

かすかながら、不愉快そうな気分が、ふと彼女の態度から感じられた。

「まあ。とにかく、あなたの成果がものをいうわね」ジェーンは優雅に笑って、「今夜のあなたのショーほど楽しい思いをしたことはちょっとなかったわ」

カーロッタの表情が気をよくしたようにほぐれた。

「いいえ、こちらこそ、今夜はありがとうございました。そうおっしゃっていただくと光栄です。励ましていただいて。わたしたちには激励がとても大事なのです」

「さあ、カーロッタ」横あいから例の黒い口髭の若者が口をだした。「握手して、ジェーン伯母さんに今夜のお招きのお礼をいって、早く来るんだ」

彼がよろめきもせず、ドアまでまっすぐに歩いていけたのは精神力の生んだ奇蹟に類する。カーロッタも彼のあとについてあっというまに姿を消した。

「まあま、いつのまにかフラリと入ってきたかと思えばわたしのことをジェーン伯母さんだなんて呼んで、あれはなんなの？　あの男、いままで、気がつきもしなかったわ」

「あんな男に気をまわすことはありませんよ。あなた」ウィドバーン夫人が答えた。

「O・U・D・S（オックスフォード大学演劇協会）の頃は、いちばん目立って、将来のある青年だと思われていたのにねえ！　いまの姿を見たんじゃ、とてもそんなこと考えられないでしょう？　若いうち天才のなんのといわれたものが、成長してみたらデクの坊だなんていやねえ。さあ、もうわたしたちもおいとましなきゃ――」

ウィドバーン夫妻が立ち去り、ブライアン・マーティンも一緒に出ていってしまった。

「さて、ムッシュー・ポアロ、いかが？」

ポアロは彼女の顔を見返してニコリとした。

「どういたしたものですかな、エッジウェア卿夫人」

「ああ、お願いだから、その名前はおっしゃらないでくださいな。忘れようとしているのですから――噂のとおり、ヨーロッパ一の冷酷なお方ですのねえ」

「これはめっそうもないことを。わたしは冷酷な男ではありません」

ポアロめ、すこしシャンパンを飲みすぎたな、と私は思った。少なくとも最後の一杯だけ多すぎた。

「それでは夫に会いにいってくださいますか？　そして、わたしの希望どおりのことを彼に説きつけてくださる？」

「お目にかかりにまいりましょう」ポアロはそれでもなかなか慎重だ。

「で、もし夫が拒絶したら——必ずするに決まってます——そうしたら、なにか良い案を考えてくださいますね？　あなたはイギリス一の知恵者という評判ですものね、ムッシュー・ポアロ」

「これはしたり、マダム。冷酷なほうでは、ヨーロッパ一とおっしゃられたのに、知恵のほうではイギリス一とおっしゃる？」

「このことをやり遂げてくださるなら、世界一とでもいいますわ」

ポアロは手をあげて相手の言葉を打ち消すしぐさをした。

「マダム。何もお約束はいたしますまい。心理学的興味から、わたしはご主人と会談いたすよう努力してみましょう」

「お好きなだけ精神分析でもなんでもしてくださいな。少しはあの人にきくかもしれません。でも、わたしのお願いしたこと、なんとしてでも実現させていただかなければ……わたし、今度のロマンスだけは、ぜがひでも成就したいのです、ね、ムッシュー・ポアロ」

彼女は夢みる人のようにうっとりと、「想像してもごらんなさいな、実現したときのセンセーションを――」

3 金歯の男

それから二、三日たったある朝のことである。朝食の席で、ポアロが封を切ったばかりの一通の手紙をポイとテーブルごしに私に投げてよこした。

「ねえ、あなた《モナミ》、どう思いますか、それを」

それはエッジウェア卿からの手紙であった。堅い、格式ばった文句で、その翌日十一時の会見を約束してあった。

正直のところ、私はひどく驚いたことを告白せねばならない。私はあの夕食会の席上でのポアロの言葉を、ほろ酔い機嫌の気紛れぐらいにしか取っていなかった。まさか、彼が約束を守ってなにか始めるとは考えていなかったのである。

敏感なポアロはたちまち私の心中を読んでしまった。彼の瞳がキラリと光った。

「そうですよ。ヘイスティングズ。シャンパンのせいだけじゃなかったんです」

「なにもそんなこと思ってもいませんよ」

「そうですとも――そうですとも、あなたは心のなかで思ったのですよ、〝ポアロ老いたり、夕食会の雰囲気に巻きこまれて、する気もないことを約束しているぞ――果たす気もない約束を〟とね。だがヘイスティングズ、エルキュール・ポアロの約束は神聖なんです」

最後のせりふをいうとき、ポアロは大仰なふうに姿勢を正してみせた。

「わかった、わかった、そのとおりですよ」私は慌てていった。「しかし、それにしても、少しは――なんといったものかな――影響されたでしょう？」

「わたしには自分の判断を人の〝影響〟で左右させるような習慣はありませんよ、ヘイスティングズ。最高最良のシャンパンといえども、世にも麗わしき金髪の美姫ありといえどもね――なにものもエルキュール・ポアロの意志判断に影響を与うることなし。そうじゃないのですよ、あなた《モナミ》。わたしはただ興味をそそられただけですよ」

「ジェーン・ウィルキンスンの恋愛問題にですか？」

「さにあらず。彼女の――あなたのいう恋愛問題なるものは、きわめて月並みな一件です。ありふれた美人の立身出世の一段階にすぎない。マートン公爵が爵位もなく金持ちでもないとしたら、瞑想的な僧に似たロマンチックな男なんてものは、彼女にはなんの興味もなくなってしまうから。いや、ヘイスティングズ、わたしの胸に秘めているのは、この事件の心理学的なおもしろさ——一人の人格内における異なった部分の相互作用ですね。わたしはエッジウェア卿を親しく研究する機会を得ることを望んだんです」

「じゃ、夫人の依頼の件に成功するなんて気はないんですな？」

「なぜない《ブルコワ・パ》？　なんぴとといえども必ず弱点はあります。なんですね、ヘイスティングズ、わたしが心理学上の観点からこの件に臨むといったからって、托された依頼にベストをつくさないなんて考えてはもらいたくないですね。エルキュール・ポアロは、機会あるごとにわが技をみがくことが楽しみなんです」

　話がまた例の小さな灰色の脳細胞のほうへ流れていくのではないかと怖れていたので、私はほっとした。

「すると明日十一時に、ぼくたちはリージェント・ゲートに行くわけですね」

「ぼくたちかね？」ポアロの眉が冷やかし気味にヒョイとあがった。

「ポアロ！」私は叫んだ。「まさか、ぼくを置いていくつもりじゃないでしょうね。ぼくはいつでもあなたと一緒じゃないですか」

「犯罪の場合ならね。——不可思議なる毒殺事件、暗殺——やれやれ——こんな、あなたの喜びそうな事件ならね。しかし今度のはただの民事事件ですよ」

「とやかくいわないでください」私は断固としていった。「とにかくぼくはついていきますからね」

ポアロはおもむろに笑った。そのとき、お客様が来ておられますとメイドが通じた。入ってきた男を見て驚いた。客はブライアン・マーティンであった。昼間の光で見る俳優は老けてみえた。彼の美貌はまだ衰えを見せてはいなかった。が、どことなく、その美しい顔には荒《すさ》んだ陰翳があった。隠しているが、なにか薬の中毒にかかっているな、ととっさに私の心に閃いた。彼の落ち着かない神経質な様子には、その可能性を暗示させるものがある。

「おはようございます、ムッシュー・ポアロ」彼は元気のよい調子できりだした。「あなたも、ヘイスティングズ大尉も、ずいぶんけっこうな時間に朝食をとられるのですね。ところで、いまお仕事のほうはご多忙でしょうか？」

ポアロは彼に愛想のよい笑顔を向けた。

「いや。いまのところ、べつにこれという事件を手がけてはおりません」

「そんなことを」ブライアンは笑って、「ロンドン警視庁《スコットランド・ヤード》から招請されているのじゃありませんか？　国家的な機密の問題にたずさわっているのではありませんか？」

「小説と現実を混同しておられるようですな」とポアロも笑顔を返しながら、「事実、現在のところは完全にひまですよ。――もっとも、ありがたいことに、失業《ディユー・メルシ》はしておりませんがね」

「それじゃ、ぼくは運がよかったな」ブライアンはそういってもう一度笑い声を立てると、「ぼくの問題を引き受けてくださいますね」

ポアロはじろじろと相手を見すえた。

「あなたは事件を持ってこられたのかな？」

「ええ、まあ、事件といえば事件みたいな、そうでないような——」

今度は、はっきりと神経質な笑い方になった。なおもじっと相手に注目しながら、ポアロは椅子をすすめた。ブライアンは椅子に腰をおろした。私はポアロのそばに位置を占め、われわれは彼と正面を向き合った。

「それではお話を聞かせてもらいましょう」ポアロがいった。

ブライアン・マーティンは、それでもなおちょっと、どう話を切りだしたものかと迷う様子だった。

「どうも、その、わかっていただけるように、うまくお話しできそうもないのです」彼はためらった。「説明しにくいのです。事の起こりは、アメリカにいた時分のことなのです」

「アメリカでね。それで？」

「最初、ほんの些細なことに、偶然気がついたのです。そのとき、ぼくは旅行中で、列車に乗っていました。列車のなかで、ふと一人の男を見かけたのです――背の低い、醜男で、きれいに髭を剃り、眼鏡をかけて――金歯を入れているのが目につきました」

「ほう、金歯を？」

「そうなのです。それが問題の点なのです」

　ポアロは何度も頷いてみせた。

「わかりかけてきました。つづけてください」

「で、いまもいったように、そのときはただその男に気がついただけでした。ああ、いい忘れましたが、ぼくはそのときニューヨークへ行くところでした。それから六ヵ月後、ぼくはロサンジェルスにいました。そして、ふたたびその男を見たのです。なぜ気がついたのか――自分にもわかりません、が、とにかくすぐ発見したのです。しかし、このときもべつにどうとも思いませんでした」

「ふむふむ」

「それからまた一ヵ月くらいたって、シアトルに行く用ができて出かけました。すると、シアトルに着いてまもなく、ぼくがふと見かけたのは誰だったと思います？　またしてもあの男でした――ただ今度は、やつはあご髭を生やしていました」

「なるほどおかしい」

「でしょう？　でも、まさかそのときはそれがぼくに関係のあることとは思いません、単なる偶然だと考えました。しかし、その後、ロサンジェルスに帰ってみれば、あご髭なしのその男を、シカゴに行ったときは口髭をたくわえて眉毛の形の変わった同じ男を、さらに、ある山里の村に出向いたときにも浮浪者の姿に化けたその男を発見したとき、——ぼくは初めて、これはおかしいぞと思いはじめました」

「当然ですな」

「そこでようやく——奇妙なことですが、しかしもう疑いようもないのですから——ぼくは、尾行をされているのだな、と気がつきました」

「たしかに普通ではない」

「でしょう？　それから後というものはよく身辺に気を配るようにしました。するとどうです、どこに行こうと、ぼくの身近には、つねに尾行者がいるのです。さまざまな変装をして。幸いなことに、男の金歯のおかげで、ぼくはいつでもその男を見分けることができました」

「ふむ。金歯ねえ、それはまたじつに運のよいことでしたな」

「そうです」

「失礼だが、ムッシュー・マーティン、あなたは一度もその男に話しかけてはみなかったのですか？　なぜそんなにしつこく尾行するのかを問いただしてみなかったのですか？」

「ええ、しませんでした」俳優は口ごもった。「一、二度、よほどそうしてみようかと思いましたが、そのつど思いとどまりました。そいつを警戒させるだけで、何も得るところはないと思ったからです。おそらく、いちど彼らに、ぼくが気がついていることを悟られたら、彼らはただちに誰かほかの――ぼくが見分けられない別の男につけさせるに決まっていると思いました」

「ちがいない《アン・ネフェ》――誰か、その都合のよい金歯なんかしてない男をね」

「そのとおりです。ぼくの思いちがいかもしれません――が、これはぼくの見たとおりのことなのです」

「ところで、ムッシュー・マーティン。いま〝彼ら〟という言葉を使われたが、彼らとは誰のことですかな？」

「それはただ言葉のあやですよ。意味はありません。ぼくは――自分でもよくわからないけれど、黒幕にいる漠然たる〝彼ら〟の存在を感じているのでしょう」

「そう信ずるに足る理由がなにか思い当たりますか？」

「ありません」

「とおっしゃるのは、あなたをつけさせる男のことも、つけられる理由にも、なにひとつ思い当たることがないという意味ですか？」

「少しもありません。ただ――」

「つづけてください《コンティニュエ》」ポアロは相手をうながした。

「ただ、ひとつだけ――」ブライアン・マーティンはのろのろといった。「でもこれはぼくの単なる当て推量ですが」

「当て推量も時には非常に役に立つことがありますよ、ムッシュー」

「二年ほど前、ロンドンで、ある出来事がありました。ごく些細な出来事でしたが、同時に、なんと解釈のしようもないまま、忘れられない事件でした。ぼくはずいぶんそのことで考え悩みました。そのときにはどうしても解釈できなかったためでしょう。じつはこの頃、今度の尾行が、どこかでその事件に関連しているのではないかという気がしてきているのです。もちろん――なぜ、どんなふうにして関連してくるのかといわれれば、まるっきり、見当もつかないけれど」

「たぶん、わたしにはできますよ」

「そうです、あなたにはできる、けれども――」ブライアン・マーティンはまたしても困惑の態を示した。「まずいことに、ぼくにはそれが、お話しできないのです――いや、いますぐにはです、つまり。一日か二日たてば、それもできます」

ポアロの問い詰めるような眼差しに刺し貫かれて、彼は、仕方なげに、言葉を継いだ。

「おわかりでしょう――ある若い女に関係のあることなのです」

「ああなるほど。イギリス人《アー・パルフェトマン》ですな？」

「ええ。少なくとも――。なぜですか？」

「とても単純です。いまは話せないが、一両日中にはそうしたいとおっしゃる。つまり、その若いご婦人の同意を求められるおつもりだ。ということは、彼女がイギリスにいなければできない。同様に、彼女は、あなたが尾行されていたあいだイギリスにいたにちがいない。なぜなら、もし彼女もアメリカにいたなら、あなたは当時、アメリカにおいてすでに同意を得ているはずだ。それ故に、この過去十八カ月間、彼女がイギリスにいたという事実からして、彼女は、絶対ではない、が、イギリス人である公算が大である。どうですかな？」

「恐れ入りました。そこで、ムッシュー・ポアロ、ご返事はいかがでしょう。ぼくが彼女の承諾を得たら、この事件に手をかしていただけますか？」

ほんの一瞬、沈黙が来た。ポアロは、心中でどうしようかと考えている様子だったが、ややあって、いった。

「なぜまた、ご婦人に相談される前にわたしのところへ来られたのです？」

「ああ、それは――」彼はいいよどんだ。「ぼくは彼女を、その――説得するつもりだったのです、つまり、このいざこざを解決するのだと――あなたのお力をかりれば、すべてうまく解決できる、と。ぼくのいうのは、要するに、あなたにこの事件をお任せすれば、すべて内密に処理していただけるだろうという意味なんですが、その点はどうでしょう？」

「それは時と場合によりますな」ポアロは事もなげに答えた。

「というと？」

「もし事件に犯罪の疑いのある場合は――」

「だって犯罪なんかに関係はありませんよ！」

「それはわからない。あるかもしれない」

「しかし、彼女のために――ぼくたちのために、最善をつくしてくださるのでしょう？」

「それは、もちろんです」

彼は、ちょっと黙っていたが、またすぐ口を開いた。

「その――あなたをつけていた男――尾行者ですが、それはだいたいいくつぐらいの男でしたか？」

「非常に若いようでした。三十ぐらいです」

「なるほど――」ポアロはいった。「それは重大だぞ、うむ、それで事件全体がずっとおもしろくなってきた」

私はポアロを見返した。ブライアン・マーティンも同じように彼を見た。ポアロのいまの言葉は、彼にも、私にも不可解なものだったのだ。ブライアンは私にたずねるように眉をひそめてみせた。私は首を振った。

「ふむ」ポアロは今度は口の中で呟いた。「そいつはおもしろくなってきたぞ」

「あるいはもっと上だったかもしれませんよ」ブライアンがあやふやな調子でいった。

「しかし、ぼくにはそう見えなかった」

「いや、いや、あなたの観察はまちがってはいません、ムッシュー・マーティン。じつにおもしろい。ううむ、とてつもなくおもしろい」

ポアロの謎めいた言葉に気をのまれて、ブライアン・マーティンは途方に暮れたふうだった。なんと応じたらよいのかと戸惑う様子だったが、急に思いついたように話題を変えた。

「先夜の会は愉快でした。ジェーン・ウィルキンスンはとにかく高飛車なことをやる女ですよ」

「あたまは単純ですな」微笑を浮かべながらポアロ。「一度にひとつことしか考えない」

「それでも結構うまくやっていくじゃありませんか。どうしてみんながあれに我慢できるのか、それがぼくにはわからない」

「美しい女には誰でもずいぶん我慢強いものですよ。あなた」ポアロは眼をパチパチやりながら、「彼女がししっ鼻で、血色の悪い、脂じみた髪の醜女だったとしてごらんなさい――ああ、それこそ、あなたの言うみたいに〝うまくやる〟わけにはいきませんよ」

「そうでしょうね。しかし、ときどき、あれがたまらなくなることがあるのですよ、ぼくは。ぼくはジェーンがそれは好きですよ、ですが同時に、ある意味で、彼女が正気とは思えないことがあるのです」

「それはちがいますな。彼女はじつに抜け目ない人ですよ」

「ああ、そんな意味じゃなく。彼女は利害関係をじつにうまくさばきます。彼女には外交的手腕もある。しかし、ぼくのいうのは、道徳的な意味でです」

「ああ！　道徳ねえ」

「彼女は、いわゆる、超道徳派なんです。善悪なんて、彼女には存在しないのです」

「そうそう、先夜もあなたはそのようなことをおっしゃっていましたな」

「犯罪の話をしていたんですよ——」

「うむ。それで？」

「だから、かりにジェーンが犯罪を犯したとしても、ぼくはちっとも驚かない、といいました」

「で、あなたは彼女をよくご存じだと」ポアロは考え深げに呟いた。「ふむ、いままでずいぶん彼女と共演しましたか？」

「ええ、ずいぶん。自分でいうのもなんですが、ぼくは彼女を知りつくしています——なにから、なにまで。だからぼくは、彼女が人を殺すくらい、しごく簡単にやってのけるだろうといえるんです」

「ほほう。カッとなる性質なのですか？」

「いいえ、とんでもない。落ち着き払ったもんですよ。ぼくのいうのは、もし誰かが彼女の邪魔になったら、即座にその人間を〝とり除いて〟しまうだろうという意味です。それもこれという悪気もなくです。だから彼女を本当に責めることが、どうしてもできない——道徳的にですよ。彼女はただ単純にこう考えるのです——ジェーン・ウィルキンスンの邪魔をしようという者は、誰だろうと、死ななきゃならない、とね」

最後の文句あたりから、それまで欠けていた苦々しさが、まざまざと聞きとれた。何を思いだしたのだろう——と私は思った。

「人殺しも辞さないと——思われるのですな？」

ポアロは鋭く彼を凝視した。

ブライアンは大きく息をのんだ。

「そのとおりです。おそらく、近いうちに、ぼくの言葉を思いださせられることがあります。ぼくは彼女がどんな人間か知っている。彼女は、朝の茶を飲むみたいにあっさり人を殺しますよ。ぼくは本気でいっているのです、ムッシュー・ポアロ」

彼は立ち上がった。

「よろしい。よくわかりました」ポアロは静かに答えた。

「ぼくは彼女を知りつくしているんですから」ブライアンはもう一度繰り返した。

彼は立ち上がったまま、ちょっと額に八の字をよせて黙っていた。が、やがて声の調子を変えていった。

「今日ぼくのお話ししたことについては、——一両日のうちにお知らせします。やってみてくださいますね？」

ポアロは二、三秒のあいだそれに答えずに相手の顔を見ていた。

「よろしい。お引き受けしましょう。おもしろそうです」

おもしろそうだというポアロの言葉には、なにかしら奇妙な響きがこもっていた。

私は立ってブライアン・マーティンとともに階下へ降りていった。玄関を出ようとして、彼は私にいった。

「尾行者の年のことで、ムッシュー・ポアロのおっしゃった意味がわかりましたか？なぜ彼が三十ぐらいだとおもしろいのかな。ぼくには、まるでなんのことかわからないんですけどね」

「ご同様ぼくにもわからないのです」私も仕方なしに白状した。

「なんだか、意味をなさないように思えるんだけど。ぼくをからかったのかな？」

「そんなことはない。ポアロはそんな男ではありません。彼を信頼なさい。彼がそういう以上、なにか深い意味があるのですよ」

「はは。とにかく、ぼくにはチンプンカンプンで。あなたにもわからなかったと聞いて安心しましたよ。先刻はなんだか、自分ひとり阿呆みたいな気がしてました」

彼はそういうと大股に歩み去っていった。私は部屋に戻った。

「ポアロ。尾行者の年のことにはどんな意味があったんだい?」

「なんだ、あなたはわからなかったのですか? かわいそうに、ヘイスティングズ!」

彼は微笑を浮かべて、首を振ってみせた。「それじゃ、いまの会見を、全体としてみてどう思いました?」

「そうですね。得るところはあまりありませんね。ちょっと、なんともいいがたいところかな。せめて、もう少し事実がわかれば——」

「これ以上の事実はなくても、何かこう、自然とある考えが浮かんでこないですかねえ、あなた《モナミ》?」

そのとき、電話のベルが鳴ったので、なんの思いつきも浮かんでこない醜態を白状させられずにすんだ。私は受話器を取った。

女の声だった。キビキビして、よく通る、しっかりものらしい声がいった。

「こちらはエッジウェア卿の秘書でございます。はなはだ勝手ではございますが、明朝のお約束を取りやめにしなければならぬことがおきまして。卿は明朝急にパリに発《た》たねばなりませんので。本日、十二時十五分からでしたなら、短くてもよろしければ、お目にかかれると申しております。ご都合はいかがでございましょう?」

私はその旨をポアロに伝えた。

「いうまでもないよ、あなた、今日お邪魔しましょう」

私は受話器に向かって繰り返した。

「かしこまりました」てきぱきした事務的な声がいった。「十二時十五分でございますから」

電話は切れた。

4　会見

ポアロとともに、リージェント・ゲートにあるエッジウェア卿の邸《やしき》に着いたとき、私はさまざまな予想を胸にいっぱい抱えこんでいた。私にはポアロのいわゆる〝心理学〟などなかったけれど、前日エッジウェア卿夫人が夫についていった数語は、私の好奇心をいやがうえにも湧き立たせていた。私自身の眼にはどのように映るかと、それが早く知りたくてしようがなかった。

邸は、堂々たる大邸宅であった。堅牢にして優美、かつ、やや陰気な重々しさがあった。派手な装飾や窓ぎわの植木箱などなにもない。

玄関のドアはすぐに開かれた——がドアをあけてくれたのは、想像していたような、邸の外観に似つかわしい年寄りの、白髪の執事ではなかった。想像とはおよそ正反対の、若い——しかもまれにみる美男子の執事だった。背丈は高く、ふさふさと垂れた金髪——ヘルメスかアポロのモデルにもふさわしい美丈夫である。が、その美貌にもかかわらず、なにかしら、男らしさの欠けたところがピンと私の印象にきた。彼のもの柔らかな声が、私の耳には嫌らしく響いた。と同時に、ある奇妙な感じから、彼は私に、誰かを――そうだ、それも、私がごく最近会ったことのある誰かを思いださせた。しかし、いくら首をひねっても、それが誰だったのかがどうしても思いだせなかった。

われわれはエッジウェア卿に取りついでくれるよう話した。

「こちらへ、どうぞ」

彼はホールを通り、階段を通り過ぎて、ホールの裏側にあたるひとつのドアの前にわれわれを案内した。ドアをあけながら、彼はその、私の本能的に好かぬ柔らかな声で、われわれの到着を告げた。

招じ入れられた部屋は、一種の書斎だった。壁はぐるりと書物で埋まっていた。備えつけの家具は黒光りに光って、いかめしいが、みごとな品物であった。椅子のほうは格式ばったものであまり座り心地はよくなさそうだった。

われわれを迎えて立ち上がったエッジウェア卿その人は、背の高い、五十ばかりの男であった。銀髪まじりの黒髪、痩せた顔、絶えず冷笑を含んでいるような口もと。見るからに、苦虫を噛みつぶしたような不機嫌さだった。眼には奇妙な、陰険そうな表情が宿っている。この眼にはなにかしら正気とは思えぬものがある、と私は思った。

われわれに話しかける彼の態度は傲慢で素気なかった。

「これは、ムッシュー・エルキュール・ポアロ。ようこそ、ヘイスティングズ大尉。どうぞ、お座りください」

われわれは腰をおろした。部屋は冷え冷えとしていた。ひとつの窓から、わずかな光線がさしこんでいる。そのほの暗さが、部屋をいっそう荒涼とみせていた。

エッジウェア卿は一通の手紙を手にとった。それには、見覚えあるわが友の筆跡が認められた。

「申すまでもなく、お名前はよく存じ上げております、ムッシュー・ポアロ。知らぬ者とてないお名前だ」ポアロはうやうやしく一礼した。「だが、私にはこの件についてのあなたのお立場がとんとわからぬ。お手紙によれば、なにか――」卿はちょっと言葉を切って、「妻の代理で私に会いたいといっておられるようだが――」

彼は〝妻の〟という言葉を、一種奇妙ないい方で発言した。口に出すのも不愉快といったふうである。

「お言葉のとおりです」ポアロはいった。

「私は、あなたは――犯罪問題の専門家だと聞いておったのだが？」

「種々の問題のであります。エッジウェア卿。もちろん、犯罪方面の問題もございますし、その他さまざまの問題もございます」

「なるほど。でこの場合はなんのですかな？」

彼の口ぶりには、せせら笑う調子が、いまは歴然と表われていたが、ポアロは気にもとめぬふうで、つづけた。

「わたしがこのたび、エッジウェア卿夫人の代理として参上いたしましたのは、ほかでもございません、ご承知のごとく、エッジウェア卿夫人は離婚を望んでおられます」

「よく承知しております」エッジウェア卿は冷ややかにいいはなった。

「奥様はわたしに閣下と親しくお目にかかり、その点につきましてご相談いたすようご希望なさいました」

「相談することは何もありません」

「離婚に反対でいらっしゃる？」

「反対？　そんなことはありませんよ」

いろいろ面倒な返答は期待していたが、まさかこんな返事を受けるとは思わなかった。私はポアロがあっけに取られるさまを見たことはめったにないが、このときばかりは、さすがのポアロもどぎもを抜かれたらしかった。ポアロの様子は見るも滑稽だった。口をポカンとあけ、両手を拡げて、眉をピクピクあげさげするところは、さしずめ新聞の娯楽欄の漫画そのものだった。

「なんですと?《コマン》」ポアロは叫んだ。「なんとおっしゃられました? 反対していらっしゃらない?」

「ほう、これは。なぜそんなにお驚きなのか解《げ》せませんな、ムッシュー・ポアロ」

「ちょっとお待ちください《エクテ》、奥様との離婚をご承諾なさったのですな?」

「もちろん承諾しました。妻もそれはよく承知しているはずです。私は妻にその旨を手紙で書いてやったのですから」

「お手紙で、書いておやりになった?」

「さよう。六カ月前の話です」

「しかしこれはどうも——。わたしにはさっぱり理解できませんが」

エッジウェア卿はなにもいわなかった。

「ああ、なるほど、閣下は主義として離婚に反対でいらっしゃったというのですな?」

「私の主義があなたがたの関係するところとは思わぬがな、ムッシュー・ポアロ。私が最初の妻の離婚を認めなかったのは事実です。私の良心がそれを許さなかった。そして私の再婚は、私も率直に認めるが、失敗だった。だが、妻が離婚の話を持ちだした当時は、私は断固として妻の申し出をはねつけていた。六カ月前に妻は手紙をよこして、ふたたび離婚を迫ってきた。再婚したがっている——どこぞの映画俳優かなにか、そんな輩《やから》と結婚したがっていたらしい。そのときまでに、私の考えも多少ゆるんでおった。そこで、私はハリウッドの妻宛てに手紙をやり、いまお話ししたようにいってやった。だから、なぜ妻があなたを私のところへよこさねばならないのか、それがとんと理解できない——あるいは、金の問題かもしれぬが——」終わりの言葉をいいかけて、彼の唇が、また嘲笑的にゆがんだ。

「じつに奇怪なお話です」ポアロがぼそぼそいった。「じつにおかしい。わたしにはどうもわからない点があるようです」

「金の問題に関しては」エッジウェア卿はつづけた。「私にはいかなる相談に応ずる意志もない。妻は、わが意志で私のもとを離れた。妻がほかの男と再婚するつもりならするがよい。私は妻を喜んで自由にしてやろう。しかし、私から一ペニーたりとも受けるいわれはない。また妻もそれを望むまい」

「金銭上の問題ではまったくありません」

エッジウェア卿の眉毛がピクリとあがった。

「ふむ、ジェーンは金持ちの男と結婚するのだな」皮肉な調子で呟いた。

「この問題には、どうしてもわたしの納得のゆかぬ何かがあるようです」ポアロがいった。彼の顔は思案にあまるようにゆがんで、考えようとする努力にしかめられた。「わたしはエッジウェア卿夫人から、この離婚の件で、たびたび弁護士を通じてご相談されたようにうかがっておりましたが」

「さよう」エッジウェア卿は不愛想にひきとった。「イギリス人の弁護士、アメリカ人の弁護士、あらゆる種類の弁護士、果ては下劣きわまる無頼漢どもまでな。それでラチがあかぬので、先刻もいったように、妻は自分で手紙を書いてよこしたのだ」

「以前は反対なさいましたな？」

「さよう」

「しかるに、奥様の手紙をごらんになってから、お気持ちが変わった。何ゆえお気持ちを変えられたのですか？　エッジウェア卿」

「べつに手紙のためではない」卿の言葉は突然鋭くなった。「私の考えが変わったまでのことだ」

「お考えの変わりようがちょっと唐突のようですな？」

エッジウェア卿は無言だった。

「なにか、特別の事情でもあってお気持ちを変えられたのではございませんか？」

「それは私個人の問題ではないかな、ムッシュー・ポアロ。その問題についてはこれ以上話せません。まあ、次第に、その――無礼ないい方かもしれぬが――堕落した人間どもとのつき合いはやめたほうがよいと思いだした、とでもいうか。要するに、私の再婚は失敗だった」

「奥様もそのように申されました」ポアロがもの柔らかにいった。

「そうかな？」

一瞬、怪しい光が、チカリと彼の眼に閃いた、が、それはほとんど同時に消えた。

彼はもうこれまでという態度で立ち上がった。別れの挨拶を交わすうちに、彼の様子は、いくらかくつろいできたようだった。

「約束を変更したことを許していただきたい。私は明日パリへ出発しなければならないのでな」

「いいえ、どういたしまして」

「じつはちょっとした美術品の競売があるのです。そのなかで、ある小さな彫像に目をつけたので――その道での逸品でしてな――怪奇趣味というか。私は怪奇趣味のものが好きでしてな――私の好みはちょっと変わっているので」

ふたたびあの奇妙な微笑が彼の面上をかすめた。私は、話の最中、身近の書棚の本に目をとめてみたが、そこに並んでいたのは、『カサノヴァ回想録』をはじめ、サド侯爵に関する書籍、ほか、中世の残虐な拷問に関する書物などだったのである。

私は夫のことを口にするときジェーン・ウィルキンスンの身体を貫いて走る身震いを思い浮かべた。あれは演技ではなかったのだ。真実のものだったのだ。いったい、この男——男爵エッジウェア四世、ジョージ・アルフレッド・セント・ヴィンセント・マーシュとは、いかなる人物なのであろうか——と私は思った。

彼はきわめて穏和な態度になってわれわれに別れを告げると、ベルのボタンに手を触れた。われわれは部屋から出た。ギリシャの男神に似た例の執事がホールに現われてわれわれを迎えて立っていた。私は書斎のドアを後ろ手に閉めながら、もう一度チラッと部屋のなかをのぞいた。そのとたん、私は思わずアッと声をあげそうになった。いままでそこに穏和な笑みを浮かべていた顔は、まったくその形相を変えていた。唇は歯並みからめくれあがり、おぞましい冷笑にゆがんで、両の眼は凄まじい、ほとんど狂気にも似た憤怒にギラギラと輝いていた。

私はもはや彼の妻が二人ながらエッジウェア卿を棄てて去ったことに不審を感じなかった。私の見たものは、驚くべき鉄の自制心を持った男の姿だったのだ。あれほどの憤怒と嘲りとを、かくも冷たい氷の如き自制心と、みごとなほどに冷静な上品さでもって抑制しつつ会見をおえた男！

玄関のドアに近づいていったとき、右手の部屋のドアが開いた。ドアの戸口のところに、一人の娘が現われて、われわれの姿を見るとビクリと後ずさった。すらりと背の高い、髪の黒い、蒼白い顔の娘である。黒い瞳が驚いたように見開かれ、一瞬私の眼のなかをのぞきこんだ。と思うと、まるで影のように、部屋のなかに逃げこんでドアを閉めた。

一瞬ののちわれわれは邸の外に出て街路に立っていた。ポアロはタクシーを停めた。乗りこむと、彼はサヴォイ・ホテルに向かうように命じた。

「さあて、ヘイスティングズ」ポアロは目をキラキラさせながら、「今日の会見はまったくわたしの予想外のことになりましたよ」

「まったくですね。エッジウェア卿というのはなんておかしな男でしょう」

私は書斎のドアを閉める直前目にしたことを物語った。彼は頭をゆっくり頷かせながら考え深げにいった。

「狂気の境界線にもうあと一歩という人物ですよ、ヘイスティングズ。彼は奇妙な背徳行為に耽っています、——あの謹厳そのものの仮面の下には、根深い残虐性が隠されているのです」

「妻が二人とも彼を離れたのも不思議はないですね」

「そのとおり」

「ポアロ、ぼくたちが出ようとしたとき、こっちを見ていた娘に気がつきませんでしたか？　髪の黒い、蒼白い顔をした――」

「ええ、わたしも気がつきましたよ、あなた《モナミ》。なんだかおどおどしていて不幸そうな感じの、若い娘さんだった」

まじめな声になった。

「あれは誰だと思いますか？」

「おそらく、卿の娘でしょう。彼には娘がひとりいたはずです」

「ひどくおどおどしているように見えましたが」私はゆっくり言葉をついだ。「あの邸は若い娘にはあんまり陰鬱すぎるんですよ」

「まったくです。さあ着きました。それじゃ、わが男爵夫人に良いニュースを聞かせるとしましょうか」

ジェーンは部屋にいた。われわれの電話に、ホテルの受付が三階へ上がってきてくださるようにとの彼女の言葉を伝えた。ボーイがわれわれを部屋まで案内した。

ドアをあけたのは、小ざっぱりした感じの中年の女だった。眼鏡をかけたグレーの頭髪が、とりすましたようにキチンと整えられていた。寝室のなかから、例のハスキーなジェーンの声が彼女に呼びかけた。

「ムッシュー・ポアロなの、エリス？　かけていただいてちょうだい、わたし、ボロをひっかけてすぐ行きますから」

ジェーン・ウィルキンスンの〝ボロ〟なるものは、ゴッサマーのネグリジェで、身体を隠すというよりはわざと透けて見せるようなしろものであった。彼女は姿をあらわすと熱心な調子で問いかけた。

「うまくいきまして？」

ポアロは席から立ち上がると、うやうやしく彼女の手をとって一礼した。

「そのお言葉のとおりです、マダム。まさにうまくいきました」

「あら——それ、どういう意味？」

「エッジウェア卿は完全に離婚を承諾されました」

「なんですって？」

彼女の顔に、そのとき表われた呆然としたさまが、もし本物でなかったら、彼女はじつに驚くべき天才的女優でなければならぬ。

「ムッシュー・ポアロ！　やはりおやりになったのね！　こんなに早く！　まあこんな……あなたは天才でいらっしゃる。いったいまあ、どんなふうにしておやりになりましたの？」

「マダム、残念ながらそのおほめの言葉は、ちょうだいいたしかねます。わたしの手柄ではないのですから。ご主人は、すでに六カ月前、あなた宛てにそれまでの反対を取り消される旨の手紙を出しておられました」

「なんとおっしゃいます？　手紙を出したのですって？　どこへです？」

「あなたがハリウッドにおられたときということでしたが」

「でもわたしは受け取っておりません。それではきっと宙に迷ってしまったのですね！　それとも知らず、この何カ月かの間、悩んだり、プランを立てたり、じりじりしたり、気が狂いそうになったり、していたなんて！」

「エッジウェア卿はあなたが俳優と結婚なさるつもりと思いこんでいるご様子でした」

「それはそうでしょう。わたしが自分でそう話したんですもの」彼女は子供っぽい嬉しそうな微笑を浮かべたが、にわかに不安そうな様子に変わって、いった。「ねえ、ムッシュー・ポアロ、あなた、わたしとマートン公爵のことをお話しにならなかったでしょうね？」

「いや、いや、ご心配なく。わたしは慎重です。話しはしません」

「会っておわかりになったでしょうけど、夫はあのとおり、おかしな、下劣な性格のひとです。わたしがマートンと結婚すると聞いたら、すぐそれを、わたしにとってレベルアップになるものと取って、邪魔をしにかかりますわ。でも、相手が映画俳優だと思わせていれば、そんなこともありませんからね。でも、それにしても本当に驚きました。エリス、おまえも驚いたでしょう」

私は先ほどから例のメイドが寝室のなかを行ったり来たりしながら、あちこちの椅子の背に投げかけられたジェーンの衣類を片づけて歩いているのに気がついていた。私の見解によれば、彼女はそうしながらこの会話に耳をすましていたのだ。彼女はジェーンの大のお気に入りらしかった。

「はい。ほんとうに驚いてしまいましたわ、奥様。旦那様はきっと、わたしどもの存じ上げていた頃より、ずっとお変わりになったのでございますね」

「そうだわ、きっと」

「あなたはご主人の態度が不可解でいらっしゃる?」ポアロが暗示的に問うた。

「そうですとも、あなた。でも、もうそんなこと心配するにはおよびませんわ。何が原因だろうと、夫の気がそう変わった以上、問題じゃありませんもの」

「あなたには興味がないかもしれませんが、わたしには大いにありますな、マダム」

ジェーンはポアロの言葉になんの注意も払わなかった。

「とにかく、わたしは自由になったのだわ——とうとう」

「まだ決まったわけではありません、マダム」

彼女はじれったそうにポアロをにらんだ。

「それじゃ、自由になるところだといってもよろしいけど——どっちだって同じことですわ」

ポアロはといえば、まるでそれを信じていない、というふうだった。

「公爵はいまパリですの」ジェーンがいった。「すぐ電報を打って知らせてあげなければ。ああ——彼のお母様が、またひどくつむじを曲げなければよいけれど……」

ポアロは席を立った。

「すべて、あなたの思うとおりに好転していくようで、わたしもたいへん嬉しく存じます」

「ご機嫌よろしゅう、ムッシュー・ポアロ。ほんとうに、お骨折ありがとうございました」

「わたしは何もいたしませんでした」

「あら、こんな良い知らせを持ってきてくださいましたわ、ムッシュー・ポアロ。わたし、とても感謝しておりますのよ、あら、本当ですわ」

「さあすみました」部屋を辞して外へ出たとき、ポアロは私にいった。「ただひとつのことしか頭脳《あたま》にない——つねに自分のことだけだ！　あの手紙がなぜ届かなかったのか、おかしいとも思わなければ、知ろうともしない。あなたはどう見ましたか、ヘイスティングズ——あの女はたしかにビジネスのかけひきについては信じられないほど利口だ、だが、そのくせ、これっぱかりの知性も持ち合わせていないのです。しかり、しかり、天は二物を与えずとはよくいったものです」

「ひとりエルキュール・ポアロを除いて」私がまぜっ返した。

「あなたはわたしをからかうつもりで自分をばかにしているんですよ」ポアロは落ち着き払って答えた。「さて、これからエンバンクメントを少し歩こうじゃありませんか。わたしは考えをまとめたいんです」

それからしばらくは、私は〝お告げ〟が口を開くまで、じっとおとなしく沈黙を守った。テムズ河ぞいに足を進めながら、やがて彼は話しはじめた。

「あの手紙の件はわたしの興味をひく。この問題には四つの考え方がある」

「四つだって？」

「そうです。まず第一は、最も普通に、郵便局内で紛れたということ。これはないとはいえない——だがそうしばしばあることではない。いや、そうしばしばあるはずはない。

宛て名がまちがっていたなら、手紙はずっと前に彼の手もとに返送されているはずだ。いやいや――わたしにはどうもこの考えは気にくわない。――とはいっても、むろん、その可能性はありますけれどもね。

第二の考えはこうです。あの手紙を受け取っていないというのが、かの麗しき夫人の嘘かもしれないということ。ふむ、かの魅力したたる美人は、自分に都合のいい嘘なら平気でつく可能性が大いにある。きわめて子供っぽい無邪気さでね。ただわたしには、なぜそうすることが彼女にとって好都合なのか、それがわからないのですよ、ヘイスティングズ。もし卿が離婚に同意したことを知っていたとすれば、なぜわたしに彼のところへ行ってくれと頼んだのか？　意味がないじゃないですか。

第三には、エッジウェア卿が嘘をついているということ。もし、この件の関係者の誰かが嘘をついているとすれば、嘘をつきやすいのは夫人よりずっと彼のほうです。ところが、彼の場合にも、そんな嘘をついてなんになるのかがわからない。なぜ、半年前に手紙を出したなどという嘘をでっち上げたのか？　なぜわたしの出した質問にあっさり同意しなかったのか？　いや、どう考えても、わたしには、彼があの手紙を出したにちがいないという気がする。――いかなる理由から、彼が突然離婚に同意する気になったのかはわからない。

そこで、結論的に第四の考え方が生じてくる。すなわち、誰かがあの手紙を握り潰したのです。さてここにおいて、ヘイスティングズ、われわれはきわめて興味ある問題に逢着します。なんとなれば、手紙が握り潰されたとすれば、それは発信地すなわちイギリスか、着信地つまりアメリカ、そのいずれかにおいて押さえられたとしか考えられない、ということです。

手紙を握り潰したものが誰であるにしても、そいつはこの離婚問題が落着することを嫌っていた人間です。ヘイスティングズ、この事件の裏にあるものを知るためなら、わたしは何を投げ出しても惜しくはない。そこに何かがある――誓って何かがひそんでいるのです」

彼はひと息入れると今度はゆっくり言葉を継いだ。

「何か、まだチラとしか見えないものですがね」

5　殺人起こる

翌日が六月三十日であった。午前九時半、われわれはジャップ警部が階下《した》に来ており、非常に会いたがっていると知らされた。このスコットランド・ヤードの警部と交渉を持つようになってから何年かになる。

「おう《アー》！　良き友《ス・ボン》ジャップのご入来とは！」ポアロはいった。「彼がなんの用だろう？」

「助けてほしいのさ」私はピシャリといった。「なんかの事件が手に負えなくなって、お知恵拝借とまかりでたんでしょう」

私はポアロのようにジャップに対して寛大な気持ちを持ち合わせていなかった。彼が、ポアロの知恵を、鳥が啄《ついば》むように借りにくることが気に入らなかったわけではない。ポアロにとっては、結局その過程がおもしろかったのだし、彼との交渉は、いわば、一種のきわめて微妙な追従でもあったのであろう。ところが、私のいちばん不快だったのはジャップの偽善的な態度だった。弱って知恵を借りにきながら、そんなことは知らん、といったふうをするジャップが私は嫌いだったのである。私は率直で生一本な人間が好きだ。私がそういうと、ポアロは笑いだした。

「あなたはさしずめ、純粋のブルドッグ種なんですよ、ヘイスティングズ。しかし気の毒なジャップの身にもなってみればね、彼は面子を保たなきゃならない。だから小さな口実を作る。これはきわめて自然ですよ」

私にはそれがたんにばからしく思える、といった。するとポアロはこれには同意しなかった。

「外見は――一見つまらぬこと《バガテル》のように見える。だが、それが一般には大問題なのです。そうして初めて、彼らは自尊心《アムール・プロプル》を保つことができるのですからね」

私個人の見解としては、少しくらいの劣等感を抱かせたところでどうということはなかろうと思ったが、議論しても有利な点はなさそうだったし、それに、なんでジャップがやってきたのか、そのほうが知りたくてしようがなかった。

彼はわれわれ二人に丁重に挨拶した。

「やあ、ご朝食のところへ来ましたな。どうです、まだ雌鶏は四角な卵を生んでくれませんか、ムッシュー・ポアロ？」

これはポアロが、いつも卵の大きさが違うのを気にして不平をいうのに当てつけたのである。卵の大きさの違いが、彼の、シンメトリーの感覚に反するのだった。

「残念ながらまだですな」ポアロは答えると、微笑を浮かべながら、「それでどんな風の吹きまわしが、こんな朝早くあなたをわれわれに会いによこしたのですかね、ジャップ警部？」

「そんなに早くもありませんな、私には。もう二時間はたっぷり働いてきたんですよ。ところで私をあなたに会いにこさせたものですがね——殺人事件なんです」

「殺人事件？」

ジャップは頷いた。

「昨夜、エッジウェア卿がリージェント・ゲートの自邸で殺されました。卿の夫人に、頸部を刺されてね」

「夫人にだって？」私は叫んだ。

瞬間、私の頭には昨日の朝、ブライアン・マーティンのいった言葉が閃いた。彼は、事の起きるのを予言者のように前もって知っていたのであろうか？　私はジェーンが、事もなげに夫を〝あの世へ送る〟としゃべったときのことも、思い起こした。超道徳的な女だ、とブライアンは彼女を評していった。そうだ、まさに彼女はそういったタイプだ。非情で、利己的で、ばかげている。彼の判断はじつに正しかったのだ！

こんな考えが私の心中を通り過ぎていく間にも、ジャップは話を進めていた。

「そうです。あなたも知っている、女優のジェーン・ウィルキンスンの名のほうで有名な女ですよ。三年前に卿の妻になったが、二人のあいだはうまくいっていなかった。彼女が卿を棄てたのですな」

ポアロは何かを思い惑うように真剣な顔をした。

「彼女が夫を殺したと信じられる理由は？」

「信ずる信じないということじゃないのですよ。姿を見られているのです。というより、自分の姿を隠しもしなかったんだな。彼女はタクシーで乗りつけて――」

「タクシーを――」私は思わず木霊《こだま》のように繰り返した。あの夜のサヴォイ・ホテルでの彼女の言葉がまた私の胸によみがえった。

「呼鈴を鳴らして、エッジウェア卿に面会を求めた。これが十時でした。執事が応対に出て、うかがってまいりましょうというと、彼女は落ち着き払って、『ああ、その必要はないの。わたしはエッジウェア卿夫人です。夫は書斎にいるのでしょう』そういうと、どんどん入っていって、書斎のドアをあけ、なかへ入り、後ろ手にドアを閉めました。

さて、執事は変だとは思ったが、それ以上深くは考えずに、ふたたび階下《した》に行きました。それから約十分後に、彼は玄関のドアが閉まる音を聞きました。だから、彼女はいずれにしろそんなに長くはいなかったのですな。十一時に、執事はドアに錠をおろしました。書斎のドアをあけて見ましたが、なかは暗かった。そこで彼は、もう主人は寝についたのだと思った。ところが今朝、彼は死体となってメイドの女に発見されたのです。首の後ろ、ちょうど髪の生えぎわを刺されていました」

「悲鳴もあげなかったのだろうか？　何も聞こえなかったのですか？」

「聞こえなかったそうです。書斎のドアは非常に優秀な防音装置になっていますからね。それに、戸外にはだいぶ車などの通りもあった。第一、ああいうふうに刺されたのでは文字どおり即死だったでしょう。首の後ろのくぼみから延髄に達している——とこれは医者がそういうんですがね、まあ何かそういったことなんでしょう。正確にあの箇所を打てば、それだけでも大の男を即死させることができるそうです」

「ということは、犯人がどこを刺せばよいかを心得ていたということですな。つまり、正確な医学的知識を備えていたことを意味する」

「そうです——それは確かだ。その点では彼女に有利な反証ですな。しかし、これは十中八、九まで、偶然と見るべきですな。彼女は幸運にもちょうどそこを刺したのだ。人はときたま、驚くほどの偶然に恵まれることがありますからね」

「その結果、絞首刑になるのではあまり幸運ともいえませんがね、あなた《モナミ》」

「そりゃそうです。とにかく、彼女はばかでしたよ——あんなふうに車で乗りつけたり、名乗りをあげたり、その他すべてが」

「さよう。きわめて奇妙です」

「思うに、彼女は最初から殺す気ではなかったのですな。ところが二人は争った。彼女は夢中でペンナイフを取り出すと、それでグサッとひと突きしてしまった」

「ペンナイフだったのですね？」

「なにかそういった種類の刃ものだそうです、医者の話では。彼女は凶器を持ってでたらしい。傷口には刺さっていなかった」

ポアロは首を振った。いかにも不満足げである。

「いや、いや、どうも違うようですなあ、あなた。わたしはあの婦人を知っている。彼女はそんな血の気の多い、衝動的な行為には走れない女ですよ。さらにそのペンナイフのことだが、持ってでるというのがまるで彼女らしくない。ペンナイフを持ち歩く女は少ない——ましてや、ジェーン・ウィルキンスンのすることではありませんな」

「彼女を知っていらっしゃる？」

「さよう、知っています」

ポアロはそれだけいうと口を閉じた。ジャップは相手を探るように見つめた。

「何かネタを握っているのですか、ムッシュー・ポアロ？」彼はやまをかけた。

「ああ！　それで思いだした。あなたはどうしてわたしのところに来られたのです？ただ、旧友と雑談をしにきたというわけでもないのでしょう？　もちろんそうではない。ここにとても明快な殺人がある。犯人はいるし、動機もある――おっと、ところで、正確には殺人の動機はなんですか？」

「ある男と結婚したかったのです。一週間もたたぬ前、そういっていたのを人に聞かれています。それから、脅迫めいたことを口にしていたこともわかっている。タクシーで乗りつけて、夫をあの世へ送ってやるといったそうです」

「ああ――ずいぶんよく知っておられる。ずいぶんよく、ね。誰かさんは恐ろしく気がきいたものです」

ポアロの眼に、問いただすような光が宿ったようだった。が、ジャップはそれには応えなかった。無感動にいった。

「ムッシュー・ポアロ、われわれは聞き込みを始めています」

ポアロは頷いて、開きかけの新聞のほうへ手をのばした。それは、ジャップがわれわれを待つあいだに、開いてみて、われわれが現われたので性急に横へおし退けたものにちがいない。ポアロは、一種機械的な手つきで、真ん中のページから折りかえし、しわをのばして揃えた。彼の眼は漫然と新聞記事の上をさまよっていたが、心はよそにあって、何か深い謎を模索していた。

「あなたはまだわたしの質問に答えてくれていませんな」彼はやがていった。「そんなにすべてスラスラといっているのなら、なぜわたしのところへ来たのです？」

「昨日、あなたがたがリージェント・ゲートの邸《やしき》を訪問されたことを耳にしたからです」

「なるほど」

「それを聞いたとたんに、私は心のなかでいいました。〝なんかあるぞ〟卿がムッシュー・ポアロを呼んだ、何のためだろう？　何か心配ごとがあったのか？　それとも何かを恐れていたのか？　こいつは、いずれにしても、確たる処置を取る前に出向いて、彼とひと言話をしたほうがよさそうだと」

「確たる処置とは、夫人を逮捕するということですか？」

「そのとおりです」

「夫人にはまだ会っていないのですか？」

「それは会ってきましたよ。第一番にサヴォイ・ホテルへ飛んでいきました。高飛びされる危険を放っておけはしませんからね」

「ごもっとも」ポアロはいった。「すると――」

いいかけて彼は不意にやめた。およそ彼に似つかわしからぬ、喰いつくような眼を眼前の新聞に注いでいたが、たちまち、それまでとは異なった表情が目に浮かんだ。ポアロは顔を上げると声の調子をガラリと変えていった。

「で、夫人はなんといいました？　え？　夫人はあなたになんといいましたか？」

「私は夫人に規定どおりの通告を与えたのですよ、むろん。正直にありのままを述べてもらうこと、逃亡を企てないほうがよいことを警告したのです。わがイギリスの警察はつねに公平なる態度でのぞみますからね」

「わたしの見解をもってすれば、愚かしくも公正のようですな。だが、話を進めてください、夫人はそれでなんといいましたか？」

「えらいヒステリーを起こしましてね。それっきり、話もなにもできたものじゃない。身をよじり、腕を振りまわし、最後にはバッタリ床に倒れるという騒ぎですよ。ああ、じつにみごとな演技でしたよ――彼女の名誉のためにいうんですがね。名演技だった」

「ほう。夫人のヒステリーがにせものだという印象を受けた？」ポアロはもの柔らかにいった。

ジャップはきわめて下品なウインクをした。

「あなたはどう思います？　私はあんなトリックには引っかかりませんよ。彼女は気を失いなんかしなかったんだ――とんでもない！　ただ、一生懸命気を失ったふりをしただけですよ。誓ってもいい、彼女はそれを楽しんでいたんだ！」

「うむ。その点は、完全にあり得ることですな。で、それからどうなりました？」

「ああ、息をふきかえしま……いや、息をふきかえした恰好をしましたよ。それからまた、うめくやらわめくやら大熱演でね。するとあの不機嫌そうな顔したメイドが気つけ薬を持ってきて嗅がせる――やっと口がきけるようになったとたんに弁護士を呼べときた。弁護士と相談しないうちはもう一言もしゃべらないというんですな。まずヒステリー、次に弁護士。どうです、これを自然な態度だとおっしゃいますか？」

「この場合にはきわめて自然と申せましょう」ポアロが静かにいった。

「つまり、身に覚えがあるから？」

「とんでもない。わたしのいうのは、夫人の気質にとってはという意味ですよ。まず夫人は、突然夫の死を知らされた妻がいかに振る舞うべきかをやって見せた。さて物語の主人公的な本能を満足させてしまうと、つぎには、生来の慧敏《けいびん》さが、彼女に弁護士を呼びにやらせた――夫人が作りものの愁嘆場をやってみせたり、それを楽しんだからといって、それだけでは彼女が有罪だという証拠にはならないでしょう。ただ単に、彼女が生まれつきの女優だということを暗示しているだけです」

「いいや、彼女は白のはずはない。絶対にまちがいありません」

「ばかに自信がありますな。ふむ。そうでなきゃならんところだ。そして、夫人は何も陳述しなかったといいましたね？　まったく、なにもなしだったのですか？」

ジャップはにやっと笑った。

「だから弁護士なしでは一言もしゃべらないというんですよ。メイドがすぐ弁護士に電話をかけました。それから、私は部下を二人残しておいて、こちらへやってきたのです。事を進める前に、起こったことを残らず知っておくことも必要だと思ったのでね」

「ふむ。それで、いまでも自信がありますか？」

「ありますとも。しかし私はできるだけたくさんの事実を集めておきたいのですよ。おわかりでしょうが、この事件はものすごい波紋を巻き起こすに決まっています。内々にすませられるようなケースじゃないんですからな。新聞はデカデカと書き立てますよ。まったく、新聞についちゃ、ご存じのとおりですからね」

「新聞といえば」ポアロがいった。「あなたはこれをどう思いますか？　今朝、新聞をあまり注意して読まれなかったらしいが」

彼はテーブルによりかかった。彼の指は、社交界欄の一節の上に落ちた。ジャップは声を出して記事を読み上げた。

サー・モンタギュー・コーナーは昨夜、テムズ河畔チズィックの自邸において盛大なる晩餐会を催した。出席者中主なる人々はサー・ジョージ並びにデュ・フィス卿夫人、著名な劇評家ミスター・ジェームズ・ブラント、オヴァートン映画スタジオのサー・オスカー・ハマーフェルト、ミス・ジェーン・ウィルキンスン（エッジウェア卿夫人）その他名士の姿が見受けられた。

一瞬、ジャップ警部はあっけにとられた。が、たちまち勢いを取り戻して、いった。

「これがどうしたとおっしゃるんです？　こんな記事は前もって新聞社に送られるものですよ、ご存じのように。ちょっと調べてみりゃ、必ず、わがエッジウェア卿夫人がぜんぜん来ていなかったか、さもなけりゃ十一時前後に来たという事実を見つけだせますよ。こいつは驚いた。ムッシュー・ポアロ、あなたまさか新聞に書いてあるままをありがたく信じこんでるんじゃないでしょうな？　あなたがたなら、そんなことくらい充分知ってるはずでしょうからねえ」

「ああ、そりゃわかってます、むろん。ただ、妙な気がしただけの話です」

「こうした偶然はちょいちょいありますよ。ところで、ムッシュー・ポアロ、あなたが牡蠣みたいに口の堅いのは苦い経験でよくわかってますがねえ。しかし、乗りかかった船ですぜ、なぜエッジウェア卿があなたを呼んだのか、話していただけますね？」

ポアロは首を振った。

「エッジウェア卿がわたしを呼んだのではない。わたしのほうで彼に面会を申し込んだのです」

「本当ですか？　それで、何のために？」

ポアロは一瞬ためらった。

「ご質問にお答えしましょう」ポアロはゆっくりといった。「だが、わたしはわたしの流儀で答えさせていただきたい」

ジャップはうなった。私はひそかに彼に同情を感じた。ポアロはときどきたまらなく人をじらすのだ。

ポアロはつづけた。

「まず、わたしがある人間に電話してその男にここに来るよう頼むことを認めてください」

「ある人間とは？」

「ミスター・ブライアン・マーティン」

「あの、映画スターの？　彼がなんの関係があるんです？」

「来ればわかります。彼はきわめて興味ある——しかもお役に立つことをしゃべるはずですから。ヘイスティングズ、すまないけど、かけてくれますか？」

私は電話帳を取り上げた。それによると、彼はセント・ジェームズ・パーク近くのビル街に部屋を持っていた。

「ヴィクトリア局４９４９９番」
一、二分後、ブライアン・マーティンのなんとなく眠たげな声がいった。
「もしもし——どなたです？」

「なんていおうか？」私は送話器の口を掌でおさえながらささやいた。

「こういってください」ポアロがいった。「エッジウェア卿が殺された、それですぐにこちらにお越しくださって、わたしにお会いくだされば、たいへんありがたいと」

私は一語一語そのとおりに電話口に向かって繰り返した。向こう側で、とび上がったような驚きの声がした。

「ああ、それじゃとうとうやったんだな！　すぐ行きます」

「なんといいましたか？」ポアロが尋ねた。

私はマーティンの言葉を伝えた。

「ふむ」と、ポアロは愉快げな微笑を浮かべた。「『それじゃとうとうやったんだな！』か。そういったんですね？　わたしの思ったとおりだ」

ジャップ警部は彼を妙な目つきで睨んだ。

「私にはさっぱりわからない。さっきは、まるであの女が潔白だと思ってるようなことをいうかと思うと、いまは彼女の犯行だったってことを最初から信じてたというような口ぶりをする。いったいどっちなんです。ムッシュー・ポアロ」

ポアロはただ微笑むばかりであった。

6　未亡人

ブライアン・マーティンは言葉のとおり実行した。十分たらずのうちに、彼はわれわれと顔を合わせていた。彼の到着を待つあいだ、ポアロは見当違いの話をするばかりで、ジャップの好奇心をほんのこればかりも満たしてやることを拒絶していた。われわれの電話は明らかにこの若い映画スターを驚愕させていた。彼の顔面は蒼白でひきつっていた。

「おお、ムッシュー・ポアロ」と彼は握手するなり口を切った。「えらいことになりましたね。しんからびっくりしましたよ——驚いた、とは厳密にはいえませんけどね、ぼくはいつも、何かしらこんな事が起こるのじゃないかと思ってましたからね。あなたは、つい昨日もぼくがそういっていたのをご存じだ」

「いかにも《メー・ウィ》、いかにも《メー・ウィ》」ポアロはいった。「昨日おっしゃられたことは完全に覚えています。ところで、この事件を担当しているジャップ警部を紹介しましょう」

ブライアン・マーティンはちらと非難めいた視線をポアロに投げた。彼は呟いた。

「そんなこととは思わなかった。それならそうとはじめからいってくだされはいいのに」と彼は警部へ冷ややかに頷いた。腰をおろした彼の唇がきっと結ばれた。それから、不平がましく、「それなら、なぜぼくなんかを呼んだんです。こんなことはいっさいぼくの知ったことじゃありませんよ」

「そうではないでしょう」ポアロは優しく、「殺人事件の場合には個人的な好悪は二の次にしなければいけないのです」

「ちがう、ちがう。ぼくはジェーンとずっと一緒に演《や》ってきました。ぼくは彼女を嫌ってなんかいません。ちぇっ、彼女はぼくの友だちですよ！」

「そのくせあなたは、エッジウェア卿が殺されたと聞いたとたんに、卿を殺した犯人が彼女だという結論に飛びつくわけですか」ポアロの声は素気ない。

スターは飛び上がった。

「あなたのおっしゃるのは――」眼が、飛びだしそうに見えた。「ぼくがまちがってたという意味ですか？　彼女が、この事件と無関係だってことですか？」

ジャップが中へ割って入った。

「いや、いや、ミスター・マーティン、まさしく彼女がやったんですよ」

ブライアンは椅子に倒れこんだ。

「ふっと、恐ろしい考えちがいをしていたのかと思った」

「この種の問題のときには、友情に左右されることは許されません」ポアロは断固たる口調でいった。

「それはそうです、しかし――」

「あなたは殺人を犯した女に味方するつもりかね？ およそ犯罪という犯罪のなかで、最も忌むべき殺人を犯した女ですぞ」

ブライアン・マーティンはホッと吐息を洩らした。

「あなたにはわからない。ジェーンはふつうの人殺しとはちがうんだ。彼女は――彼女には善悪の観念なんてない。まじめな話、彼女は責任のない子供みたいな女なのですよ」

「それは陪審の決めることだ」ジャップがいった。

「おやおや」とポアロが優しくいった。「あなたはまるで彼女の犯罪を認めないようなことをいうじゃないですか。彼女はもう告発されているのですよ。あなたの知っているかぎりのことを話してもらわなければならない。あなたには社会に対する義務があるのです」

ブライアン・マーティンは溜め息をついた。

「おっしゃるとおりです。何を話せばよろしいのですか？」

ポアロはジャップの顔を見やった。

ジャップは尋ねた。

「きみはエッジウェア卿夫人が――あるいは、ミス・ウィルキンスンといったほうがいいかな？　彼女が、夫について脅しめいたことをいうのを聞いたことがありますか？」

「ええ、何度もあります」

「なんといったのですか？」

「もし夫が自由を与えてくれなければ、夫を〝あの世へ送って〟やらなければならないといっていました」

「しかしそれは冗談じゃなかったのですか？」

「ちがいますね。本当にそのつもりだったのだと思います。一度なんか、タクシーで飛んでいって殺してしまうといいました――あなたも聞いていましたねえ、ムッシュー・ポアロ？」

彼は訴えるような口調で、わが友に同意を求めた。

ポアロは頷いた。

ジャップは尋問をつづける。

「さて、ミスター・マーティン。われわれは彼女が自由を求めたのは、誰かほかの男と結婚するためだったと訊いていますが、それが誰か、おわかりですか？」

ブライアンは頷いた。

「誰ですか？」

「それは——マートン公爵です」

「マートン公だって？　へええ！」警部はピイと口笛を鳴らしてみせた。「またたいへんな鴨を狙ったもんだな。彼はこの国第一の富豪だっていうじゃないですか」

ブライアンはいっそうしょげたふうに頷いた。

私はポアロの態度がまったく腑におちなかった。椅子にどっかと座りこみ、両手の指を合わせて、頭をリズミカルに動かしているところは、レコード屋で、買うときめたレコードを蓄音器にかけさせて悦に入っている男の様子そのままだった。

「卿は彼女と離婚する意志はなかったのですね？」

「ええ、絶対、受けつけませんでした」

「事実としてご存じだった？」

「そうです」

「さあて、ジャップ警部」と突然ポアロが口をだした。「ここでわたしが登場するんですよ。わたしはエッジウェア卿夫人に夫に会って離婚に同意するように説得してくれと依頼を受けたのです。わたしは今日卿に会う約束をしていた」

ブライアン・マーティンが首を振って、自信ありげにいった。

「おそらくなんにもならなかったでしょうね。エッジウェアは決して承知しなかったでしょうよ」

「そう思いますかね？」ポアロは愛想よい視線を移していった。

「思いますね。ジェーンだって、腹の底から知ってたはずですよ。彼女も、あなたが成功するとはまじめに考えていませんでしたよ。もう諦めていましたからね。あの男は離婚という問題についちゃ偏執狂じみていましたからね」

ポアロはにこりとした。眼が、キラリと緑色に光った。

「ところがそうじゃないのですよ、お若いひと。わたしは昨日エッジウェア卿に会ったのです。そして、彼が離婚を承諾していたのを知った」

この一片のニュースが、ブライアン・マーティンを完膚なきまでに打ちのめしたことは疑いなかった。飛びだしそうな目つきで、彼はポアロを凝視した。

「き、きのう——昨日会ったのですって？」

「十二時十五分にね」ポアロは例のすましこんだ声音でいう。

「で、離婚を承知してたんですって？」

「離婚を承諾していましたな」

「それじゃ、すぐにジェーンに話してやらなきゃいけなかったんだ、あなたは！」ブライアン・マーティンは叫んだ。

「話しましたよ、ムッシュー・マーティン」

「話した？」と、こんどはマーティンとジャップが一緒に叫んだ。

ポアロは微笑んだ。

「少しばかり動機の価値が損われたようですな」彼は呟いた。「さてムッシュー・マーティン。次にこれに注意していただきますかな」

彼はマーティンに新聞の例の一節を示してみせた。

ブライアンは読んだが、さしたる興味も湧かないようだった。

「これがアリバイになるとおっしゃるんですか？　エッジウェアは昨夜撃たれたんじゃないのですか」

「刺されたのですよ、彼は。撃たれたんじゃない」

マーティンはのろのろと新聞を下に置いた。

「ぼくはどうも、このアリバイは役に立たないと思いますよ」彼はさも遺憾だという声で、「ジェーンはこの晩餐会には出かけなかったのです」

「どうして知ってるんです？」

「忘れたけれど、誰かがいったのです」

「それは残念ですね」ポアロは考えこむ面持ちでいった。

ジャップがまた奇妙な顔をしてポアロを見やった。

「わからないなどうも、ムシュー。ほら、いまはあなたはあの女が有罪だとは思いたくないというように見える」

「いや、いや、ジャップ。わたしはあなたの考えるような彼女の支持者じゃないですよ。しかしねえ、ちょっと理屈に合わないですね」

「なんのことです、理屈に合わないとは。私には理屈に合わないとは思えないが――」

私はポアロの唇が何かいおうとして震えるのを見た。が、わずかに彼はそれを抑えた。

「ここに、夫の手から逃れたいと思っている若い女がいる、この点ではわたしにも異存はありません。彼女もそうはっきりわたしにいった。さて《エ・ビアン》、彼女はどういうふうに始めたか？　彼女は他人の前で何度も、大声で、夫を殺すと繰り返した。それから、ある夜、夫の家を訪れて、名前を名乗り、彼を刺して逃げた。これをなんと呼びますか、あなた、ええ？　常識すらあるでしょうか？」

「たしかに少しばかげていますね」

「ばかげてるって？　こりゃ、低能のやることです！」

ジャップが立ち上がった。

「犯人がのぼせれば、それだけ警察の手間が省けるということさ、それじゃ私はサヴォイ・ホテルへ戻ることにしましょう」

「お供してもよろしいですかね？」

ジャップがべつに異議をとなえなかったので、われわれは出発した。ブライアン・マーティンはわれわれと別れるのがひどく心もとない様子だった。彼は熱心に、今後の事件の進展を自分に教えてくれるようにと頼んだ。

「神経質な男だね」というジャップの評にポアロは同意した。

サヴォイ・ホテルに着いたとき、われわれは、見るからに法律家というタイプの紳士と一緒になった。われわれは揃ってぞろぞろとジェーンの部屋に進んだ。ジャップは部下の一人と立ち話をした。

「何かあったか？」

「電話を使いたいといいました」

「誰にかけた？」

「ジェイ葬儀店です」

ジャップは小声で毒づいた。われわれは部屋へ入った。

エッジウェア卿の未亡人は姿見の前で帽子を試しているところであった。彼女は白と黒の薄もののドレスを身につけていた。例の、まばゆいような笑みを浮かべてわれわれに挨拶した。

「まあムッシュー・ポアロ。来ていただけるなんて、本当に嬉しゅうございますわ。ミスター・モクスン（とこれは弁護士に）、来てくださってありがとう。そばにいて、どの質問に答えたらよろしいのか、教えてくださいな。そこのその男が、わたしが今朝ジョージを殺してきたのだろうっていってるんです」

「昨夜です、マダム」ジャップがいった。

「あなたは今朝だとおっしゃいましたわ。十時だって」

「私は午後十時《ピー・エム》と申し上げたんです」

「そう、わたしはどっちだか知りませんわ。a・m（午前）だか、p・m（午後）だか」

「いま、きっかり十時になったばかりですよ」警部の語気は激しくなった。

ジェーンは大きく目を見開いた。

「まあ——こんなに早く起きたのは何年ぶりかだわ。それじゃ、あなたがここへはじめおいでになったのは明け方だったのね」

「ちょっと待ってください、警部さん」今度はモクスンが荘重な法律家声でいいだした。「この——ああ——痛ましい——かつ驚くべき事件が起こったのは何時ごろと考えたらよろしいのですか？」

「昨夜十時前後ですな」

「まあ、そんなら問題にもならないわ」ジェーンが横あいから鋭くいった。「わたしはそのときある晩餐会に出ていましたもの——あら！」彼女は慌てて口をおさえて、「いっちゃいけなかったわね」

彼女の眼はおずおずと弁護士の眼のなかを探った。

「もしもですね、昨晩十時に奥様がその——その——ある晩餐会に出席されていたとすればです、私としてはですな、その——そのことを警部さんにお話しするのはいっこうに差し支えないと思いますな。いっこうに差し支えない」

「そのとおりです」ジャップがいう。「私はただ昨夜のあなたの行動を述べていただきたいと申し上げているだけです」

「いわなかったわよ、あなたは。なんとかmの十時といっただけよ。いずれにしろ、あなたはわたしにひどい精神的なショックを与えたのよ。わたし、気を失って倒れてしまったのです、ミスター・モクスン」

「その晩餐会のことですがね、エッジウェア卿夫人――」

「サー・モンタギュー・コーナーの晩餐会ですわ――チズィックのお邸での」

「何時にお出になりましたか？」

「晩餐会は八時半の始まりでした」

「ここをお出になられたのは――何時でした？」

「わたしは八時にここを出ました。途中で、ピカデリー・パレスへほんのちょっと寄りました。アメリカへ帰るあるお友だちにさよならをいいにね――ヴァン・デューセン夫人ですわ。それで、チズィックに着いたのは九時十五分前でした」

「何時に邸をお出になりました？」

「十一時半頃でしたかしら」

「まっすぐここへお帰りで？」

「はい」

「タクシーで？」

「いいえ、わたしの車で。わたし、ダイムラー会社から一台雇ってありますの」

「そして、晩餐会のあいだ、少しもそこを離れませんでしたか？」

「ええ、わたし――」

「離れたのですか？」

鼠にとびかかるテリアのような勢いだった。

「おっしゃる意味がわからないわ。食事中、電話がかかってきて、呼ばれたのですわ」

「誰からの電話ですか」

「きっと、誰かのいたずらだったんですわ。電話に出ると誰かの声が、『エッジウェア卿夫人ですか』といいました。それでわたしが、『ええ、そうです』と答えると、その人は笑って電話をきってしまいました」

「電話にお出になるのに邸の外へ出られましたか？」

ジェーンは驚きあきれて眼をいっぱいに見ひらいた。

「もちろん出ませんわ」

「テーブルから離れていたのはどのくらいの時間でした？」

「せいぜい一分三十秒ね」

ここまでで、ジャップはがっかりしたように質問を打ち切った。私には、彼がいまジェーンの話した一言だって信じていないのが手にとるようにわかった。だが、一応話を聞いた上は、確かめてみた上でなければ、これ以上何もできないのは明らかだった。

冷ややかに感謝の言葉を述べるとジャップは部屋を辞した。われわれもともに引きあげようとした。するとジェーンがポアロを呼び戻した。

「ムッシュー・ポアロ、わたしのお頼み聞いてくださる？」

「お聞きしましょう、マダム」

「それでは、パリの公爵のところへ電報を打ってくださいな。彼はクリヨンに滞在していますわ。彼に知らせなければならないのですけど、わたし自身ではいやなのです。ここ一週間や二週間は、やっぱり、喪に服した未亡人という恰好をしていませんと――ねえ」

「その必要はまったくございませんな、マダム」ポアロはもの柔らかに、「あちらでも新聞に発表されますすよ」

「ああら、そうね！　なんてすばらしい頭脳《あたま》をお持ちなんでしょう！　もちろん出ますわね。電報なんかよりよっぽどいいわ。もう、何もかも好転したのですから、ぜひいまのわたしの立場を護っていようと思いますの。せいぜい、未亡人らしく振る舞うつもりですわ。こう、威厳のある、ね？　そうだわ、わたし、蘭の花環を贈りますわ。いまはあれがいちばん高価なものですの。お葬式には行かなければならないでしょうね？　どうかしら?」

「まず検死審問に行かなければなりませんな、マダム」

「ええ——それはそうね」彼女はちょっと考えこんだ。「わたし、あのスコットランド・ヤードの警部、ほんとに好きになれませんわ。わたし、死ぬほど脅かされたわ。ねえムッシュー・ポアロ」

「はい?」

「一種の幸運ですわね。途中で気が変わってあの会に出席しておいたのは」

ポアロはそのときすでにドアのほうへ行きかけていたが、その言葉に、クルリと身体を一転させて向き直った。

「なんといわれました、マダム? 気が変わったと?」

「ええ。わたし、遠慮しようと思ってましたの。昨日の午後、あんまり頭が痛かったものですから」

ポアロは一度、二度と息をのむしぐさをした。しゃべりだそうとして、うまく言葉にならない様子だった。

「あなた——誰かに、そうおっしゃいましたか?」

「あら、もちろん話しましたわ。あのときは、ずいぶんたくさんの方がお茶を飲んでいらして、皆さん、わたしにカクテル・パーティに行かないかとすすめてくださったのですけど、わたしお断りしていましたの。そのとき、頭が割れるように痛むから、すぐホテルへ帰るっていいましたから、そのついでに、晩餐会も失礼するつもりだといいました」

「うむ。で、なぜ気がお変わりになりました、マダム？」

「エリスが反対したのですわ。床のなかに引っ込んでいるわけにはまいりませんよ、って。サー・モンタギュー老は、ご存じのように黒幕でたいへんな勢力家ですし、それにとっても変人ですから、つまらないことにもすぐ腹を立てるかもしれない――そりゃ、わたしはそんなこと、平気だわ。気にもしませんでしたわ。マートン公爵と結婚してしまえば、問題ありませんもの。でもエリスはいつも用心深いほうでしてね、好事魔多しということもございます、とかなんとかいって――結局、わたしも我を折って、そういうこともあるかと思って出かけましたの」

「エリスに感謝しなければなりませんな、マダム」ポアロはまじめである。

「ほんとうに。あの警部さん、みんな調べ上げてみて、驚くわね？」

ジェーンは声を立てて笑ったが、ポアロはにこりともせず、低い声でいった。

「いずれにせよ――これは、恐ろしく考えさせるものを持っている――」

「エリス！」ジェーンが呼んだ。

メイドが次の部屋から姿をあらわした。

「ムッシュー・ポアロが、おまえが昨日のあの晩餐会にわたしを出ていかせたのはたいへんな幸運だったとおっしゃってよ」

エリスはほとんどポアロに一顧も与えなかった。不機嫌そうなしかめ面のまま、反対をとなえた。

「約束を破らなかっただけですわ、奥様。奥様は約束を反古《ほご》になさるのがお得意ですけれど、そういつもいつも相手の方が見逃してくださりはしません。腹を立ててしまいます」

ジェーンはさっきわれわれが部屋へ入ってきたとき、試してみていた帽子を拾い上げて、また姿見の前に立った。

「わたし、黒は大嫌い」情なさそうにいう。「決して黒なんか着ないのだけど。でも、それらしい未亡人になるためには、どうしても我慢しなければいけないわね。こんな帽子には身震いが出るわ。エリス、どこかほかの帽子屋に電話をかけてよ。他人に見られておかしくないようにしなけりゃ」

ポアロと私はそっと部屋をすべり出た。

7　秘書の話

この日、われわれはジャップがどこへ行ったのか見とどけずに帰ってきたが、約一時間後、彼はふたたびわれわれの前に姿をあらわし、入ってくるなり、帽子をテーブルにほうりだし、呪いの言葉を吐き散らした。

「尋問はしたのでしょうな？」ポアロは同情的であった。

ジャップは陰鬱そのものの顔で頷いた。

「しましたとも、そして、あの十四人が一人残らず嘘を吐いていたんじゃないとすれば、彼女はまさしく先刻しゃべったとおりのことをしたんです」ちょっとうめいて、つづけた。「ムッシュー・ポアロ、私はもうまちがいなく彼女のインチキを発見するつもりでいましたよ、彼女以外の人間がエッジウェア卿を殺したなんて、とうていあり得ることとは思えなかった。あまりにも明瞭だった。彼女こそ、殺害の動機といえる動機を持つ唯一の人間だった――」

「わたしはそうは思わないが——ま、よろしい、つづけたまえ《コンティニュエ》」

「で、いまもいったように、私は彼女のインチキをたちどころに見破るつもりでした。あなたは演劇人のいかなるものかをご存じだ——彼らは仲間をかばうためには、皆ぐるになって辻褄《つじつま》を合わせようとしますよ。ところが今度の場合はそれとは多少違った状況でした。昨夕の客はすべて名士ばかりの集まりで、一人として彼女の親しい友人というのはいない、なかにはお互いに顔見知りでさえない人たちもいました。したがって彼らの証言は他人の影響を受けてもいず、信頼できるものでした。そこで、私はそれでは彼女が三十分かそこら外へ出たにちがいないと思って、その点を確かめてみました。わけなく出られたはずですからね——化粧をなおすとかなんとか、うまい口実を作れば。ところがそれもだめ。彼女はたしかにテーブルを離れたことは離れた。彼女のいったとおり、かかってきた電話に応えにね。しかしそのときは執事がついていった。彼が彼女の電話の応答を聞いていました。『ええ、そうです。エッジウェア卿夫人です』そう彼女がいうと、相手は電話をきってしまった。変ですね、これは。もちろん、べつに関係のあることじゃないですがね」

「ないかもしれない。——しかし、おもしろい。電話の主は男でしたか、女でしたか？」

「女です。たしか彼女はそういった」

「奇妙です」ポアロは考え深げにいった。

「どうでもいいことです」ジャップがいらいらと、「要点に戻りましょう。昨夜の会はまったく彼女の話どおりに運んだのです。彼女はあそこへ九時十五分前に着き、十一時半に邸を辞して、ホテルへ十二時十五分前に戻ってきた。私は彼女の車を運転した運転手に会ってきました。ダイムラー自動車会社の正規の社員です。それから、サヴォイ・ホテルの使用人たちも、彼女の帰ってきたのを見ていますし、帰った時間も確認しました」

「なるほど。きわめて決定的《エ・ビアン》なようですな」

「とすれば、リージェント・ゲートの邸《やしき》の二人の目撃者はどうなるのか。彼女を見たのは例の執事だけじゃないのです。エッジウェア卿の秘書もやっぱり彼女を目撃してる。二人が二人とも、昨夜十時にやってきたのはエッジウェア卿夫人にちがいない、とあらゆる神聖なものにかけて誓っています」

「執事はもうどのくらいあそこに勤めているのだろう？」

「六カ月です。ところで、すごい美男子だ」

「そう、まったくねえ。しかし、六カ月しかたっていないとすれば、エッジウェア卿夫人をまちがいなく確認することはできないはずです——彼が以前彼女に会ったことがないかぎりは」

「彼は新聞なんかで彼女の写真を見て知っていたのです。それに、秘書が夫人を知っていましたよ、彼女はここ五、六年、卿の秘書をやっているのです。あれがエッジウェア卿夫人にちがいないと積極的に主張するのは、この秘書だけなのです」

「なるほど。その秘書という女に会ってみたいものですな」

「それじゃ、いまから私と一緒に会いにいらしたらどうです？」

「ありがたい。ぜひ、そうさせていただきたいですな。ヘイスティングズもあなたのご招待の仲間入りさせていただけますな？」

ジャップはにやりと笑った。

「だって、主人のゆくところ、犬また必ず従う、っていうじゃありませんか」彼はそういい足したが、私にはとても良い趣味とは思えなかった。

「この事件はエリザベス・キャニング事件を思いださせるものがある」ジャップはつづけた。「覚えてますか？　少なくとも二十人の目撃者が、イングランドの正反対の両端で、同時に例のジプシー、メリー・スクワイヤを見たと証言した。目撃者は、みんな立派な、信頼すべき人たちだったし、あんな恐ろしい顔をした女が、この世に二人あろうとは思えない。あの謎はいまだに解けていない。これが、こんどの場合にそっくりだ。ある一人の女が、同時に、二つの異なった場所にいたと証言するそれぞれの人のグループがある。どっちが真実を述べているのだろう？」

「それをみつけるのはさほど困難ではありますまい」

「とおっしゃいますと？　しかしこの女——ミス・キャロルは本当にエッジウェア卿夫人を知っているのですよ。つまり、彼女は同じ邸内で夫人と日常を共にしたことがあるのです。その彼女が、夫人を見あやまるとは思えない」

「それはそのうちわかりますよ」

「爵位を継ぐのは誰なんです？」私が訊いた。

「甥の、ロナルド・マーシュ大尉です。放蕩息子の類ですよ」

「死亡時間について医者はなんといってますか？」ポアロが訊いた。

「検死解剖の結果を待たなきゃ、厳密なことはわかりませんね。夕食のこなれかたを調べてみないと」ジャップのもののいい方は、残念ながら、洗練されているとは義理にもいいがたい。「しかし、十時頃というのがいちばんピッタリくる。生きた彼の姿が最後に見られたのは九時二、三分過ぎだ。食事が終わってテーブルを立ったあと、執事が書斎へウィスキー・ソーダを持っていった。十一時、執事が寝にいったとき、書斎の灯りは消えていた――だから、そのときすでに彼は死んでいたわけだ。暗闇のなかで座っているはずはないですからね」

ポアロは考え考え頷いた。一、二分後、われわれは邸に到着した。いまは窓のブラインドが降ろされていた。

玄関のドアが、例の美男の執事の手であけられた。

ジャップは先頭に進み、私とポアロは後につづいた。ドアは左側に開かれたので、執事はそちらの側の壁を背にして立つことになった。ポアロは私の右側に並んでいたが、私より背が低いので、執事がポアロに気がついたのはわれわれがホールの中ほどへ足を踏み出したときだった。

執事にいちばん身近だった私は、突然彼が息をのむ気配を感じた。そして、振り向くと、顔面にありありと驚愕の色を浮かべてポアロを凝視している男の顔にぶつかった、私はそれがなんの意味かも知らぬまま、その事実をすぐに心の外へ追い出してしまった。

ジャップはわれわれの右側につづく食堂へどんどん入っていくと、執事の名を呼んだ。

「さてアルトン、もう一度、今度はうんと慎重に、先刻のことを調べてみたいのだ。その婦人がやってきたのは十時だったんだね？」

「奥様ですか？　はい、そうです」

「どうして夫人だとわかったんです？」ポアロがたずねた。

「奥様がそうおっしゃいました、はい。それに、私は新聞などであの方の写真を見たことがございますし――舞台も見ましたから」

ポアロは頷いた。

「どんな服装をしていたかね？」

「黒ずくめでございました。黒の外出用ドレスに小さな黒の帽子をかぶって、真珠の首飾りにグレーの手袋をしていらっしゃいました」

ポアロは質《ただ》すような眼をジャップに向けた。

「白のタフタのイヴニング・ドレスに貂《てん》のショール」ジャップはそれだけいった。

執事は話を進めたが、それはさきほどジャップがわれわれに聞かせたところとぴたりと一致していた。

「昨夜はそのほか誰もご主人に会いにはこなかったかね？」ポアロが質した。

「どなたもいらっしゃいません、はい」

「玄関のドアはどうやってしめるのかね？」

「エール錠でございます。普通は、私が寝る前にボルトを引いておきます、十一時でございます。でも、昨夜はミス・ジェラルディンがオペラにいらっしゃいましたので、ボルトはかけてございませんでした」

「今朝はどうなっていたね？」

「ボルトがかけてございました。ミス・ジェラルディンが昨夜お帰りになったときおしめになりました」

「いつ帰ってきたのかな？　知っているかね？」

「十二時十五分前頃だったと思います」

「とすれば、夜中の十二時十五分前まで、ドアは外からでは鍵がなければあかなかったわけだ。ところが内からだとただ把手を手前にひくだけであいた？」

「さようでございます」

「鍵はいくつあるのかね？」

「閣下がご自分のを一つお持ちのほか、ホールのひきだしに一つ入っております。ミス・ジェラルディンが昨夜お持ちになったぶんでございます。そのほか鍵がありますかどうか、私は存じません」

「ほかに誰も鍵を持っていないのかね？」

「持っておりません。ミス・キャロルはいつもベルを鳴らされます」

ここまでで、ポアロは聞きたいことがおしまいだという身ぶりをした。次にわれわれは秘書を探しにいった。

われわれは大きな事務机に向かって忙しげに書きものをしている彼女をみつけた。秘書のミス・キャロルは、気持ちのよい、働きものらしい四十五、六の女であった。金髪がグレーに変わりかけている。鼻眼鏡をかけていて、そのレンズの向こうから、敏捷そうな二つの青い眼がわれわれをジロッと見た。彼女が口を開いたとき、私はすぐに、先日電話で聞いたよく通る事務的な声が彼女だったのに気づいた。

「ああ、ムッシュー・ポアロ！」ジャップの紹介で知ると、彼女はいった。「そうです。わたしが昨日あなたとお約束をしたのです」

「さようでしたな、マドモアゼル」

ポアロは彼女から好印象を受けたのだなと私は思った。なるほど彼女は器用さと正確さの権化といった女だ。

「で、ジャップ警部、あれ以上、わたしへのご用とおっしゃるのは？」ミス・キャロルはいった。

「そのことです。あなたは昨晩来た婦人がたしかにエッジウェア卿夫人であったと自信を持っていえますか？」

「これで三度目ですよ。もちろん、たしかですわ。この眼で見たのですから」

「どこで彼女をごらんになったのです、マドモアゼル？」

「ホールですわ。彼女はほんの一分くらい執事と話していました。それから、ホールを通って、書斎のドアから入っていきました」

「で、そのときあなたはどこにいました？」

「二階ですわ——上から見おろしていたのです」

「で、たしかに、見まちがいはしていませんな？」

「絶対に。わたし、彼女の顔をはっきり見たのですから」

「似た顔を見間違えたということはありませんか？」

「そんなこと！　ジェーン・ウィルキンスンの顔はとても個性的な顔です。たしかに彼女でしたわ」

ジャップはポアロに向かって〝ほら、ごらんなさい〟といわんばかりの表情をしてみせた。

「エッジウェア卿には敵がありましたか？」不意にポアロが別のことを聞いた。

「ナンセンスですわ」とミス・キャロル。

「どういう意味です——ナンセンスとは、マドモアゼル？」

「敵だなんて！　今日日《きょうび》の人間に敵などおりません。イギリス人には！」

「しかしエッジウェア卿は殺されました」

「殺したのは彼の妻です」

「妻は敵ではないでしょう、ちがいますか？」

「もちろん、こんなことはとても常識で考えられることではございません。わたしだって、こんなこと、聞いたこともありませんわ——少なくとも、わたしたちの階級の社会においてはね」

ミス・キャロルによれば、殺人などという事件は、下層階級の酔払いどもの間でしか起こらないものであるらしかった。

「玄関のドアの鍵はいくつありますか？」

「二つです」ミス・キャロルはてきぱきと答えた。「一つはエッジウェア卿がいつもお持ちになっていらっしゃいました。もう一つは、ホールのひきだしにありますから、遅くまで外出しようと思う人は誰でも取っていけます。鍵はそのほかにもう一つあったのですが、マーシュ大尉が紛失されました。不注意もはなはだしいことですわ」

「マーシュ大尉はたびたび邸へお見えになるのですか？」

「三年前まではここに住んでいらっしゃいました」

「なぜ出ていかれたのですか？」ジャップが訊いた。

「さあ。きっと、伯父様とうまくいかなかったのでしょう」

「まだ知っていることがおありのようですな、マドモアゼル」ポアロがもの柔らかにいった。

彼女はすばやい一瞥をポアロにくれた。

「わたし、根も葉もない噂をしゃべるような女ではございませんわ、ムッシュー・ポアロ」

「しかし、エッジウェア卿と甥御さんのあいだに深刻な不和があったという噂の真相は知っていらっしゃるでしょう？」

「そんなに深刻だったわけではありませんわ。エッジウェア卿という人は大体がうまくそりを合わせていくことの難しい方でした」

「あなたでもそうでしたか？」

「わたしのことはいっておりません。わたしは卿とほんの少しでも不和になったことはございませんでした。卿はいつでも、わたしだけは信頼するに足ると思っておられました」

「しかし、マーシュ大尉にはそうでなかった――」

ポアロは、もの柔らかな調子で、なおも彼女をその問題に追いこんでいった。

ミス・キャロルは肩をすくめてみせた。

「彼は贅沢だったんですわ。借金をしたり。何か、それ以外にもトラブルがあったようでしたけれど、なんだったのか、よくは存じません。そのことでお二人は喧嘩しました。卿が彼に邸を出ていけとおっしゃったのです。これだけですわ」

彼女の唇はきっと結ばれた。これ以上、何をいうつもりもないことは明白である。

われわれが彼女と会見していた部屋は二階にあった。部屋を出て、降りようとする私はポアロに腕をつかまれた。

「ちょっと待って、ヘイスティングズ。ここにほんの少しいてくれませんか。わたしはジャップと一緒に階下《した》へ降りていく。わたしたちが書斎に入るまでそこから見ていて、それから降りてくるんです」

私はもう長いこと〝なぜ〟で始まる質問をポアロにすることを諦めていた。かの軽騎兵のごとく、〝我はその故を問うにあらず、なし遂ぐるか、然らずんば死するにあり〟というわけである。幸いなことに、死ぬことだけはまだどうやら免れていたが！　私は思った——おそらく、ポアロは執事が彼をスパイしていると疑って、その現場をおさえたがっているのだ。

私はそこに立って手すりごしに階下を見おろした。ポアロとジャップはまず正面の玄関のドアのところへ歩いていって、私の視界から消えた。それから、ふたたび姿を現わすと、ゆっくりホールのほうへ進んだ。私は眼で二人の後ろ姿を追い、彼らが書斎のなかへ入ってしまうまで見届けた。私は一、二分間待った。執事が現われるかもしれないと思ったからである。が、誰も現われそうな気配はなかった。そこで私も階段を駆け降りると、書斎へ入ってみた。

むろん、すでに死体はとり片づけられていた。カーテンが引かれ、灯りがついている。ポアロとジャップは部屋の真ん中に突っ立って周囲をぐるぐる見まわしていた。

「なにもありませんよ」とジャップがいったところだった。

すると、ポアロはニコリとした。

「ああ、まったくねえ！　煙草の灰ひとかけ、足跡も、女の手袋も、ほのかな残り香すらもない――小説に出てくる探偵が発見する都合のよい手がかりの、ひとつすらないのですからねえ！」

「探偵小説のなかじゃ、警察はみんなコウモリみたいに目先きがきかないということになっている」ジャップがにやりとしていった。

「わたしが一度手がかりを発見したときなど」とポアロは夢みるような眼つきになって、「そいつが、四センチじゃなくて四フィートもあったので、誰も信用しようとはしなかったものです」

私はポアロの話のときのことを思いだして、われ知らず笑いだした。とたんに自分の任務に気がついた。

「大丈夫でしたよ、ポアロ。注意していたが、ぼくの見ていたかぎりでは、誰も立ち聞きなんぞしてませんでした」

「わが友ヘイスティングズの眼よ」ポアロの言葉には例の気取った嘲弄の味があった。

「あなたはわたしが口にバラの花をくわえていたのを見ましたか？」

「唇に、バラの花をくわえてたって？」私はびっくりして訊きかえした。ジャップが、そっくり返って、唾を飛ばして笑いだした。

「こいつは笑わせる、ムッシュー・ポアロ」と彼は吹きだしながら、「笑い死にしそうですよ、バラの次はなんです？」

「カルメンになったつもりだったんですよ」ポアロは少しも騒がずいった。

彼らの気が違ったのか、それとも自分の頭がどうかしたんじゃなかろうかと私は思った。

「ヘイスティングズ、気がつきませんでしたか？」そういうポアロの声音には、非難めいたものがあった。

「うん」と私は驚いて相手の顔をながめながらいった。「だいいち、あのときはあなたの顔は見えなかった」

「そうか。なに、いいんです」彼は静かに首を振った。

いったい、彼らは二人して私をからかってるのだろうか？

「さて」とジャップが、「ここにはもう用はない。娘に会ってみたいものですな、今度は——もしできればですが。さっきはあまりに動揺していて、私の前ではろくに口もきけなかったのです」

彼はベルを鳴らして執事を呼んだ。

「ほんのしばらくでよろしいからちょっとお目にかかりたい、とミス・マーシュにいってきてくれ」

執事は出ていった。ところが二、三分後、部屋へ入ってきたのは、彼ではなく、ミス・キャロルだった。

「ジェラルディンは眠っております。ひどいショックを受けたのですわ、かわいそうに。あなたがたが行かれてから、すぐにわたしが睡眠薬を調剤して飲ましてやりました。いまはぐっすり眠っています。おそらく一、二時間は起きないでしょうね」

ジャップが頷いた。

「でもわたしのお答えできないことで、あの子のお話しできることなんか、なにもありませんよ」ミス・キャロルは断固たる調子である。

「執事についてはどうお考えですか?」とポアロ。

「わたしはあの男は好きではありません、それは事実です。でも、べつになぜか考えたことはありませんわ」

われわれは玄関のドアに近づいた。

「あなたが立っていたのはあそこですな、マドモアゼル、昨夜です。ちがいますか?」

ポアロが突然、階段の上を指さしながらいった。

「そうですわ。なぜですの?」

「あそこから、エッジウェア卿夫人がホールを通って書斎へ入るところを見たのですな?」

「ええ」

「で、夫人の顔ははっきり見た?」

「そうですわ」

「しかしあなたは彼女の顔を見たはずはありません、マドモアゼル。あなたの立っていたところからは、彼女の頭の後ろしか見えなかったはずだ」

ミス・キャロルは怒って真っ赤になった。よほどびっくりしたようでもあった。

「頭の後ろが見えて、声を聞いて、歩く姿を見たら、それで充分じゃないですか。面と向かって会ったのと同じことよ！　絶対にまちがいっこありません！　何度でもいいますけど、あれはジェーン・ウィルキンスンでした。世のなかで、これきりないという悪い女の見本の、あの女でしたわ！」

いうが早いか、彼女は飛ぶように二階へ駆け上がっていった。

8 可能性

戻らねばならないジャップと別れて、ポアロと私はリージェンツ・パークに立ち寄った。ほどなく、人影のない静かなベンチを見つけて腰をおろした。

「あなたのいったバラの意味がようやくわかりましたよ」私は笑いだしながら、「さっきはあなたが気が狂ったのかと思った」

ポアロは頷いたが笑わない。

「わかりましたか、ヘイスティングズ、あの秘書の証言は危険きわまりないものですよ。なぜ危険きわまりないかといえばあの不正確さゆえにです。さっき、彼女はあまりにもりきんで、訪問者の顔を見たといったでしょう？ あのときすでに、わたしはそれが不可能だと思っていました。書斎から出てくるときならばそれも可能です、だが書斎へ入っていくときには見えない。そう思ったから、ちょいとした実験をやってみると、はたして思ったとおりの結果がでたというわけです。そこで彼女をわなにかけてみた。とたんに彼女はさっきの証言をいともあっさり変えてしまいました」

「しかし彼女の確信はちっとも変わらなかったようですよ」私は反駁した。「それに、結局、声と歩き方だけでも、充分見分けがつくと思いますけど」

「いや、いや」

「だってポアロ、声と身ぶりは、いちばん個性的で目立つものだと思いますがなあ」

「それはそうですよ。だからこそ、また、他人がそれを真似ることもきわめて容易なんです」

「というと――」

「二、三日前のことを思い返して見てください。そら、思いださないですか、わたしとあなたがある劇場の席に座っていたあの晩の」

「カーロッタ・アダムズですか？　ああ！　しかし、彼女の場合は、あれは才能があるからですよ」

「有名な人物というのは真似るのにそう難しくないものです。しかし、彼女がたぐい稀な才能を持っていることはわたしも認める――そうだ、彼女なら、フットライトや舞台の力を借りずともあのくらいの芝居はやってみせることができる――」

不意にある考えが私の心に閃いた。

「ポアロ！」と私は叫んだ。「あなたはまさかそんなことを――いやいや、そいつはあまりにも偶然の一致でありすぎる」

「それはあなたの見方次第ですよ、ヘイスティングズ。ある角度から眺めれば、それは少しも偶然なんかではなくなる」

「しかし、それなら、カーロッタ・アダムズがなんだってエッジウェア卿を殺すんですか？　彼女は卿を知ってもいやしないのに」

「彼女が卿を知らなかったとなぜ断定できますか？　憶測でものを考えちゃいけませんよ、ヘイスティングズ。彼らのあいだには、われわれの知らないなんらかのつながりがあったかもしれない。もっとも、これはわたしの推理とはちがいますがね」

「それじゃ、もうあなたには目星がついているのですか？」

「うむ。カーロッタ・アダムズが今度のことに巻きこまれているかもしれないとは、最初から感じていました」

「だってポアロ――」

「まあ待って、ヘイスティングズ、二、三の事実をわかりやすく結びつけてみましょう。いいですか、あの晩エッジウェア卿夫人は、沈黙をまもるということの能力をまったく欠いて、夫とのあいだのトラブルを平気でしゃべりまくっていた、夫を殺す話までしさえした。この話を聞いたのはあなたとわたしだけじゃない。ウェイターが聞いている、彼女のメイドなんかたぶん何度も聞いているだろう、ブライアン・マーティンも聞いた、それから、おそらくはカーロッタ・アダムズ自身だって耳にしていたろう。さらに、この連中からその話を聞いた人々がある。さてその同じ日の夕刻、カーロッタ・アダムズが、あのじつにみごとなジェーンの物真似をやって見せた。エッジウェア卿を殺す動機を持つものは誰か？　彼自身の妻だ。

かりに、誰か、ある人間がエッジウェア卿を亡きものにしようと思っていた、とする。犯人にとって、じつにまたとない身替わりが、お膳立てされていたのですよ。かくて、ジェーンが、頭痛を訴え、ひと晩静かにひきこもって過ごすのだと話していたのを聞いたその夜、計画は実行に移されたのです。

第一に、エッジウェア卿夫人は、リージェント・ゲートの邸《やしき》に入るところを目撃されなければならなかった。さて、彼女は目撃された。それればかりじゃない、自ら、名乗りさえした。ああ、これは少しやり過ぎた《ア・セ・プー・トロ・サ》。これでは、ばかにだって、少し臭いぞと思わせてしまう。

さらに第二の点。小さなことにはちがいないが、昨夜邸に入ってきた女は黒の衣裳だったという。ところが、ジェーン・ウィルキンスンは絶対に黒を着ないのです！　少なくとも彼女はそういった。そこでかりに、昨夜邸を訪れた女がジェーン・ウィルキンスンでなく――ジェーン・ウィルキンスンに化けた他の女だったと仮定してみましょう――エッジウェア卿を殺害したのはその女でしょうか？

ここに第三の人物があって、それが邸へ侵入し、卿を殺したのではないか？　もしそうだとすれば、この人物は、エッジウェア卿夫人と思われる人間の訪問以前に現われたのか、それとも、それ以後に入ってきたのか？　かりに後だとしてみた場合、その女はエッジウェア卿になんといったのだろう？　自分の存在をなんと説明しただろう？　実際に夫人に会ったことのない執事は騙せたかもしれない、近づいてよく見なかった秘書は誤魔化せたかもしれない、だが、実の夫の目を欺けると思ったとは信じられない。あるいはそのとき、すでに書斎のなかには彼の死体が横たわっていたのだろうか？　エッジウェア卿は、女が邸に来た時間より以前――すなわち九時から十時までのあいだに、すでに殺害されていたのだろうか？」

「待ってください、ポアロ！　頭のなかが滅茶苦茶になっちまう！」

「いや、いや、われわれはただ可能性を論じているだけなのですよ、これは服を選ぶのと似ている。ほら、これが合うかな？　いや、どうも肩のところがしわになるようだ。じゃ、これかな？　うむ、これならいい――が、少し身体が窮屈だ。このもうひとつのほうは小さすぎるし――うんぬん、という具合にね、完全にぴったり合うやつ――すなわち真相にぶつかるまでやってみるのです」

「それじゃ、そんな忌わしい企みをつくったのは誰なんですか？」

「さあ、それをいうのはまだ早すぎます。まずエッジウェア卿殺害の動機を持つ人間は誰か、という問題から入っていかなければなりません。相続人の甥もいることだし――ちょっと動機としては明らかすぎますがね。それに、ミス・キャロルのきわめて独善的な言明はあれ、卿に敵がいたろうとも考えられる。エッジウェア卿という人物は、いかにも容易に敵をつくりそうな人間じゃないですか」

「うん、たしかにそうです」

「犯人は、誰であるにしろ自己の安全を信じているにちがいない。いいですか、ヘイスティングズ、昨夜のジェーン・ウィルキンスンには、最後の瞬間になってほんの偶然な気紛れを起こさなかったとしたら、ほかになんのアリバイもないところだったのですよ。そりゃ、彼女も、サヴォイ・ホテルの自分の部屋にいるところを目撃されたかもしれない――だが、それを証明するのはきわめて難しいことだったでしょう。かくて彼女は逮捕され、裁判にかけられ、おそらくは絞首刑さえ、免れなかったでしょう」

私は震え上がった。

「だが、ここにひとつだけわからないことがあります」ポアロはつづけた。「彼女を罪に陥れようとする意図があったことは明らかです——それならばあの電話はなんだったのでしょう？　なぜ、何者かがチズィックの彼女に電話をかけ、彼女がそこにいることを確かめるや、ただちに電話を切ったのか？　これではまるで、何者かが、ことを進める前に、彼女がそこに来ているかどうかを最後に確かめたように見えるじゃないですか？　それもちょうど九時三十分、殺人の行なわれたと推定される時間の直前です。とすれば、電話の意図は、ジェーンを救おうとしていたように見える——いや、そうとしか思えない。それなら電話の主は犯人ではあり得ない——犯人はあらゆる計画を、すべて、ジェーンを罪に陥れるようにこしらえたのだから。だとするとそれは何者か？　われわれの前には二つのまったく相反する事実があるように思えるではないですか」

私はただ首を振るばかりだった。すっかり煙にまかれたかたちである。

「ただの偶然だったのじゃないのかな」

「ちがいますね。何もかもが偶然であるはずはない。六カ月前には手紙が盗まれている。なぜか？　あまりにも説明のつかぬことが多すぎる。こういった事実をひとつに結びつける、なんらかの理由が必ず存在するはずです」

ポアロは溜め息をついた。ややあって彼はふたたび口を開いた。

「ブライアン・マーティンが話した例の話は——」

「しかし、そいつはべつにこんどの事件とは関係がないじゃないですか、ポアロ」

「あなたはなにもわかっていない、ヘイスティングズ。わかっていないうえに妙なふうに鈍感ですね。あなたには、すべての事実が、ひとつのパターンをなしていることがわからないのですか？ 現在は混濁しているが、やがて徐々に明らかになってくるパターンを持っていることが——」

どうも私にはポアロがあんまり楽観的すぎるように思えた。いくら待ってみても何ひとつ明らかになってくるとも考えられなかった。私の頭は正直のところキリキリ舞いしそうだった。

「いや、そいつは変ですよ」私は突然いいだした。「どう考えても、カーロッタ・アダムズがそんなことをするとは思えない。彼女はみるからにその——そうですな、じつに申し分のない良い娘だった」

そういいながらも、しかし、私は同時にポアロの言葉を——金銭欲といった彼の言葉を思いだしていた。金銭欲か！ それでは、その一見、とうてい信ずべからざる行動の根底には、金に対する欲望が働いていたのだろうか？ 私はあの夜、ポアロが、例のインスピレーションを感じていたのだなと思った。彼はジェーンが危険な人生をわたると予言した——彼女の非常に変わった利己的な気質の結果そうなるのだと。そして彼は、カーロッタが、金銭の誘惑に惑わされるといったのだ。

「わたしは彼女が殺人を犯したとは思わない、ヘイスティングズ。彼女は、そんなことをやるには冷静で常識のありすぎる女です。きっと彼女はまだ殺人のあったことさえ聞いていないはずです。何も知らずにただ利用されただけなのだ。しかしいま頃はもう——」

ポアロは不意に言葉を切って、眉をひそめた。

「知ったにしても、いまや事後従犯人です。おそらく今日はニュースで知る。そして、ようやく、自分が利用されたことに気がつく——」

いいかけたポアロは、いきなり恐ろしい声をあげて飛び上がった。

「早く、ヘイスティングズ、急ぐんです！　わたしはぼんやりものだった——ばか野郎だった。タクシーだ、いますぐです」

私は呆然と彼の顔を眺めた。

その私に、彼が手を振ってみせた。

「タクシーを、すぐ！」

通り過ぎようとする一台を、ポアロが手をあげて停めた。われわれは飛び乗った。

「彼女の住所は知ってますか？」

「カーロッタ・アダムズのことですか？」

「そうですよ《メ・ウィ》、そうですよ《メ・ウィ》、ヘイスティングズ、急いでください、一分だって貴重なんです。わからないんですか？」

「ええ、わからない」

　ポアロは小声で天を呪った。

「電話帳はだめだ。載っちゃいない。劇場だ！」

　劇場では最初なかなかカーロッタの住所を教えようとしなかったが、ポアロが片づけた。彼女はスローン・スクエアに近い住宅街に部屋を借りていた。車はそこへ向けて飛んだ。ポアロは焦燥にかられていた。

「遅すぎなけりゃいいんですが、ヘイスティングズ、ああ、遅すぎなけりゃ」

「いったい、なんだってこんなに急ぐんです？　なんだかさっぱりわからない、なんなんです、ほんとに？」

「わたしがノロマだったたってことです。こんな自明の理をいままで気がつかなかったなんて、ばかげたノロマだったたってことです、ああ《モン・デイユー》、間にあえばいいのですが」

9　第二の死

私には、ポアロの興奮がさっぱり理解できなかったけれど、彼にそれだけの理由のあることだけはよくわかった。

われわれはローズデュー・マンションに着いた。ポアロはスプリング仕掛けのように車を飛びでると、運転手に料金を払って、建物のなかへ急いだ。ミス・アダムズの住居は二階にあった。ボードの上にとめてあった名刺に書いてあったのである。

ポアロは階上の何階かにいたエレヴェーターを呼びおろす間を待つのも嫌って階段を駆け上がった。ドアの前に立つと、ノックし、ベルを鳴らす。内部で、ほんのわずかためらう気配がした。がやがて、ドアは、小ざっぱりした中年の、髪を後ろに引っつめた女の手であけられた。女の瞼は、泣いたあとのように、赤く腫れぼったかった。

「ミス・アダムズは？」ポアロは喰いつくように訊く。

女はポアロをじっと見た。

「ご存じないのですか？」

「ご存じないかですと？　何を、何をだね」

ポアロの顔はたちまち死人のように真っ青に変わった。その何かは知らず、しかし私には、それが彼の恐れていたものであったことが、すぐわかった。

女は鈍い動作で首を振った。

「亡くなりました。眠ったまま死んでしまいました――ああ恐ろしい」

ポアロはドアの側柱によろよろと身をもたせかけた。

「遅かった」彼は呟いた。

彼の興奮のあまりの激しさに驚いたのか、女は彼をじっと見つめた。

「失礼ですが、ミス・アダムズのお友だちでいらっしゃいますか？　わたしまだ、あなたをこちらでお見かけしたことはなかったように思いますが」

ポアロは、この問いには直接答えず、代わりにいった。「医者は呼んであげたのでしょうな？　なんといっていました？」

「睡眠薬の飲みすぎだとおっしゃいました。かわいそうにねえ！　あんな良いお若いお嬢さんがねえ。本当に、怖いものですわ――ああいう薬は――。ヴェロナールとかいうのだそうですけど」

ポアロは急にシャンと身を起こした。彼の様子は、いままでとガラリと変わって、なにか新しい力がみなぎって見えた。

「部屋へ入らせてもらいます」

女は明らかに疑わしそうな警戒の気配を示した。

「でもわたしには――」

だが、ポアロは断固たる身ぶりをした。いかなる拒絶にあっても、望む目的を達するためには手段を選ばなかったであろう。

「ぜひ入れていただかねばなりません。わたしは探偵です。ミス・アダムズの死因を確かめなければならないのです」

女は息をのんで、わきに退いた。われわれは部屋に入った。

ポアロはぐるりと部屋の様子を眺めてから、女を振り返って、注意を与えた。

「いいですね、いまわたしのいったことは厳に内密にしてもらわなけりゃならない」声音もいかめしく、「他人に洩らしてはいけない。ミス・アダムズの死は偶然の災難だとみなに思わせておかなければならないのですからね。あなたの呼んだ医師の名前と住所を教えてください」

「ヒース先生です。カーライル・ストリート十七番地」

「それからあなたの名前は？」

「ベネットと申します——アリス・ベネット」

「あなたはミス・アダムズのお世話をしていたのですね？」

「はい、さようでございます。ミス・アダムズはとても良い方でした。昨年彼女がこちらへ来られてから、ずっとお世話させていただいておりました。そのあたりの女優とはまったく違った立派な方でした。本当のレディだったんですわ。お優しくて、しとやかで。すべてがそんなふうでした」

ポアロは女の話に耳を傾けて、同情するように頷いた。彼の様子には、すでに焦燥の影さえなかった。ことを穏やかに進めるのが、彼の望む情報をひきだす最良の方法だと思ったのであろう。

「それではこんどのことはあなたにも大きなショックだったでしょうね」彼は優しくいった。

「そうでございますとも、はい。わたし、お茶を持ってまいりました、いつもと同じように、九時半。そうしましたら、彼女はまだベッドのなかで、ぐっすりお眠りになっているように見えました。わたしはお盆を置いてカーテンを引きました。そのとき、金具がひっかかったのです、で、わたしは強く引っ張りました。大きな音がいたしましたのです。ところが、振り返ってみてびっくりしました。目を覚まされないのです。不意に、なにかおかしいな、という考えがわきました。彼女の寝姿の普通でない様子が。わたしはベッドのそばに近よって、手にそっと触れてみました。氷のように冷たいのです。わたしはキャッと叫んでしまいました」

彼女は言葉を切った。涙が、みるみる両眼に溢れてきた。

「そうでしょうね」ポアロはさも同情に耐えぬという口ぶりである。「恐ろしいことだったでしょう。ところでミス・アダムズはよく睡眠薬を使っていましたか？」

「頭痛のときなど、ときどき、何か飲んでいらっしゃいました——壜に入った小さな白い錠剤です。——でも、昨夜お飲みになったのは、それとは違うものだったそうで——お医者さまがそうおっしゃいました」

「昨夜誰か会いにみえましたか？　お客さんが？」

「いいえ、あなた。彼女は昨夜お出かけになりましたもの」

「どこへ行くか話しませんでしたか？」

「いいえ。七時頃お出かけで」

「ふふむ。服装はどんなでした？」

「黒のドレスでございました。はい。黒のドレスに黒のお帽子で」

ポアロは私の顔を見た。

「宝石類はつけていませんでしたか？」

「いつもしていらっしゃる真珠の首飾りだけのようでした」

「それから、手袋は？　グレーの手袋じゃありませんでしたか？」

「さようでございます、手袋はグレーでございました」

「うむ。それじゃ今度は昨夜のミス・アダムズがどんな様子だったか、きかせてもらえませんか。愉快そうでしたか？　興奮してましたか？　悲しそうでしたか、それとも神経質でしたか？」

「わたしには、なんですか、とても愉しそうでした。にこにこ、ひとりでお笑いになって、まるで、なにかおもしろいことがおありになるってふうに」

「帰ってきたのは？」

「十二時少しまわった頃でございました」

「そのときの様子はどうでした。同じでしたか？」

「たいへんお疲れのようでしたわ」

「しかし興奮してはいなかったんですね？　悩んでいるような様子は？」

「いいえとんでもない。なんですか、やはりとても愉しそうにしていらっしゃいましたよ。でも、クタクタにくたびれていらしたのです。どなたかに電話をかけようとなさいました。でも、面倒臭くなったとおっしゃって――たぶん、明日の朝にでもしようとお思いになったのですわ」

「なるほど」ポアロの瞳が興奮にキラキラと光った。彼は身を乗りだして、何気ない調子の声をだした。「ミス・アダムズの電話の相手の名前は聞こえましたか？」

「いいえ。彼女はただ電話番号をおっしゃって、お待ちになっていらっしゃいました、そうすると、きっと交換局が、『ただいまお継ぎしますから少々お待ちください』とかなんとかいったのでしょう、彼女がおっしゃいました、『ああ、わたし、面倒臭くなったわ、とても疲れてしまって』そして、受話器を元へ戻して、着替えを始められました」

「その電話番号は？　思いだせませんか？　考えてごらんなさい、これはとても大事なことかもしれないのだから」

「申し訳ありませんが、思いだせませんわ。ヴィクトリアの局番だったことしか、覚えていません。べつに注意していませんでしたからねえ」

「ミス・アダムズは寝る前に何か飲むか食べるかしましたか？」

「ホット・ミルクを一杯。はあ、いつも召し上がりますので」

「誰が用意したのですか？」

「わたしがいたしました」

「で、その晩は誰も部屋には来なかったのですね？」

「どなたもです、はい」

「朝ずっと早い時間にも？」

「わたしの覚えておりますかぎりではどなたもいらっしゃいませんでした。ミス・アダムズはお昼の食事とお茶に外出していらっしゃいました。お帰りになったのは六時です」

「ミルクが届いたのは？　昨夜彼女が飲んだミルクですが」

「召し上がられたのは新しいミルクですわ、午後の配達の。牛乳屋はいつも四時にドアの外側に壜を置いていきます――でも、いえ、ちがいます、ミルクには何も悪いことはありませんでしたわ、誓って。今朝、わたしが自分のお茶にも入れたんですもの。それに、お医者さまもミス・アダムズの死因は、ご自分でお飲みになったあの忌わしい薬のせいにちがいないっておっしゃっていましたわ」

「わたしがまちがっているのかもしれません」ポアロはいった。「そう、わたしの考えがまったく見当はずれである場合も、大いにあり得る。医者にも会ってみるつもりですよ、だがね、いいですか、ミス・アダムズには敵があった。ここととアメリカでは、だいぶ事情がちがってね――」

ポアロはちょっといい渋るふうをした。だが、お人よしのアリス・ベネットはたちまち彼の餌に飛びついてきた。

「ああ、わたし、知ってますわ、いつか、シカゴのギャングや、いろんなこわい話を読んだことがあります。なんていやな国なんでしょうねえ。いったい警察は何をしているんでしょう、わたしには想像もできませんわ。わたしたちの警察とは、天地ほどもちがうのですわね」

ポアロはアリスの思うままに委せておいた。ありがたいことに、アリス・ベネットの島国根性は、面倒な説明の手数をはぶいてくれる。

彼の眼は椅子の上に置いてある小型のスーツケースに落ちた。スーツケースというよりアタッシェ・ケースに似ている。

「ミス・アダムズは昨夜あれを持って出ていったのですか？」

「朝お出かけのとき、お持ちになりました。お茶の時間にお帰りになったときは持っていらっしゃいませんでしたが、晩には持ってお戻りでした」

「なるほど、開けてもよろしいですか？」

アリス・ベネットはもうなんでもポアロのいうなりだったろう。たいていの疑い深い用心型の女がそうであるように、一度疑いが晴れれば、もうあとは子供を扱うより信じやすいのだ。彼女はポアロのいうがままだった。

スーツケースには鍵がかけてなかった。ポアロが開いた。私は近よって彼の肩ごしに中身に目を注いだ。

「どうです、ヘイスティングズ、どうです?」彼は興奮を表わして呟いた。

なるほど、なかの品々はきわめて暗示的であった。

メーキャップの道具を入れた箱ひとつ、靴底に入れて、背を一インチほど高くするためのパット二つ、グレーの手袋一対、ティッシュ・ペーパーに包んだ、じつにみごとな金髪の鬘《かつら》。鬘は、ジェーン・ウィルキンスンの金髪そのままかと思われるほど微妙なニュアンスを出して、真ん中で二つに分かれ、首の後ろあたりでカールしている。

「これでもまだ疑いますか、ヘイスティングズ?」ポアロがいった。

その直前まで、私がポアロの推理を信用していなかったことは誓ってもいい。が、もはや疑おうにも疑いようがなかった。ポアロはケースを閉じて、メイドに向き直った。

「あなたは昨夜ミス・アダムズが誰と夕食したか知りませんか?」

「存じません」

「それでは、お昼か、お茶のときは？」

「お茶のことは何も存じませんが、お昼にはきっと、ミス・ドライヴァーとご一緒でしたわ」

「ミス・ドライヴァー？」

「はい、彼女の大の親友でいらっしゃいます。モファット・ストリート――ボンド・ストリートをもう少しいった所で、帽子屋をやっていらっしゃる。〈ジュネヴィエーヴ〉という お店ですわ」

ポアロは手帳の、医者の住所を記したすぐ下のところに、それを書き入れた。

「もうひとつだけ、聞かせてもらいたいのですがね、マダム。昨日マドモアゼル・アダムズが帰ってきた六時以後、彼女のことでなにか変わったことはありませんでしたか？――なんだっていい、彼女のいったことや行動で、いつもとちがうところや、意味のありそうな素振りはありませんでしたか？」

メイドはちょっと考えこんだ。

「どうもそんなことはなかったようでしたけれど――」とやがて口を切って、「お茶を差し上げましょうかとお訊きしましたら、もうすませたからとおっしゃって――」

「おお！　すませたといったのですね？」ポアロは思わず口をはさんだ。「や、失礼《パルドン》、先を続けて」

「それから、ずっと、お出かけまで手紙を書いていらっしゃいました」

「手紙をね？　ふむふむ。誰宛てだか知っていますか？」

「はい、存じております――彼女は一人にしか手紙をお出しにはなりませんから――ワシントンにいらっしゃる妹さん宛てですわ。一週に二回、きまって出します。いつもはご自分でその手紙を持ってポストへいらっしゃいます、郵便の集配に間に合わせようとして。――でも、出すのをお忘れになって」

「なにっ！　するとまだここに？」

「いいえ。わたしが投函しておきました。昨夜、お休みになろうとするときに思いだされて。わたしが走って行ってきますとお引き受けしました。もう一枚よけいに切手を貼って、時間外のポストに入れておきましたから、大丈夫ですわ」

「やれやれ。そのポストは遠いのですか」

「いいえ、すぐそこの角を曲がったところにあります」

「投函に出ていくとき、部屋のドアは閉めていきましたか？」

ベネットはちょっとひるんだ。

「いいえ、開けたままにして行きました――ポストに行くときはいつもそうするので」

ポアロはなにかいいそうになった。が、自分を制した。

「ミス・アダムズをひと目見てくださいますか？」メイドは、また涙ぐんでいった。

「生きていらしたときと同じようにお美しくて」

われわれは彼女のあとについて寝室に入った。

カーロッタ・アダムズは異様なほど穏やかな死顔で、あの晩サヴォイで会ったときよりずっと若く見えた。遊び疲れた幼児の寝顔に似た安らかさであった。

立ちつくして、彼女の顔を見おろすポアロの顔を、一種奇妙な表情がよぎった。私は彼が十字を切るのを見た。

「わたしは誓いました《ジェ・フェ・アン・セルマン》、ヘイスティングズ」ならんで階段をおりながら、彼はフランス語で私にいった。

彼が何を誓ったのか、私はあえて聞かなかった。私には彼の胸中がわかっていた。

少し間をおいて彼がいった。

「少なくともひとつだけ、わたしの気持ちを軽くしたことがあります。わたしがエッジウェア卿の死を耳にしたときには、すでに彼女は死んでいた。それだけはわたしの気持ちを慰めてくれました――うむ、とても気持ちを休めてくれましたよ」

10 ジェニー・ドライヴァー

つぎにわれわれのとった行動は、さっきメイドが教えてくれた医師の家を訪問することであった。

彼は、気むずかしそうな、どことなく曖昧な態度の年配の男だった。彼はポアロの名声をよく知っているといい、こうしてじかにお目にかかれるとはじつによろこびといたすところですと挨拶した。

「ところで、どんなご用件ですかな、ムッシュー・ポアロ？」と彼は前置きがすむと尋ねた。

「先生は今朝ミス・カーロッタ・アダムズの病床に呼ばれましたね」

「いかにも、気の毒な娘ですよあれは。頭のいい女優でしたのに。わしは二度彼女のショーを見ましたが。こんなふうにして若い命を散らすなんてねえ。なんだってまたこうした娘たちはあんな薬なんぞ飲まなきゃならんのか、わしには不思議です」

「薬物の常用者だったとお考えですか？」

「うむ、専門的な立場からいえば、そうともいいきれないのですがね。少なくとも、彼女は皮下注射をしてはおらん。針の痕跡がありませんからな。だから、いつも服用薬を使っておったのですな、明らかに。メイドは彼女が普通によく眠っていたというが、これだけは、メイドなんぞにはわかることではない。わしは彼女が毎晩ヴェロナールを用いていたとは思わぬが、しかし、ときおり、用いていたことは明らかです」

「なぜそうお考えになりました？」

「これですよ。くそ、わしはあれをどこへしまったかな？」と小型のケースのなかをのぞきこんで、「ああ、ここにありました」というと、彼は小さな黒いモロッコ革のハンドバッグを引っ張りだした。「当然検死審問がありますからな。わしはこれを持ってきたのです。そうすりゃ、メイドなんかやっかいな口をはさめますまいからな」

バッグの内ポケットから彼は小さな金の小箱を取り出した。ふたの上にはC・Aとルビーで頭文字《イニシャル》が象嵌してあった。みごとな、高価な持ち物である。医師はふたをはねた。内部には、白い粉が、ほとんど上縁までいっぱいに詰まっていた。

「ヴェロナールです」彼は短くいうと、「内側に書いてあることをごらんなさい」

ふたの内側には次のように彫られていた。

美わしき夢を

D よりC・Aへ

十一月十日　パリにて

「十一月十日」ポアロが考えこみながら呟く。

「そうでしょうが。ところでいまは六月です。ですから、これで見ると、彼女は少なくともう半年間、麻薬を用いる習慣を持っていたものと思われるわけです――しかもこれには年が入っていないのですから、あるいはそれが一年半であるかもしれぬし、二年半なのかもしれん――そりゃ、わかりませんよ」

「パリ。D」ポアロは呟いて眉をひそめた。

「そうですな。なにか、おわかりになりましたか？　ところでムッシュー・ポアロ、わしはまだこの事件のどこに関心を持っていらっしゃるのか、うかがっておりませんでしたな。おそらく、もう充分証拠も発見されたこととは思いますが――どうです、あなたはこれが自殺かどうかをお知りになりたいのではありませんかな？　それについてはわしも確かなことはいえません。誰にだってできぬ相談ですよ、ねえ。メイドの話を聞けば、あの娘は昨日までじつに元気がよかったという。とすればこれは災難のように思えます、わしの意見もこれです。ヴェロナールというやつはじつに不安定な薬品でしてな、山ほど飲んでも死ねないことがあるかと思うと、ほんのちょっぴりやっただけでコロリといくこともある。それだから危険なのですよ、この薬は。検死審問でも、きっと偶然の過失死ということに落ち着くでしょう。さあ、申し訳ないがこれ以上はなんともお役に立ちようがなさそうですなあ」

「マドモアゼルのバッグのなかをちょっと調べさせていただけますか？」

「さあどうぞ、どうぞ」

ポアロはバッグの中身をひっくり返した。C・M・Aの頭文字《イニシャル》を隅に縫い取った美しいハンカチ、パフ、口紅、一ポンド紙幣に小銭少々、それと、鼻眼鏡が一つ出てきた。

ポアロはこの最後の品物を興味深く点検した。金縁で、どちらかといえば地味ないかつい感じのものである。

「これは妙だ。ミス・アダムズが眼鏡をかけていたとは知らなかった。読書用かな？」

医師がそれをつまみ上げた。

「ちがいます。これは戸外用の眼鏡ですな。しかも相当に度の強いものです」と断固として、「この眼鏡をかけていた人は非常な近眼ですよ」

「もしや、ミス・アダムズが近眼であったかどうか、ご存じでは――」

「いや、わしは彼女を以前一度も診《み》たことはないのです。メイドの指がかぶれたというので、一度呼ばれたことがあるだけで。それ以外には、一度もあの部屋へ入ったことはなかったのです。だが、ある機会に見たときのミス・アダムズは眼鏡などかけてはいなかったようでしたなあ」

ポアロは医師に礼をいい、われわれは彼のもとを辞した。

ポアロは思い悩む表情だった。

「たしかに、わたしの考えちがいなのかもしれません」彼はいった。

「身替わりのことで？」

「ちがうちがう。それはもう証明済みのようなものですよ。彼女の死因についてです。明らかに彼女はヴェロナールを自分の持ち物のなかに持っていた。昨夜は、あまり疲れきっていたので、ぐっすり熟睡して疲労をとりたいと思ったのかもしれない――」

そこまでいいながら、いきなり彼は棒立ちになって――通行人はびっくりして彼の様子をじろじろ見た――両手をパチンと打ち合わせた。

「いいやちがう。ちがう、ちがう」大声を出すと、「偶然がこんな都合よく起きるはずはない。これは偶然なんかではない。自殺でもない。そうだ、彼女は、役割を演じ終えると、同時に――。いや、その役割を演ずることそのことが、すでに、自分の死の執行命令書に署名することだったのですよ。ヴェロナールが使われたのは、彼女がそれをときおり服用していることを知られていて、それに、いつもあの小箱を持ち歩いていることを知られていたからかもしれないぞ。待てよ、しかしそうすると、犯人は彼女をよく知っている人間でなければならないことになる。Dとは誰だろう、ヘイスティングズ？　Dが誰かわかったらなあ、ああ、そいつを知るためなら、何ものも惜しまないのですがね」

「ねえ、ポアロ」私はすっかり思索のなかにのみこまれているポアロに向かって、「歩いたほうがよくないですか。みんながぼくたちをじろじろ見ていますから」

「ああ？　ふむ、おそらくあなたのいうとおりでしょうな。もっとも、人が見ようがどうしようが、わたしはちっともかまわないですがね。これっぽっちも、思索の流れの邪魔にはなりませんよ」

「みんなが笑いはじめましたよ」私はこぼした。

「いささかも重要ではありません」

重要でないどころではない。私はなにか人の目に立つようなことをするのは大嫌いだった。こうなったら、ポアロの心を動かすに足ることはたったひとつしかない——その場合場合によって、暑さとか湿気とか——が、彼の高名なる口髭の美を損ねるおそれがあるぞといってやる以外には手がないのだ。

「タクシーで行きましょう」ポアロがステッキを振りまわした。一台近づいてきた。

彼は、モファット・ストリートの〈ジュネヴィエーヴ〉へ行くようにと命じた。着いてみれば、〈ジュネヴィエーヴ〉は、一階にはガラスのケースのなかにえたいの知れぬおかしな帽子とスカーフが一枚陳列されてあるきりで、事業の中心部は隅のカビ臭い階段を昇った二階にある、といった例の建物のひとつであった。

階段を昇りつめると〈ジュネヴィエーヴ〉と記されたドアの前に出た。〝どうぞお入りください〟と書いてある。指示に従って入っていくと、帽子のいっぱいに詰まった小さな部屋のなかに飛びこんでしまった。すると、堂々たる体軀のブロンド美人が、うさん臭そうな顔つきをポアロに向けながら進みでてきた。

「ミス・ドライヴァーは？」ポアロはたずねた。

「いいえ、モドムがお会いできるかどうかわかりませんよ。なんのご用ですの？」

「それでは、ミス・ドライヴァーに、ミス・アダムズの友だちがお目にかかりたいと伝えてください」

ブロンド美人は、しかしこの使命を果たす必要はなかった。黒のビロードのカーテンが乱暴に引かれ、燃えるような赤い髪の溌剌とした小柄な美人が、飛びだしてきた。

「なんですの？」女はつっけんどんにいった。

「ミス・ドライヴァーですかな？」

「そうです。カーロッタがどうしたんですって？」

「あなたはあの悲しむべき知らせをお聞きですか？」

「悲しむべき知らせってなんですの？」

「ミス・アダムズは昨夜睡眠中に亡くなられました。ヴェロナールの過量摂取でした」

女の眼がいっぱいに見開かれた。

「おそろしい！」と彼女は叫んだ。「かわいそうなカーロッタ。とても信じられないわ。昨日はあんなに元気だったのに！」

「しかしながら事実なのです。マドモアゼル」ポアロがいった。「そこで――いまちょうど一時ですね。恐れ入りますが、わたしとわたしの友人の昼食にご同席願いたいのですが。いろいろとあなたからうかがいたいことがありますので」

女は彼を見上げ見おろした。彼女は見るからに喧嘩早そうな生きものだった。どこかしらフォックス・テリアに似ているぞと私は思った。

「あなたは誰？」ぶっきらぼうな言葉が飛んできた。

「わたしの名はエルキュール・ポアロ。こちらはわたしの友人ヘイスティングズ大尉です」

私は頭を下げた。

彼女の視線は、一方から一方へと何度もわれわれの上を往復した。「まいりましょう」

「あなたのお話は聞いていますわ」彼女はいきなりいった。

彼女は例のブロンド美人を呼んだ。「ドロシー」

「はい、ジェニー」

「レスター夫人が、いまあたしたちの作ってたローズ・デカルト型のことで来るわ。ほかの羽根でやってみてちょうだい。行ってくるけど、長くはかからないでしょ、バイバイ」

そういうと、彼女は小さな黒の帽子を取り上げて片方の耳に寄せてとめ、猛烈な勢いで鼻の頭にパフをくれてから、ポアロを見やった。

「用意すんだわ」とまたいきなりいう。

五分後、われわれはドーヴァー・ストリートのとある小さなレストランのテーブルを囲んでいた。ポアロがウェイターに命ずると、やがてカクテルがわれわれの前に運ばれてきた。

「さあ、みんなすっかり聞かせていただきたいわ」ジェニー・ドライヴァーが口をきった。「いったい、カーロッタはなんに巻きこまれていたんですの？」

「というと彼女は何かに巻きこまれていたのですか、マドモアゼル？」

「あら、誰が質問したのよ——あたし？　あなた？」

「わたしの考えによれば、わたしのほうですな」とポアロは微笑みながら、「わたしの聞いたところによると、あなたは、ミス・アダムズと大の親友でいらっしゃったそうですな？」

「そうよ」

「よろしい《エ・ビアン》。マドモアゼル、厳粛に誓っていいますが、わたしはあなたの親友のためにこの調査をやっているのです。よろしいですね」

ジェニー・ドライヴァーが彼の言葉を考えるあいだ、一瞬の沈黙が流れた。やがて彼女は、すばやい頭のひと振りで承諾の意を示した。

「信用しますわ。つづけて。さあ、なにが知りたいのです？」

「わたしは、昨日彼女があなたとお昼を共にしたと聞きました」

「そうですわ」

「彼女は昨夜の計画を話しましたか?」

「昨夜のことはべつに何もいわなかったわ」

「しかし、何か話したでしょう?」

「その——そういえば、あなたがしたがってるようなことが話に出たわ。いいこと、彼女はばかに自信たっぷりだったわ」

「なるほど」

「ええと、ちょっと待ってよ。これは、あたしの感じたとおりをお話ししたほうがよさそうね?」

「どうぞ、マドモアゼル」

「それじゃね、カーロッタは興奮していたわ。彼女はめったに興奮することなんてないの。興奮しないたちなのよ。彼女はなにもはっきりしたことを話しはしなかったわ、ほのめかしもしなかった、けど、なにか——なにか始めるところだったんだわ。あたしの勘よ——なにか、こう大げさに人をかつぐ——人を騙すようなことらしかったわ」

「人をかつぐ?」

「自分でそういったのよ。どういう具合にしてやるのか、いつ、どこでとかはいわなかったわ。ただ——」とそこまでいって、ジェニーはふっと言葉を切り、眉をしかめた。

「つまり――おわかりだろうけど――カーロッタって、本気で、人をかついだり、騙したり、そんなことをするような人じゃないわ。彼女は、まじめで、心の優しい、仕事一方の娘だったわ。つまり、あたしのいう意味はね、誰かが、彼女をそそのかしてそんなことをやらせたにちがいないってこと。そして、彼女はいわなかったけど、あたし思ったの――わかるかしら、こんな勝手にしゃべって？」

「いや、いや、よくわかります、で、あなたの思ったこととは？」

「あたし――これは確かよ――あたし思ったわ、これにはきっと、何かの形で、お金が関係あるのだな、って。お金以外のことがカーロッタを興奮させるなんてことは決してないのだから。彼女はそういうたちなのね。彼女は取り引きに関してはすごくいい頭を持ってました。お金の問題が関連していなかったら、彼女が、あんなに興奮して、はしゃいでたはずはないわ。それも、とても大きなお金がね。あたしの受けた感じでは、何かで賭をして、絶対に勝つことに自信があるというふうだったわ――でも、これもおかしいわね。というのは、カーロッタは賭なんかしないから。賭なんかしてるのは一度も見たことはないわ。でも、いずれにしろ、お金がからんでいたことには絶対まちがいないわ」

「実際にそういったのではないのですな？」

「いいやしませんたら。ただ、こういうことを、近く実行できるんだといっただけよ——アメリカから妹を呼び寄せてパリで会うのだって。それも、ごく近いうちに必ずそうするんだって。彼女は妹をひどくかわいがっていたの。とても繊細で、音楽の才のある娘なんですって。さあ、これがあたしの知っている全部よ。お役に立って?」

ポアロは頷いてみせた。

「立ちました。わたしの推理をいっそう根拠づけてくれましたよ。そりゃ、もう少し多くを望んでいたことはいなめません。わたしはもちろん、ミス・アダムズは口の堅い人だろうとは思っていました。が、同時に、女性なら、せめて親友にだけは、秘密を打ち明けていたかもしれんと思ったのですよ」

「あたしだって彼女に話させようとはしたのよ」ジェニーは正直に認めて、「でも、彼女は笑うばっかりで、いつかみんな話すっていったきり」

ポアロは一瞬黙っていたがやおら口を開いていった。「エッジウェア卿の名をご存じですか?」

「なんですって? あの殺された人のこと? 三十分ばかり前、号外で読んだわ」

「ふむ。もしかしたら、ミス・アダムズが彼を知っていたかどうか、ご存じかな?」

「知らなかったでしょう。知らなかったわよ、きっと。ああ! ちょっと待って」

「ふむ、マドモアゼル？」ポアロはくらいつきそうな顔をした。

「なんだっけ？」とジェニーは額をしかめて、思いだそうと努めると、眉がひとつにくっつきそうになった。「ああ、そうだ思いだしたわ。彼女、一度だけその男の名前を口にしたことがあるわ。それはいやらしそうに」

「いやらしそうに？」

「そうよ――ええと――なんていったっけな――そうだわ、あんな男に、他人の生活を破滅させる権利はない、って――残酷さと、頑固さで、他人を破滅させるなんて、許されないことだ――こうもいったわ、あんな男は、たとえ死んだって、きっと、みんなのためにこそなれ、ちっとも悲しむべきことじゃない――」

「それをいったのはいつ頃です、マドモアゼル？」

「一カ月も前のことだわ――たしか」

「何からその話になったのです？」

ジェニー・ドライヴァーはしばらく脳味噌をしぼる様子だったが、やがて諦めたように首を振った。

「だめだわ、思いだせない。なんかの拍子に彼の名前が飛びだしてきたのよ。新聞だったかもしれないわ。とにかく、そのとき、あたし、カーロッタが、知りもしない男のことで突拍子もなく激するなんて、変だなって思ったのを覚えているわ」

「たしかに変ですな」とポアロは深く考えこみながら調子をあわせた。それから訊ねた。「ミス・アダムズがヴェロナールを使う習慣のあったことはご存じですか？」

「知らなかったわね。飲んでるとこを見たこともないし、それらしいことを聞いたこともないわ」

「彼女がバッグのなかに、C・Aの頭文字《イニシャル》をルビーで象嵌した金の小箱を入れて歩いているのを見たことは？」

「金の小箱ね？　ないわ。たしかに見たことはありません」

「もしや、去年の十一月彼女がどこにいたか、ご存じではありませんか？」

「ちょっと待ってね。十一月にはたしかアメリカへ帰っていたわ――そうそう、十一月の終わり頃ね。それまではパリだったわ」

「お一人で？」

「もちろん一人よ！　あら失礼――きっとあなたはそんなつもりじゃなかったんでしょうけど――。パリっていうとすぐいやらしいことを連想するって、どうしたわけかしらねえ、まったく、あんなすばらしい、すてきなところなのに。でもカーロッタはいわゆる週末族じゃなかったのよ――もし、あなたのいわんとしたのがそれならね」

「マドモアゼル。これからお尋ねすることはきわめて重大な質問です、よろしいですか。ミス・アダムズがとくに関心を持っていた男性はいませんでしたか?」

「そのお答えはノーよ」ジェニーはのろのろと答えた。「カーロッタは、あたしが知り合いになって以来ずっと、ただもう仕事と、例の繊細な妹のことにかかりっきり、彼女はいつだって、〝わたしの双肩には全家族の生活がかかっているんだ〟って態度を、ゆるめたことはなかったわ。だからそのお答えは〝ノー〟ってわけよ——厳密にいってね」

「ふふむ。で、厳密にいわなければ?」

「あたし——最近よ——カーロッタが、誰か男の人に関心を持ちはじめたって聞いても、そんなに驚かないわ!」

「ふうん」

「いいこと、これはまったくあたしだけの臆測よ。ただ、彼女の様子から想像しただけなのよ。彼女はこのごろ——変わったわ。夢みがちなんていうんじゃなく、何かに心を奪われてるというのかな。とにかく、以前と様子が変わってきたのよ。ああ、なんて説明したらいいのか、わからない、女同士だけに通じる勘というのかしらね。でも、もちろん、まちがっているのかもしれないわ」

ポアロは頷いた。「ありがとう、マドモアゼル。もうひとつだけ聞かせてください。ミス・アダムズに、Dの頭文字の友人がありましたか?」

「Dね」ジェニー・ドライヴァーは考え考えいった。「Dと。いいえ。申し訳ないけど、誰も思いつかないわ」

11　エゴイスト

ポアロが、彼女からそれ以外の返答を得られようと期待していたとは思えない。にもかかわらず、彼は悲観したように首を振った。彼はそのまま、じっと考えにふける様子であった。ジェニー・ドライヴァーはテーブルの上に肘を乗せてぐいと身を進めた。

「さあ、こんどはあたしの番だけど、あたしはなにか話してもらえるの？」

「マドモアゼル」ポアロはあらたまって、「まず最初に、賞讃の言葉を贈らせていただきたい。わたしの質問に対するあなたのお答えは、たいへんみごとなものでした。あなたは聡明なる頭脳の持ち主です。さてあなたはわたしが話をして聞かせるつもりなのかどうかといわれた。お答えしましょう――ただし、あまり多くをではありませんが。わたしはきわめて赤裸々な二、三の事実だけをお話ししましょう」

ひと息ついて、やおら、彼は言葉静かに語りはじめた。

「昨夜、エッジウェア卿が書斎で殺害されました。その夜十時頃、一人の婦人が邸《やしき》に現われ、エッジウェア卿に面会したいと申し出ました。婦人は自らエッジウェア卿夫人と名乗りました。これが、あなたの親友ミス・アダムズであったとわたしは信ずるのです。さて、彼女は、金髪の鬘《かつら》をかぶり、真物のエッジウェア卿夫人、すなわち女優ジェーン・ウィルキンスンそのままの変装をしていました。ミス・アダムズは――彼女だったとしての話ですが――邸にしばらくとどまったのみで、十時五分過ぎには邸を出ておりました。しかるに、家に戻ったのは真夜中過ぎでした。そして彼女は寝につき、多量のヴェロナールを飲んだのです。さあマドモアゼル、わたしのした質問の要旨が、これでおわかりでしょう」

ジェニーは深く息を吸いこんだ。

「ええ。わかるわ。あなたのお考えのとおりだと思うわ、ムッシュー・ポアロ。それが、カーロッタだったこと。たとえば、彼女が昨日あたしの店へ来て帽子をひとつ買っていったことだって――」

「帽子を？」

「そうよ。顔の左側を影にするような帽子がほしいといってね」

ここで私は、若干説明の言葉を挿入しなければならない。現代の婦人帽はじつに多種多様の型がある。完全に顔全体を隠してしまって、道で友人に会ってもまず見分けることはできないと諦めなければならないような帽子。前へつんのめりそうに傾いたやつがあるかと思うと、頭の後ろに辛うじてとまっているようなのがある。ベレーがある、その他——といった調子である。この年の六月当時流行していた帽子は、ちょうどスープ皿をひっくり返したような形をして、片方の耳にかぶさるようにかぶり、反対側の顔半分と髪とを出して観賞に供するといったふうなものであった。

「こういう帽子は普通右側にかぶるものじゃないですか？」ポアロがすぐ訊ねた。

帽子店のマダムは頷いた。

「でも、反対用も多少はストックしておくのです。というのは、世間には、左より右の横顔に自信のある方もありますし、髪を片側だけに分ける習慣の方もありますからね。

——すると、カーロッタがそっち側の顔を隠したがったのには、なにか特別の意味があったのね？」

とたんに私はリージェント・ゲート邸の玄関のドアが左開きだったのを——したがってそのドアから入る人間は、ドアをあける執事に、顔の左側をすっかりあらわすことになるのを思い起こした。同時に私は、ジェーン・ウィルキンスンの左眼の端に小さな黒子《ほくろ》があったのを思いだした（この前の晩、気がついたのだ）。私は考えたとおりのことを、興奮してしゃべった。ポアロは頭を威勢よく振り立てて頷いた。

「そのとおり。まったくそのとおりですよ《ヴー・ザヴェ・パルフェットマン・レゾン》、ヘイスティングズ。そうなのです。それが、この帽子を求めた理由だったのです」

「ムッシュー・ポアロ——」ジェニーは突然身体を棒のように堅くして座り直すといった。「あなたまさか——まさか、ほんのちょっとだって、カーロッタがやったと思ってるんじゃないでしょうね？　彼を殺したと思ってるんじゃ。そんなこと、だめよ、彼女がいくら彼のことをひどくいったからって——」

「そうは思っていませんよ。だが——それにしても、妙だというのです——彼女がそんなことをいったのが。だからその理由を知りたいのです。彼が何をしたのか——また、彼女がそんなふうに彼を悪くいうとは、彼のどんなことを知っていたからなのか——？」

「そんなこと知らないけど、彼を殺したのは彼女じゃないわ。彼女は——その——つまりそんなことするには洗練されすぎてるのよ」

「さよう。あなたはうまいことをいわれた、そのとおりだ。この点は心理学的な問題なのです。これは科学的な殺人だが、洗練された殺人じゃありません」

「科学的って？」

「犯人は被害者に一撃で致命傷を与えるところを正確に知っていたのですよ。急所である頭蓋の底部、全神経中枢と脊髄の接合点を正確に刺したのです」

「お医者さんくさいわね」ジェニーは考えながらいう。

「ミス・アダムズには医者の知り合いがありましたか？　つまり医者のお友だちという意味です」

ジェニーは首を振った。

「一人も聞いたことはないわ。ここではの話だけど」

「話はちがいますが、ミス・アダムズは鼻眼鏡はかけましたか？」

「眼鏡？　まさか」

「ふうむ」ポアロは額にしわを寄せた。

ある幻想がふっと浮かんだ。消毒液のにおいをプンプンさせて、強度のレンズに近視眼を飛びださせた医者の姿を。ああ、ばかばかしい！

「ところで、ミス・アダムズは映画スターのブライアン・マーティンを知っていましたか？」

「そりゃ知ってたわよ。子供のときから知ってるっていってたわ。もっとも、あまり会わないらしいけど。ほんのときどきね。彼女は彼のこと、とても自惚れの強い男だと思うっていってたわ」

そういって、ふと時計に眼をやると彼女は大げさな悲鳴をあげた。

「ああら、これはたいへん、飛んでかなきゃ。少しはお役に立ったかしら、ムッシュー・ポアロ？」

「立ちましたとも。ときどきまた、お知恵拝借にうかがいますよ」

「どうぞいつでも。これは、誰かのいやらしい企みよね。あたしたち、みんなでそいつを見つけださなきゃ」

彼女はわれわれとすばやく握手を交わすと、いきなりちらと白い歯を見せて笑い、いかにも彼女らしい慌しさで出ていった。

「おもしろい人ですね」会計しながらポアロはいった。

「ぼくは好きだね」

「頭の鋭い人間に会うのはいつでも愉快なものです」

「少しガッチリしてるけどね。親友の死も、ぼくたちの考えたほど、彼女にはひびかないらしい」

「愁嘆場を見せるといったたちの女じゃないのです」

「彼女から、なにか期待したものは得られましたか？」

彼は頭を振って答えた。

「いや、だめでした。わたしは期待していた――大いに期待していた――彼女に例の金の小箱を贈ったDなる人物についての手がかりをね。ところが失敗でした。カーロッタ・アダムズはじつにしっかりした娘でした。友だちのゴシップや、自分の恋愛なんかをぺらぺらしゃべるような女じゃなかったのです。あるいは、こんどの計画を彼女にそそのかしたのはまったく彼女の友だちでなんかなくて、ただの知り合いだったのかもしれない。そして、なんらかの〝賭事的〟な口実をつけて、もちろん金を賭けるという約束のもとに、彼女を説き伏せたにちがいない。そして、この人間は前からカーロッタがあの金の小箱をいつも持って歩いているのを知っていて、何かの機会にその中身がなにかを知ったのです」

「だが、いったい全体どうやって彼女にそれを飲ませたんでしょうね。またいつやったのかな」

「そうですね、たとえば彼女の部屋のドアがあいていたときだ、ほら、メイドが手紙を出しにいったあいだの。これはしかしどうも満足すべき考え方ではありません。あまりに偶然の機会に恵まれすぎている。それより、前進ですよ。いまわれわれはなお二つの有望な手がかりを持っています」

「二つとは?」

「まず第一はカーロッタ・アダムズのかけたヴィクトリア局番の電話です。これはカーロッタ・アダムズが、帰宅してすぐ、彼女の成功を報告するために電話したのだと思って差し支えなさそうに見える。ところがその一方、彼女は、十時五分から真夜中近くまでどこで何をしていたのか、という疑問がある。あるいは、この計画を企んだ人間と会う約束をしていたのかもしれません。とすれば、電話は単に友人にかけようとしたものだったかもしれません」

「で、第二の手がかりとは？」

「うむ。わたしはこれに大きな期待をかけている。手紙ですよ、ヘイスティングズ。彼女が妹に出した手紙です。万が一にも——いいですか、わたしはただ万が一にもといっておきますが——その中に、彼女は、こんどの計画の全貌を書きしたためたかもしれません。妹への手紙ならば、たとえ犯人と秘密を守る約束がしてあったにしても、背信行為にはならないと思ってね。つまり手紙は一週間後でなければ妹の手に渡らないのだし、しかもそこはもう外国なのですからね」

「そうだ！　もしそうだとしたらすごいぞ！」

「あまり多くを期待してはいけません、ヘイスティングズ。これはほんの仮定の問題です。それより、こんどはこれまでと反対の方向から行動を起こすべきです」

「反対の方向とは？」

「すなわち、エッジウェア卿の死によって、程度のいかんにかかわらず、利益を得る人間を、慎重に観察することです」

私は肩をすくめてみせた。

「彼の甥と妻を除いたら誰も――」

「いますよ。その妻が再婚したがっている相手の男」

「公爵のことですか？　彼はパリにいるんですよ」

「お説ごもっとも。しかし彼が有力な関係者だということは否定できないでしょう。彼が留守でも、邸にはほかにたくさん人がいる――執事とか、使用人とか。彼らがどんな不平を持っているか、神のみぞ知る、ですよ。その不平を聞きにいこうじゃありませんか。だが、まず攻撃の第一歩を、もう一度ミス・ジェーン・ウィルキンスンと会見することから始めましょう。彼女は明敏な女性です。彼女に会えば何か示唆を得られるかもしれません」

かくてわれわれはもう一度、サヴォイ・ホテルへの道をとることとなったのである。

われわれの発見したのは、無数のボール箱とティッシュ・ペーパーの山に取り囲まれた彼女であった。それぞれ、非常に美しい黒のドレスが、部屋中の椅子の背に投げかけられている。その中で、ジェーンは、おそろしく真剣な、恍惚とした表情で姿見の前に立ち、もう一つの小型の黒の帽子をかぶってみているところだった。

「まあムッシュー・ポアロ、どうぞおかけくださいな。といっても、かける椅子がございましたらね。エリス、これはみんな片づけてよ」

「マダム、たいそうお美しい」

ジェーンは真剣な顔つきになった。

「わたしだって、好んで偽善者になりたくはないのですわ、ムッシュー・ポアロ。でも、他人はすぐ人の様子をとやかく申すものですからね。わたし、気をつけなければいけないと思いますの。ああ！　そうそう、ところで、わたし、公爵からとてもすてきな電報をいただきましたのよ」

「パリから？」

「ええ、パリからです。もちろん、用心して、お悔やみの文句にはなっていますけれど、でもわたしには、ちゃんと行間の意味が読みとれましたわ」

「それはよかった。お祝いを申し上げます、マダム」

「まあムッシュー・ポアロ」ジェーンは両手を握り合わせ、声を低めた。彼女のその姿は、尊いお告げを伝えようとする天使のそれかとも思われた。「わたし、このごろ、考えずにはおれませんの。だってあんまり奇蹟のように不思議なことばかりなのですものね。ごらんなさい――わたしの悩みは、もうなにひとつ残っていないわ。離婚訴訟なんて、面倒臭いこともする必要はないし、ほかになんの障害もない。もう、まっすぐ、目的に進む平穏無事な航海がひらけているばかり。わたしには、なんですか、超自然のことしか思えない気がしますの」

私は息をのんだ。ポアロは小首を傾げて、じっと彼女の顔を見つめていた。彼女は真剣そのものなのだ。

「感じたことはそれだけですかな、マダム?」

「なにもかもわたしの思いどおりになります」ジェーンの声は、一種の神秘的な囁きに似ていた。「わたし、考えてました――最近、本気で考えてましたの――夫が、ひょっと死んでくれないかしら。そうしたら――夫は死んでしまいました。まるで――わたしの祈りがかなえられたように」

ポアロは咳ばらいした。

「わたしはさような具合には考えません、マダム。ご主人は何者かの手によって殺害されたのです」

彼女は頷いた。

「まあ、そりゃそうですわ」

「ご主人が何者の手にかかったのか、気になったことはないのですか？」

こんどはジェーンが彼をじっと見返した。

「それがなんですの？　わたしになんの関係がありますか？　いまこそ、公爵とわたしは、もう四、五ヵ月のうちに晴れて結婚できるのじゃありませんか」

ポアロは、辛うじて自己を制した。

「さよう、マダム、それはよく存じております。だがそれとは切り離した問題として、ご主人を殺害した犯人が誰かと考えてごらんになったことはございませんか？」

「ええ」彼女はポアロの言葉にかえってひどく驚いた顔になった。本気でそう考えている様子が、われわれの眼にもありありと映った。

「関心がないのですか？」ポアロは訊いた。

「残念ですけど、あまりないのですわ。それは警察が見つけてくれるでしょう。警察ならうまくやるでしょう？」

「そういうことですな。わたしも同様にそれを見つけようとやっているのですが」

「あなたも？　おかしいわねえ」

「ほう。なぜおかしいのです？」

「そうねえ。どうしてかしら」彼女の視線は宙に遊んでドレスのほうへ戻ってしまった。彼女はサテンのコートを肩にかけると姿見のなかを覗きこんだ。

「しかし反対ではない？」ポアロの両眼がキラキラと光った。

「あら、反対なんかするものですか、ムッシュー・ポアロ。わたし、あなたにぜひうまくやっていただきたいわ。ご成功を祈りますわ」

「僭越ですが、祈っていただくより、マダムからいただきたいものがあります。あなた自身のご意見が伺いたいのです」

「わたしの意見て？」答えるジェーンはうわの空で、肩の上で首をひねっている。「なんのですの」

「エッジウェア卿を殺しそうな人間は誰でしょう？」

ジェーンは首を振った。

「わかりませんわ」

姿見に向かって試すように肩のあたりを動かしてみるかと思うと、手鏡を取り上げた。

「マダム！」ポアロの声が、突っ拍子もなく大きくなった。「ご主人を殺したのは誰でしょうか？」

こんどは効き目があった。ジェーンは彼に驚いたような目を向けた。

「ジェラルディンかもしれないわ」

「ジェラルディンとは誰ですか？」

が、ジェーンの注意はすでにそれていた。

「エリス、これ右肩の上に、もう少し上げて見せてよ。ええと、なんでしたっけね——ああ、ジェラルディンって先妻の娘よ。ちがうわよ、エリス、右肩だったら。それでいいわ。おや、もうお帰りですの、ムッシュー・ポアロ？　ほんとに、なにもかも、ありがとうございました、お骨折りいただいて。離婚のことですわ——結局その必要はなかったにしても、お骨折りにはちがいありませんもの。ほんとにあなたはすてきな方でしたわ——いつまでも忘れませんわ」

その後、私は二度しかジェーン・ウィルキンスンの姿を見なかった。一度はステージで、一度はある昼食会の席で偶然彼女の真向かいに座ったときである。だが彼女を思いだすたびに、私の眼前に浮かんでくるのは、このときの彼女の姿——ドレスに身も魂も奪われて、口にはポアロを新たな行動に移らせるべき重大な言葉を、こともなげに語りながら、心は宙を飛び、ただひたすら自分ひとりの想いに耽って、幸福そのもののように光り輝いている彼女であった。

ホテルを出、ストランドを歩きはじめたとき、ポアロが「すばらしい」というのが聞こえた。それには、尊敬の念さえうかがえた。

12　娘

われわれが家に帰り着くと、部屋のテーブルの上に、使いの持ってきた一通の手紙が置いてあった。ポアロは手紙を拾い上げ、いつもの手際よさでさっと封を開くと目を走らせた。

そして笑いだした。

「〝噂をすれば影〟というのでしたっけ、ヘイスティングズ、そいつを見てごらんなさい」

私は彼から手紙を取った。

表書きに、リージェント・ゲート十七番地とスタンプが押してあり、その下に、ひどく右上がりな、癖のある筆跡で数行の走り書きがしたためられていた。一見読みやすそうで、その実なんとも判読しがたい字なのだ。

拝啓
わたしは先ほど、今朝警察の方と一緒にあなたのいらっしゃられたことをうけたまわりました。その折、お目にかかりお話しする機会を逸しましたことを非常に残念に思っております。もし、お差し支えなければ、今日午後、ほんの数分でも結構ですから時間をさいてくださるわけにはまいりませんでしょうか。いつでも、ご都合のよいときで結構です。

かしこ
ジェラルディン・マーシュ

「これは妙ですね。なんだってまた彼女があなたに会いたがるんでしょう」

「彼女がわたしに会いたがるのが妙なのですか、失礼な男ですね、あなたも」

ポアロにはいつも肝腎なときになると冗談をいいたがる始末の悪い癖がある。

「すぐにも行ってみましょう」と彼は帽子を取り上げて、ありもせぬ塵《ちり》をご丁寧にはらう真似をした上で、頭にポンとかぶった。

ジェラルディンが父を殺したのかもしれないというジェーンのあてずっぽうには私もあきれた。ばかばかしくて話にもならない。特別製のばかな頭の持ち主ででもなかったら、そんなことはいい出すものじゃなかろう。私は思ったとおりをポアロにいった。

「頭か。頭ねえ。いったい、その言葉の真の意義いかんという問題ですね。あなたの語義によれば、それはジェーン・ウィルキンスンが兎なみのばかげた頭の持ち主だということになる。が、それは中傷というものですよ。兎がかわいそうです、兎だってこの世に生をうけ、大自然の法則によって繁殖しているのでしょう？　これすなわち兎族の精神的優秀性を示すものですよ。ひるがえって美しきエッジウェア卿夫人を見るに、彼女は歴史も知らなければ世界地理もご存じない、古典についてはいうも愚かでしょう。老子《ラオ・ツ》の名を聞けば犬の品評会で賞に入ったチンの名前だと思うでしょうし、モリエールといえば洋裁店《メゾン・ド・クテュール》の名だととりましょう、しかし、こと衣裳を選ぶとか、財産をつくり、有利な結婚をしようとかという問題となれば話はちがう。彼女の成功はまちがいなしです。エッジウェア卿殺しの犯人を見つけるには哲学者の意見は役に立ちません。殺人の動機はいかにという問題をとってもです。哲学者先生の観点をもってすれば、最大多数の最大幸福（哲学者ベンサムの有名な言葉）かなにかってことになってしまう。だいいち信用のおけないことは、先生がたからは殺人犯が出ないことですよ。これに反して兎の頭のエッジウェア卿夫人の意見は、わたしにはきわめて有用性に富んでいます。なぜならば、彼女のものの見方が物質的即物的であり、さらには人間性の最も悪しき面の知識に立脚したものであるからにほかなりません」

「そりゃあ多少の意味はあるかもしれないでしょう」私は降参した。

「そら着きました《ヌ・ボアシ》。わたしはまた、なぜあの娘がそんなに急いでわたしに会いたがっているのかに好奇心をそそられますね」

「それは自然の欲望です」私はしっぺ返しのつもりで、「ほんの十五分ばかり前にあなたがいったばかりじゃないですか、珍しいものには近く寄ってみたいのが自然の欲望だと」

「ふうむ。ねえヘイスティングズ、おそらくあなたですぞ、このあいだ、あの娘にわれわれを強く印象づけてきたのは」ポアロはドアのベルを鳴らしながらいった。

　私はあの日、戸口に棒立ちになってびっくりした顔を向けた娘をありありと思いだした。いまでも、青白い顔のなかから、焔のように燃えていた二つの瞳を思いだせる。あの、ほんの瞬間の眼差しは、私の胸に、深い印象を残していた。

　われわれは階上の大きな客間に案内された。一、二分の後、ジェラルディン・マーシュが姿をあらわした。

　この前、私の受けたこの少女の張りつめた感じが、今日はいっそう高まっているように感じられた。それにしても、背のすらりと高い、ほっそりとした身体に、黒い敏捷そうな大きな目、蒼白い顔の少女の驚くべき美しさは！　彼女はすこぶる落ち着いていた――彼女の年の若さを考えると、いっそうそれが目立って見える。

「こんなにすぐ来てくださって、ほんとうにありがとうございます、ムッシュー・ポアロ。今朝はお会いできなくて、失礼申し上げました」

「おやすみでいらしたとか？」

「はい、ミス・キャロルが――ご存じでしょう――父の秘書の――そうしなければいけないといいましたので。とてもよく気をつかってくれますわ」

少女の言葉にある奇妙な不満の調子が私をびっくりさせた。

「どんなふうにお役に立てばよろしいのかな、マドモアゼル？」ポアロが尋ねた。

少女はたっぷり一分間ほどためらってからいった。

「父の殺された前の日、あなたは父に会いにいらっしゃいましたね？」

「ええ、マドモアゼル？」

「なぜでしたか？　父がお呼びしたのでしょう？」

ポアロはちょっと答えなかった。故意に答えをひき延ばすつもりらしい。これは彼の巧妙な計算のうちなのだ。彼女が性急な性質だと彼は見てとったのだ。だから、彼女をじらして、もっと多くのことをしゃべらせようとする気だ。はたせるかな少女はたちまちいらいらしてきて、早く答えを得ようとあせりだした。

「父は何かを恐れていましたの？　教えてください！　話してください！　知りたいのです。父の恐れていたのは誰です？　なぜ怖がっていたのです？　あなたに何を話したのです？　ねえ！　話していただけないのですか？」

あの張りつめたような落ち着きは不自然すぎた。たちまち装われた冷静さは破れ去って、彼女は身を乗りだし、膝の上におかれた両手を、イライラとふり絞っている。

「故エッジウェア卿とわたしのあいだに交わされた話は、他言できません」ポアロはなおも落ち着き払っていう。

「でもそれは——あの——なにか、家族のことだったにちがいないと思うわ。あら！　あなたは、そこに座って、わたしの苦しむのを笑って見ているのね！　なぜ話してはくださらないの？　わたしは、ぜひ知らなきゃいけないのよ、いいこと、知らなきゃいけないの」

ポアロの頭が、ふたたび、ゆっくりと左右に動いた。明らかに、さらに深く相手を引きずりこむ餌である。

「ムッシュー・ポアロ」と少女はいくらか落ち着きを取り戻して、「わたしは彼の娘よ。

わたしには知る権利があります。なぜ父が――死の前日に何かを恐れていたのでしょう。わたしに何も知らせないで目隠ししておくのは卑怯よ。亡くなった父に対してだって公正とはいえないわ――わたしに話してくださらなければ」

「それほど、お父様を愛しておられましたか、マドモアゼル？」ポアロの穏やかな言葉。少女はぎくりと身をのけぞらせた。

「父を、好きだったかって？」呟くような声だった。「好きだったかって、わたし――わたし――」

そして不意に彼女の自制はガラガラと崩れた。けたたましい笑いが彼女の唇から転びでた。椅子の背に倒れると、少女はとめどなく笑いに笑うのだ。

「なんて――なんておかしいんでしょう」息をつまらせながら、「滑稽だわ――そんなふうに訊かれるなんて」

このヒステリックな笑い声は聞きとがめられずにはすまなかった。ドアがあくと、ミス・キャロルが入ってきた。例のとおり、断固として容赦ない。

「まあ、まあジェラルディン、いけません、そんな。だめですよ、さ、さあ、おやめなさい、ききませんよ。さ、お黙りなさい。お黙りなさいったら」

キャロルの決然たる態度はたちまち効力を表わした。ジェラルディンの笑いはみるみる弱まって、涙を払うと、座り直した。

「すみません。こんなこと、決してしたことはないのです」か細い声でいった。

ミス・キャロルはなお心配そうな顔で少女を見つめる。

「もう大丈夫よ、ミス・キャロル。わたし、ばかだったわ」

少女はそういってまた不意にニッと笑った。奇妙な苦々しい笑いが、唇の端をゆがめた。もう一度、きちんと座り直すと、誰の顔も見ずにいった。冷ややかな、はっきりした声であった。

「このおかたが、わたしに、父をそんなに好きだったかとお訊きになったのよ」

ミス・キャロルは意味不明瞭な声をあげた。なんと答えてよいのか、その場で決めかねたようだった。ジェラルディンの、かん高い侮蔑的な声が先をつづけた。

「わたし、嘘をいったものかしら、それとも本当のことを話したものかしら？　わたしは本当のことがいいたいわ。わたしは父が好きじゃありませんでした、いいえ、憎んでました！」

「ジェラルディン！」

「なぜいつわるの？　あなたは父を憎んでいないからいいわ。だって父はあなたに手を触れたことはないのですもの！　あなたは、父が文句のいえない、数少ない人間の一人なのよ。あなたは父を、とても良い給料を払ってくれる良い雇用主と思ってればすむのよ。父の癇癪も、変人ぶりも、あなたには興味がないでしょう。そんなもの、無視すればいいのだから。いいわよ、いいたいことなんか、わかっているわ——『誰にでも、忍耐していかなきゃならないことはあるわ』ってね。そうよ、あなたは平気だわ。とても強い女だわ——人間らしさがないのよ。でも、いやになれば、いつだってこの邸を飛びだしていけるじゃないの。わたしにはそれができないのよ。わたしは、父の所有物だからよ！」

「まあ、ジェラルディン、そんなことまで何もいう必要はないと思いますよ。父娘《おやこ》というものは、しばしばうまくいかないものなのです。でも、そういうことは、できるだけ大っぴらにしないほうが自分のためにも良いのですよ、わたしの経験によると」

ジェラルディンはくるりと彼女に背を向けた。彼女はポアロに話しだした。

「ムッシュー・ポアロ、わたしは父を憎んでいました！　父が死んで、わたしは喜んでいます。父の死は、自由を——わたしの自由と、独立を意味しますわ。わたし、父を殺した犯人を探すことなんか、少しも望みません。父を殺した人はきっと——それ相応の理由を持っていたのですわ——殺人という行為も正当なほどの立派な理由を」

ポアロはじっと少女を見つめた。

「それはやや物騒なお考えですな、マドモアゼル」

「でも、誰かを縛り首にして、父が生き返りますか？」

「いえ」ポアロは素気なく、「しかし、これ以上の罪のない人の命を、失わずにすみましょう」

「よくわかりませんわ」

「一度人を殺した犯人は、マドモアゼル、ほとんどの場合、二度——ときによれば三度、四度と殺人を繰り返すのです」

「信じられないわ——頭が変かなにかでなければ」

「殺人狂でなければ、とおっしゃるのかな？　ところがそうでない、実際にあることなのです。最初の殺人は——犯人も、非常な、良心の呵責に苦しみます。発見される危険も、ある。だが、二度目の殺人は、精神的にはずっと楽になる。さて、それで嫌疑がかからないとすれば、犯人は今度は気軽に第三の殺人にとりかかるのです。そして、しだいしだいに、芸術家的な誇りが芽生えてくる——殺人の方法に凝りだす——最後には、ただ楽しみのためにさえ、人を殺すのです」

少女は両手で顔を覆った。

「怖い！　怖いわ！　嘘よ！」

「かりに、いいですか、かりに、その第二の殺人がすでに起こったのだとお話ししたら、どうです。もうすでに——犯人が、身の安全を計るために、第二の殺人をやってのけたとしたら」

「なんですって、ムッシュー・ポアロ」ミス・キャロルが叫び声をあげた。「第二の殺人ですって？ どこで？ 誰が殺されたんです？」

ポアロはもの柔らかに頭を振った。

「お許しください。もののたとえです」

「ああ！ 驚いた、ちょっと、本当のことかと思いましたわ——さあ、ジェラルディン、いい加減につまらないばかをいうのはやめて——」

「あなたはわたしの味方ですね」ポアロはひょいと頭を下げてみせながらいう。

「わたしは死刑を認めませんの」ミス・キャロルはぶっきらぼうに、「ですから、死刑以外でしたら、たぶんあなた方の味方ですわ。社会は守らなければなりませんもの」

ジェラルディンが立ち上がって、髪を払った。

「すみませんでした。わたし、ばかな真似をしてしまったようですわ。では、やっぱり父がなぜあなたをお呼びしたのかお話ししていただけませんのね？」

「お呼びしたですって？」ミス・キャロルが仰々しい驚き声をあげた。

「誤解していらっしゃる、ミス・マーシュ、わたしはお話ししないと申し上げたのではありません」

ポアロは説明しなければならない破目になった。

「わたしは、あの会見の内容の、どの程度までが秘密に属するかと考えていたのです。お父様がわたしを呼ばれたのではない。わたしのほうで、ある人の代理人として、お父様に会見を申し込んだのです。ある人とはエッジウェア卿夫人です」

「まあ、そうなの！」

強い感情が、少女の表情に表われた。最初、私は失望の色かと思った。がそれは、安堵だったのだ。

「わたし、ほんとうにばかでしたわ」少女は低い声で、「父がなにかの危険に怯えていたのだとばかり思っていましたの。愚かな話ですわ」

「ムッシュー・ポアロ、わたしはずいぶんびっくりさせられましたよ」とミス・キャロル。「あなたがさっきああいわれたときは、てっきり、あの女が二度目の人殺しをしたのかと思いましたわ」

ポアロはこれに応えずに、少女に向かって話しかけた。

「あなたはエッジウェア卿夫人が殺人を犯したと思いますか、マドモアゼル？」

少女は首を振った。

「いいえ。そんなこと。わたしは彼女がそんなことをするとは思えませんわ。あの方は、とても――そうね、もっと技巧的ですもの」

「わたしは、彼女以外の人がやったとは思えませんね」ミス・キャロルが口を入れる。

「それに、ああいう女には、道徳観念なんて、薬にしたくもありませんよ」

「でもあの方とはかぎらないわ。あの方はただ父に会いにきただけかもしれないもの。そして帰ってしまった後から、本当の犯人――狂人かなにかが入ってきたのかもしれないわ」

「人殺しなんてみんなどこか精神的な欠陥があるのよ――こう、内部的な、内分泌腺かどこかに――まちがいないわ」ミス・キャロルがいった。

このとき、ドアがあいて、一人の男が飛びこんできた――そしてばつが悪そうに立ち止まった。

「失礼。ここに誰かいるなんて思わなかったものだから――」

ジェラルディンは立ち上がって機械的に男を紹介した。

「わたしのいとこ、エッジウェア卿です。ムッシュー・ポアロ。いいのよ、ロナルド、ちっとも邪魔ではありませんから」

「そうかい、ダイナ、こんにちはムッシュー・ポアロ、いかがです。あなたの灰色の脳細胞はいまや、ほかならぬわが家の事件を嗅ぎ当てるべく活動中ですね?」

私は記憶を辿って思い起こそうと努めた。愉快そうに、ちょっと間の抜けた丸顔、眼の下に、涙袋がわずかながらたるんで、鼻の下の口髭が、のっぺり広い顔の真ん中の島のように見える——この顔、どこかで見たことがある。

そうだ、あるはずだ! あの晩、ジェーン・ウィルキンスンの部屋でやった夕食会に、カーロッタ・アダムズが連れていた男。

いまは亡き故男爵の後を襲って、エッジウェア卿となった男、甥のロナルド・マーシュその人である。

13 甥

エッジウェア新男爵の眼はすばやかった。彼は私の眼の動きをめざとく捕えた。

「そう、そうです」と彼は愛想よくいった。「ジェーン伯母さんのささやかな夕食会でしたよ。少しばかり失敗しましたね、ぼくは？　気がつかれずにすむと思ったんですがね、はは」

ポアロはジェラルディン・マーシュとミス・キャロルに別れの挨拶をした。

「ちょっとそこまで一緒に行きましょう」ロナルドはなごやかにいうと先に立って、階段を降りながら、なんとなく話しかける。

「奇妙なものですなあ、人生というやつは。昨日ポンとほうり出されるかと思えば、その翌日には領主の身の上とは。わが悼《いた》まれざる伯父殿は、ご存じのように、三年前ぼくを邸から蹴りだしたんですよ――もっとも、話さなくとも、ご存じとは思うけれど、ムッシュー・ポアロ？」

「そういうお話ですな」ポアロは落ち着き払って応じた。

「でしょうとも。こうしたことは真っ先にほじくり返されるものでね。優秀な探偵たるものが見逃がす道理はない」

彼はにやりとしてみせた。と思うと、食堂のドアを思いきりあけ放した。

「お帰りの前に一杯やっていきませんか」

ポアロは辞退した。私も断った。若者は自分の分をつぐとグイと飲んで、話しつづけた。

「犯人に乾杯だ」彼は陽気にいって、「わずか一夜を境として、ぼくは借金取りどもの絶望から商人たちへの希望へと早変わりした。昨日は一文なしの貧乏が、ぼくの鼻先から睨みつけていた、ところが今日はなんでもかんでも山ほどある。はは、神よ、ジェーン伯母さんを祝福したまえ！　さ」

彼はグラスを飲みほした。それから、少し態度を変えて、ポアロに話しかけた。

「ところでまじめな話ですが、ムッシュー・ポアロ、ここでなんのご用でした？　四日前でしたか、ジェーン伯母さんが芝居気たっぷりに宣言していわく、『誰が、このおそろしい暴君からわたしを救ってくれるのでしょう！』すると見よ、彼女救われたり！まさかあなたの働きかけじゃないんでしょうね、え？　もと探偵犬エルキュール・ポアロ手がけるところの完全犯罪、かなんかじゃ？」

　ポアロは微笑した。

「わたしが今日ここに出向いたのは、ミス・ジェラルディン・マーシュの招請にお答えするためです」

「慎重なお答えですな、ムッシュー・ポアロ。だめだめ。本当はなんの用があったのです？　なんらかの理由で、あなたは伯父の死に関心を持っているはずなんだ」

「わたしはつねに殺人事件に関心を持ちますよ、エッジウェア卿」

「ところがあなたは自ら手を下さない。きわめて用心深い。その用心深いあなたが、なぜジェーン伯母さんに、慎重さを教えなかったかな。慎重さと、カムフラージュの方法を。彼女をジェーン伯母さんと呼ぶのを許していただきたいですね、愉快なんでね。このあいだの晩にぼくがそう呼んだときの彼女のしらじらしい顔を見ましたか？　ぼくが誰だか、まるきりわからなかったんだ」

「ほう？《アン・ヴェリテ》」

「わからなかった。そのはずなんですよ、ぼくは彼女の来る三カ月前にここからおっぽりだされていたんだから」

　彼の善人らしい鈍な表情が、一瞬消えてなくなった。それから、彼は気軽な調子にかえっていった。「美しい女だ。だが頭脳《あたま》がない。手際が、いささかお粗末でしたな、え？」

ポアロは肩をすくめた。

「あり得ることです」

ロナルドは奇妙な顔をしてポアロを見返した。

「ぼくはあなたが彼女の無罪を信じてるとばかり思っていたが。それじゃ、彼女はあなたも騙したのですかね、ええ？」

「わたしは大いに美人を尊重しますよ」ポアロは抑揚のない声で、「だが、同時に、証拠をも大いに尊重します」

ポアロはこの〝証拠〟という言葉をひどく静かに発音した。

「証拠？」相手は鋭く問い返す。

「たぶんご存じないかと思うが、エッジウェア卿夫人は、昨夜、彼女がここに現われたと思われている頃、チズィックのある晩餐会に出席していたのです」

ロナルドは唸った。

「それじゃ結局彼女は行ったのか！　女だなあ、やっぱり！　昨夜六時には、彼女はすっかり投げ出して、どんなことがあっても行かないって大見得きって見せてたんだ。──

―すると、あれから十分もたたないうちに気を変えたんだな！　人殺しを計画するときは、いくらやるやるって威張っても、女ってやつは決して信用するもんじゃないな。どんなにうまく計画された犯罪でも、こんなふうにずれていくって見本ですな、これは？　ああ、いや、いや、ムッシュー・ポアロ、白状してるところじゃありませんよ、ぼくは。ええ、そうですとも、あなたの考えてることくらい、ぼくにもわかりますよ。当然の容疑者は誰か？　すなわち、悪名たかき〝不名誉なる甥っ子〟さ！」

　彼はクックと笑いながら椅子の背にもたれた。

「いまあなたのいわゆる灰色の脳細胞の手数をはしょって差し上げますよ、ムッシュー・ポアロ。そのへんを嗅ぎまわって、ジェーン伯母さんが、決して、決して出かけないと言明したあの晩、彼女のそばにぼくがいたかどうかと、身近な目撃者を探しにいく必要はありません。ぼくはそこにいました。しからば、この忌わしき甥っ子は、昨夜、金髪の鬘《かつら》と、パリ仕込みの帽子に身をやつして、ここへ現われたのであろうか？　どうです？」

　一見彼はこの場のなりゆきを愉しんでいるかのようだった。彼は言葉を切ってジロジロとわれわれの顔をみやった。ポアロは、小首をかしげ、じっと相手の様子に注目していた。私は、ひどく気分が害されるのを覚えた。

「ぼくには動機がある——そのとおり、堂々たる動機が。なおかつ、ぼくはいま、きわめて貴重にしてかつ重大な意義をもつ情報を提供するところだ。いいですか、ぼくは昨日の朝、伯父を訪ねた。なにゆえか？　金をせびりにいったのさ。そうら、舌なめずりでもしなさい、金をせびりに、だぜ。しかもぼくは、一物も得ずに追いだされた。そしてその夜——まさにその同じ日の夜、エッジウェア卿は殺された。ところで、良い題じゃないですか、え？　『エッジウェア卿の死』てのは。店頭に並べる本の表題にはもってこいだ——」

彼はふたたび息をついた。ポアロはなおも黙っている。

「ムッシュー・ポアロに注目されてると思うと、とてもいい気分がしますよ。ふん、ヘイスティングズ大尉は幽霊でも見てきたという——じゃなけりゃ、これから見ようっていう顔をしてる。そうカリカリしなさんなよ、あなた。意外な結果をご期待あれ。ええとどこまで行ったっけ。そうそう、悪党の甥の論告でしたな。罪は、憎まれてこそおれ、無実の伯母の上になすりつけられようとした。かつて、演劇で、女形《おやま》役をやって大当たりをとったこともある甥が、その比類なき大演技をやってのけたのだ。女の声で彼は自らエッジウェア卿夫人と名のり、執事の横を気取った歩き方ですり抜ける。誰も疑いを起こそうとしない。部屋に入る。『ジェーン！』とわが愛する伯父が叫ぶ。『ジョージ！』とぼくが金切り声をあげる。ぼくは伯父の首に腕をまわし、ペンナイフを、手際よくグサリと突き刺す。つづく詳細は、純粋に医学的な領分に属するのでこれは省略する。にせの夫人退場。かくて一日の仕事は終わり、寝につく」

彼はアッハハと笑うと、立ち上がり、もう一杯ウィスキー・ソーダを注いで、そろそろ椅子のほうへ戻ってきた。

「芸がこまかいでしょう。え？　ところがです。問題の要点はここにある。すなわち、失望落胆、木に縁《よ》りて魚《うお》を求むの困惑これです！　さて、ムッシュー・ポアロ、ここにおいてわれわれはアリバイの問題に逢着しました！」

彼はグラスをひと息に飲みほした。

「ぼくはいつもアリバイを考えるのが愉しみでね。探偵小説などをたまたま読むときは、必ず、いつアリバイの問題になるかいつも注意しているものです。さて、ぼくの場合だが、これがまたすばらしくいいアリバイでねえ。三人の強力な証人がいる。もっとはっきりいえば、ドーシマー夫妻および令嬢だ。おそろしく金持ちで、大の音楽ファンだ。彼らはコヴェント・ガーデンにボックス席を買い切ってあって、そのボックス席へ、将来のある若い男を招くことにしている。このぼくがすなわち、将来ある若い男――少なくとも彼らの招き得る最優秀の賓客だったというわけですな、ムッシュー・ポアロ。ぼくはオペラが好きか？　正直、あまりゾッとしません。しかしぼくは、まずグローヴナー・スクエアにおいて催される晩餐会が楽しみだったし、その後でどこかほかへ行ってのすばらしい夜食がありがたかった――たとえそのためにミス・レーチェル・ドーシマーとダンスを踊らねばならず、その結果二日も腕を腫らす破目になろうとも、です。ね、ムッシュー・ポアロ、かくのごとしだ。したがって、わが伯父の生血が流されていたとき、ぼくは、コヴェント・ガーデンのボックス席に座って、宝石だらけの美《フェア》しきレーチェル（彼女は黒髪だけど）の耳に、陽気なむつ言を囁いていた、というわけさ。だからこそ、こうして率直にもなれるわけでしょうがね」

彼は椅子の背によりかかった。

「あなたを退屈させなきゃ幸いでしたが。なにか、ご質問は？」

「決して退屈はしませんでしたよ。ご安心なさい」ポアロはいった。「それではご親切に甘えて、ひとつだけ簡単な質問をさせていただきますかな」

「どうぞ」

「ミス・カーロッタ・アダムズとお知り合いになってから、どのくらいになりますかな、エッジウェア卿？」

これには彼もよほどびっくりしたらしい。およそ予期しない質問だったのだ。きっとして座り直すと、まったく異なった表情をおもてに表わしていった。

「いったい全体、なんだってそんなことを訊くんです？　それが、いったい、いまぼくたちの話していたこととどんな関係があるんです？」

「わたしが訊きたかっただけですよ。それからもうひとつには、あなたのご説明があまりに行き届いていたので、お話のことでは、何ひとつお訊ねしたいこともなかったからです」

ロナルドはすばやい一瞥をポアロにくれた。その様子には、ポアロの愛想のいい妥協的な説明に少しも心を許していない有様がありありと見えた。彼は、もっとポアロに疑ってもらいたかったのだ。

「カーロッタ・アダムズですって？　そうねえ、一年くらいかな。もうちょっと前からだ。去年、彼女が初舞台に出たときから知っているのだから」

「彼女をよく知っておられたのかな？」

「かなりよく、ね。彼女は、簡単に〝気心の知れる〟女の子じゃない。じつに控えめな女《ひと》でね」

「しかし彼女を好きでしたか？」

ロナルドはポアロを睨みつけた。

「なぜそうもあの娘のことに興味があるのか、うかがいたいもんだな。あの晩ぼくと一緒にいたからですか？　いかにもぼくは彼女が好きですよ、とても。彼女は温かい心の女性だ――ぼくみたいな男の話にも耳をかしてくれるし、なんだか、ぼくさえひとかどの男になったように感じさせてくれるからね」

　ポアロは頷いた。

「なるほど、それではあなたにも辛いことですな」

「辛いこと？　なんです、そりゃ」

「彼女は亡くなりました」

「なんですって？」ロナルドは飛び上がった。「カーロッタが死んだって？」

彼はまったくの寝耳に水のようであった。

「からかってるんじゃないでしょうね、ムッシュー・ポアロ。ぼくが最近会ったときはピンピンしていたんですよ」

「それはいつです」ポアロはすばやく訊き返した。

「おととい――だったと思う。よく覚えてない」

「にもかかわらず《トゥ・デ・メーム》、事実彼女は亡くなった」

「しかしまた、恐ろしく突然だな――なんだったのです？　交通事故？」

ポアロは天井を仰いだ。

「いいや。ヴェロナールを飲みすぎたのです」

「なんてことだ！　かわいそうに。かわいそうになあ」

「ふむ？《ネ・スパ》」

「ぼくは悲しい。しかも、あんなにうまくいっていたのに。彼女は小さな妹を呼び寄せるつもりで、いろんな計画をしてたんだ――なんてことだ――ロじゃ、この気持ちはいい表わせない」

「そうです。若いうちに死ぬというのは悲しいことです――まして、死にたくもないときに死ぬのはね。輝かしい未来が眼の前にひらけ、生きるに価いするすべてのものの備っているというのに、死ぬとは」

ロナルドは妙な顔をしてポアロを見た。

「なんのことです？　ぼくにはピンと来ないですがね、ムッシュー・ポアロ」

「そうですか？」

ポアロは立ち上がった。

「わたしは多少わたしの考えを強く表現したのですよ。若さが、生きる権利を奪われるのを見るのは辛いものですからな、エッジウェア卿。わたしはとてもそれを強く感じたのです。お別れします。ごきげんよう」

「ああ、これは――さようなら」

彼はあっけに取られたようだった。

ドアをあけたとたんに、私は危うくミス・キャロルと正面衝突するところだった。

「ムッシュー・ポアロ！　まだお帰りになっていないと聞いたので、できたら、もうひと言だけお話がしたくて。わたしの部屋まで来ていただけますか？」

われわれが彼女の私室へ入ると、ドアをピシャリと閉めてさっそく口を切った。

「お話は、ほかでもありません。あの娘《こ》――ジェラルディンのことですの」

「なるほど？」

「あの娘《こ》は、さきほど、ばかなことばかりしゃべりました。いいえ、おっしゃらないで。ばかなことですわ。わたしがそう申し上げる以上、そうなのです。あの娘《こ》は逆上しているのです」

「わたしにも、たいへん神経を昂ぶらせていられるように見えましたな」ポアロが穏やかにいう。

「ええ――本当のことを申し上げると、あの娘《こ》の生活は、必ずしも幸福とはいえません。いいえ、お義理にも幸福とはいえません。はっきり申し上げて、ムッシュー・ポアロ、エッジウェア卿は、それは変わった方でした——とても、娘を育てるなどということとは縁のない人だったのです。あからさまにいえば、卿はジェラルディンを虐待していました」

ポアロは大きく頷いた。

「ふむ、そんなことではないかと想像はしていました」

「彼は本当に変わった人でした。なんと説明すればよいのか——彼は、人に怖がられるのを楽しんでいたのです。人が恐れおののくのを見ると、それが彼に、ある種の、忌わしい歓喜を与えるようでした」

「ふうむ」

「彼はたいへんな読書家でしたし、深い知性の持ち主でした。でも、どこかに恐ろしいものが——いいえ、わたしは卿のそんな面は見たこともございません——ですが、嘘ではなかったのです。わたし、本当は、彼の妻が離れていったのを不思議とは思っていないのです。こんどの人ですよ、わたしのいうのは。わたしはあの女が嫌いです、あの女には何の意見も持ち合わせていません。でも、エッジウェア卿と結婚して、彼女もひどい目に遭ったのです——当然受けるべき報い以上の目にね。それでも、結局あの女は卿から逃げだしました——世間の人のいうように、首の骨も折られずにすみました。けれども、ジェラルディンは実の父の許から去ることはできなかったのです。もう長いこと、卿は娘のことなど忘れていました――それが、その後突然、あの娘《こ》のことを思いだしたのです。ときどき、わたし、思うことがあるのです――おそらく、いってはいけないことなのでしょうけど――」

「いや、お話しなさい、マドモアゼル」

「ええ、ときおり――卿は、娘を虐待することで、亡くなった最初の奥さんに、復讐しているのではないかと思ったのです。あの人は本当に優しい人でしたよ。それは心の優しい、おとなしい人でした。わたしはいつでも、彼女が気の毒でしようがなかったものです――わたし、本当は、こんなことおしゃべりしてはいけなかったのですわ。ジェラルディンのヒステリーを少しでもわかっていただこうと思ったからででもなければ、ムッシュー・ポアロ。父親を憎んでいたなんて、あの娘《こ》のいうことは、事情を知らない人が聞いたら、ずいぶん変に聞こえるでしょうからねえ」

「これはありがとう、ミス・キャロル。お話によれば、エッジウェア卿は、結局結婚しないほうがよほどよかったのでしょうな」

「よかったでしょうよ」

「卿にはもう一度結婚する気はありませんでしたか？」

「どうしてまた。妻が生きていたというのに」

「妻には自由を与えました。ご自分も自由になりたかったのではありませんかな？」

「二人の妻とのトラブルだけで、もうたくさんだとお考えだったろうと思いますわ、わたしなら」ミス・キャロルはしかめ面でいう。

「では、あなたの考えによれば、彼には三度めの結婚はまったく考えられなかったのですか？　まったくありませんでしたか？　もう一度考えてみてください、マドモアゼル。ありませんでしたか？」

ミス・キャロルの頬が紅潮した。

「わたしにはあなたの固執なさる意味がわかりませんわ。もちろん、まったくありませんでした」

14　五つの疑問

「なぜミス・キャロルに、エッジウェア卿にまた結婚の意思があったかなんてことを訊いたのですか？」家へ車を走らせる途中、私はいくらか好奇心をおぼえて訊いてみた。

「そんなことのありそうな気がふとしたのですよ、あなた《モナミ》」

「なぜ？」

「わたしはいまでも、エッジウェア卿が離婚の問題で急に方向転換した、その理由を説明するに足るものは、と考えつづけているのです。どうも妙な節がある」

「うむ。たしかに妙ですね」私は考えながらいった。

「いいですか、ヘイスティングズ、エッジウェア卿は夫人がわれわれに語ったことを確認しました。彼女はありとあらゆる弁護士を使って彼を説得にかかった、が彼は、一歩も譲ろうとはしなかった。否《ノー》、断固として否《ノー》だ。離婚を許さぬ、とね。ところがいきなり、いともあっさりと譲歩したのですよ！」

「あるいはそういっただけかもしれませんね」私は注意した。

「ごもっとも、ヘイスティングズ。まさにごもっともですよ、あなたの観察は。そういっただけかもしれない。少なくともわれわれには例の手紙が書かれたという証拠はありません。よろしい《エ・ビアン》、ある立場からすると、このご仁は嘘をついている。なんらかの理由で彼はわれわれに作りごとを話したのかもしれません。うわべのでたらめをね。あるいはそうではないかもしれない。いずれにしろ、われわれにはわかりません。確かめる術《すべ》もありません。しかし、卿が例の手紙を書いたと仮定すれば、彼にはそうする何かの理由があったということになります。その理由を最も自然な想像にまかせて述べてみると――彼は、突然、結婚したいと望む相手に出会ったのですよ。この仮定は彼の突然の豹変を完全に説明してくれます。それゆえに、わたしはこの質問を発したのです」

「ミス・キャロルは断固としてその想像を退けましたよ」

「そのとおり。ミス・キャロルはね――」ポアロは変に瞑想的な声をだした。

「なんですか、また。何をいおうというんです」私はうんざりして問い返した。

ポアロは声の抑揚で疑問を暗示してみせる名人である。

「どんな理由で彼女が嘘をつかなきゃならないんですか？」私は訊いた。

「それはわかりません。しかしヘイスティングズ、彼女の話を信用するのは考えものですよ」

「彼女が嘘をついているというのですか？　しかしなぜです？　彼女はおそろしく生一本な女に見えるけれど」

「さ、それが問題でね。考えた嘘をいうのと、無意識な不正確さとのあいだには、しばしば見分けがたい類似のあるものですよ」

「なんですって？」

「それは考えた上での故意の嘘とは別のものです。しかし、詳細の正確さを問題としない不正確な事実の確信、あっさりこうと思いこむ態度、彼らのいわゆる真実——こういったまちがいを平気で犯すのが、とくに、いわゆる正直いちずな人間の必ず持つ通癖でね。いいですか、彼女はすでにひとつの嘘をついている。そうでしょう？　彼女は、ジェーン・ウィルキンスンの顔を、見ることすらできなかったはずなのに、はっきり見たといった。なぜそんな嘘をいったのか？　こういう具合に考えてごらんなさい、彼女は階段の上からホールにいるジェーン・ウィルキンスンを見た。それがジェーン・ウィルキンスンだという考えが、まずピンときたのだ。彼女はそうだと思いこんだのだ。かくて彼女は、ジェーンの顔をはっきり見たと証言します——なぜなら、それはジェーンにちがいないからです——正確な詳細なんか問題じゃない！　さて、ジェーンの顔が見えたはずはない、と指摘される。あら、そうですか？　それがどうしました、顔を見ようと見まいと、そんなことは問題じゃありません、あれはジェーン・ウィルキンスンに決まってます！　こういうわけです。ほかの問題についても同じことですよ。彼女は知っているのです。そこで彼女は、いかなる質問にあたっても、自分の考えに照らして答える——記憶した事実に基づいてではなく。むきになって主張する目撃者の証言というものは、つねに疑いの目をもって見るべきものなのですよ。はっきりしない証言——よく覚えていず、どうも自信が持てない、ちょっと考えさせてください——こういう証言のほうこそ、前者に較べて、はるかに信用を置いてしかるべきものなのです！」

「冗談じゃないですよ、ポアロ、証言についての観念が滅茶苦茶になっちまいました」

「エッジウェア卿にまた結婚する意思があるかという私の質問に、彼女は考えるのも愚かしいという態度をとった。——すなわち、そんなことは、彼女には考えもつかぬことだという理由でです。彼女は、そんな可能性があるかもしれないということをほんのちょっと考えてみることすらあえてしない。それゆえにわれわれは、この種の証言からなんら得るところはないのです」

「ジェーン・ウィルキンスンの顔を見たはずはないとあなたが指摘したときも、彼女はまるきり顔色も変えませんでしたよ」私はいってみた。

「変えなかった。だからこそわたしは彼女が、嘘つきではなくて、無意識に不正確なことを主張する正直組の一人だと結論したのです。彼女には故意の嘘を作る動機がない——あるひとつの可能性を除けば——ふむ、これまたまさにひとつの可能性ですが——」

「どんな可能性ですか？」私はくいつきそうに訊いたが、ポアロは首を振った。

「ひょいと思いついただけです。しかし、これはとうてい考えられない——ふむ、とてもあり得ない」というだけで、それ以上いおうとしなかった。

「彼女はあの娘をとても大事にしてるようですね」私はいった。

「ふむ。彼女はわれわれの会見になんとか協力しようとしましたね。ところであなたのミス・ジェラルディン・マーシュの印象はどうでした、ヘイスティングズ？」

「彼女がかわいそうになった。とても気の毒でしたね」

「あなたはいつも優しき心根の持ち主ですよ、ヘイスティングズ。苦難の美女は毎度あなたの気持ちをかき乱すらしいですな」

「あなたはそう感じなかったのですか？」

ポアロはもったいぶって頷いた。

「うむ。ひどく不幸らしい。顔にははっきりと書いてありました」

私は胸の温まる思いでいった。

「少なくとも、ジェーン・ウィルキンスンの当てずっぽうだけはとんでもないまちがいだとわかったわけです――ジェラルディンがこの犯罪になんらかの関係があるなんていっていました――」

「たぶん彼女のアリバイは満足するに足るものでしょう。しかし、まだジャップの捜査の結果を聞いてみた上でなければね」

「おいおいポアロ！　まだそんなことといってるのですか？　現に彼女に会って、彼女と話をしていながら、まだ満足できないで、アリバイが要《い》るというのですか？」

「よろしい《エ・ビアン》、ヘイスティングズ、彼女に会って話した結果はどうでした？　われわれは彼女がひどく不幸な目に遭っていたことを知った。彼女は父を憎んでいたことを認めた。死んだのを嬉しがっていた。しかも、卿が昨日、われわれに何を話したかと、あれほど興奮して知りたがっていた、にもかかわらずあなたは、アリバイが必要ないといっているのですよ！」

「あの率直さが、なによりの潔白の証拠じゃないですか」私はもう一押し。

「率直なのはあの家族の特質ですよ。エッジウェア新男爵にしたって――なんてゼスチャーたっぷりに切り札を並べてみせたことか！」

「うん、そうでしたね」私はあのときの情景を思い出して微笑みながら、「じつに独創的なものでした」

ポアロは頷いた。

「先生――ええと、英語でなんというのだった?――われわれの論拠をことごとくけかえしてみせた」

「くつがえして、でしょう」私は訂正して、「うん、あれにはいささかまいりましたね。ぼくたちもすっかりばかみたいに見えたでしょう」

「これはまた異なことを。あなたにはばかげて見えたかもしれないが、わたしは自分をばかげてたとは思いませんよ。それどころか、彼を顔色《がんしょく》なからしめてやった」

「そうですか?」私は疑ぐり深い眼になってポアロを眺めた。そんなふうな様子が思いだせなかった。

「したともさ《シ・シ》。ふむ。わたしは黙って聞いていて、いわせるだけいわせてから、彼の話とはまるきり関係のないことを質問してやりました。するとほら、覚えているでしょうが、わが勇敢なる男爵殿は、ひどく当惑のていだった。気がつきませんでしたか、ヘイスティングズ」

「ぼくはカーロッタ・アダムズが死んだ話を聞いたときの彼の驚きも恐怖も、あれはほんものだったと思いますよ。あなたはあれも巧妙な演技だというつもりでしょうがね」

いうわけがない。わたしだってあれが、ほんものらしく見えたことは認めますよ」

「それじゃ、彼が、皮肉ないい方でああした事実をぼくたちの頭上からぶちまけてみせたのはなぜですか？　ただおもしろがってやったのですか？」

「それも大いにあり得ることです。あなたたち英国人は、いつでもじつに驚くべきユーモアの才能を持っていますからね。しかし、この場合はてでしょうな。隠蔽された事実は、かえって疑いを招きやすい。ところが大っぴらに表面にだされた事実は、実際それが持つより、ずっとその重要性が薄らいでみえるものですよ」

「あの朝の伯父との喧嘩ですか、たとえば」

「まさにしかり。彼は、いつかその事実も掘りだされると思ったのです。だからこそ、それを並べたてたのです」

「外見ほどのばかではないんだな」

「とんでもない！　ばかでなんかあるものですか。使おうと思えば、いくらだって良い頭脳《あたま》を持っていますよ。彼はきわめて的確に自分の立場を見抜いたのです。だから、わたしがさっきいったように、切り札を並べたのです。あなたはブリッジをやるでしょう、ヘイスティングズ。持ち札をさらして見せるのはどんなときです？」

「自分だってやるくせに」と私は笑いながら、「知ってるじゃないですか、――残りの勝負が全部自分のものだとわかったときに、早く勝負を切り上げて、次の手にとりかかろうとする場合ですよ」

「そうですよ、あなた《モナミ》、まさにそのとおり。だが、別の場合もあります。わたしはご婦人《レ・ダム》相手のゲームのときに一、二度それを見たことがある。いいですか《エ・ビアン》、いままったく形勢のわからない勝負をしているとする、そのとき、ここにあるご婦人《ラ・ダム》がいて、彼女が急に持ち札をさらして、『さあもう全部わたしのものよ』という。この場合、ほかのものはたいてい彼女を信用してしまう——彼らがまだあまりカードのうまい連中でない場合はとくにね。だからいいですか、この場合は状況が漠然としていることが肝腎です。ほかのものがそれに乗ってこなきゃなんにもならないのです。次の勝負の途中で、ゲームのメンバーの一人がこう考える、『そうだ、彼女はあのダイヤの4を好むと好まざるとにかかわらず、ダミーに引き継がなければならなかったはずだ、すると今度は数の小さなクラブでリードを切らなければならなかったのだから、当然ぼくの手持ちの9ができていたんだ』——」

「そう思うのですか？」

「あまりの空《から》威張りは考えものだと思いますね、ヘイスティングズ。ところで食事の時間だとも思うんですがね。オムレツはどうです？《ユヌ・プティット・オムレット・ネ・ス・パ》　食事をすませたら、九時頃もう一つ訪問したいところがあります」

「どこですか？」

「まず食事としましょう、ヘイスティングズ。そしてコーヒーを飲むときまで、事件の話はいっさいしないことにしましょう。食べるときは、頭脳はすべからく胃のしもべたるべし」

ポアロは言葉のとおり実行した。われわれはポアロの名のよく知れわたっているソーホーのある小さなレストランへ行き、そこで、すばらしくうまいオムレツと舌平目、チキン、それにポアロの大の好物の〝ババ・オ・ラム〟(ラム酒のシロップにひたしたスポンジケーキ)に舌鼓を打った。

やがてコーヒーを啜りながらポアロは、テーブルごしに、親しげな微笑を送ってよこした。

「わが友よ。わたしはあなたの想像以上に、あなたを頼りにしているのですよ」

予期せざるこの言葉に、私は、戸惑うと同時に、少なからず嬉しくなった。いままで彼は決してこの種のことを口にしたことはなかった。ときおりは、表にこそ出さないけれど、私も傷つけられるのを感じもしたのだ。ほとんど、道草をくってまで、私の思考力にケチをつけているのではないかと思うことさえあった。

ポアロの思考力が衰えてきたなどと思ってはいないが、彼の口からそういわれてみれば、私にも、突然それが、ポアロの本心から出た言葉なのだ、と信じられてきた――そうだ、おそらく、彼自身さえ知らず知らずの間に、ポアロは私の助力を当てにするようになっていたのだ。

「そうです――」彼は夢みるように言葉を継いで、「あなたは必ずしもつねに事実を把握するとはいえないかもしれません――しかしあなたは、じつにしばしば方向を示唆してくれます」

私はほとんどわが耳を疑った。

「ねえ、ポアロ」と私は口ごもった。「それが本当なら、ぼくはすごく嬉しいですよ。たぶんぼくは、あなたから、いろんな意味で、多くを習い覚えたのですから――」

とたんに彼は首を振った。

「いや、いや、そうじゃありません《メ・ノン・ス・ネ・パ・サ》。あなたはなにも覚えやしませんよ」

「ええ?」私は眼をパチクリした。

「そんなものではないのですよ。人は決して他人から習い覚えるべきではない。おのおのの個人は、その個性をこそ限界点まで伸張させるべきであって、決して他人の真似をすべきではないのですよ。わたしはあなたが第二の、もしくは二流の〝ポアロ〟たることを望みません。あなたが最良の〝ヘイスティングズ〟たることをこそ望みます。そうしてあなたはまさに最良最上のヘイスティングズです。あなたの内部には、ほとんど完璧に近い正常《ノーマル》なる人間精神があります」

「ぼくは異常《アブノーマル》じゃないですよ、ありがたいことに」私はいった。

「ありませんとも、ありませんとも。あなたは美しくも欠けるところなく均斉のとれた精神です。健全さの権化です。それがわたしにいかなる意味を持つかわかりますか？　犯罪者が、なんらかの犯罪を企てて、まず最初に考えるのは人をあざむくことです。しからばいかなる人間をあざむこうとするか？　すなわち、彼のイメージに浮かび上がってくるものは、正常《ノーマル》な人間、これです。実際には完璧な正常さなるものは存在しない——数学的な抽象物である。だが、ここにおいて、あなたは、その理念の、可能なかぎりにおける最も近い実現なのです。ときにはすばらしい頭脳の閃きを見せることがある、平均の水準を抜いて鋭いこともある、が、一面まるで（わが無礼を許されよ）不思議なほどに鈍感なときもある。だが、ひっくるめて、あなたはじつに驚嘆に価する正常《ノーマル》な精神の持ち主なのです。さて、これがいかにわたしに益《エ・ビアン》するか？　きわめて簡単です。わたしは、あなたの心の動きのなかに、鏡に映るがごとく、犯人がわたしに何を信じさせたかったかを見て取ることができるのです。これが、じつに想像を絶して暗示的であり、わたしの思考に役立つのですよ」

彼のいうことはよく理解できなかった。私には、ポアロの話はお世辞とすらも取れなかった。だが、彼はたちまち私の迷いをといてくれた。

「わたしのいい方がまずかった」彼はすばやく、「あなたは犯罪者の気持ちを見抜く洞察力がある。これはわたしには欠けているものです。あなたはそれで、犯罪者がわたしにどうとってもらいたがっているのかを示してくれる。得がたい才分なんですよ」

「洞察力」私は考え深くいった。「そうだ、きっとぼくには洞察力があるんだな」

私はテーブルごしにポアロを見やった。彼は煙草をくゆらしながら、私にとろけるような温かいまなざしを向けていた。

「わが愛する《ス・シェール》ヘイスティングズ」ポアロは呟いた。「わたしはほんとうにあなたが好きですよ」

私はまたわけもなく嬉しくなったが、ばつが悪くて、慌てて話題を変えた。

「さて」と私はできるだけ事務的な調子で、「事件の話にかかりましょう」

「よろしい《エ・ビアン》」ポアロは頭をそらして眼を細めてゆっくりと煙を吐きだした。

「わたしは疑問をわが胸に提出してみました《ジュ・ム・ポズ・デ・ケスチオン》」

「それで？」

「もちろん、あなたもしてみたでしょう？」

「そりゃむろん、してみました」私はいって、ポアロと同じように椅子の背によりかかると、眼を細めて、「エッジウェア卿を殺したのは誰か？」

ポアロはとたんに椅子の上で座り直すと、頭を威勢よく振ってみせた。

「だめ、だめ、それじゃだめですよ。あなたのやり方は、探偵小説を読むのに、登場する人物を、韻も拍子もなしに、片っ端から疑ってかかる読者の考え方です。そりゃ、わたしにも、一度だけそうするのを余儀なくされた場合がありました。だがこれは例外です。そのうちに話して聞かせますがね、わたしの自慢話のひとつですよ。ああ、ところでなんの話でしたっけ？」

「あなたが胸に〝提出〟した疑問の話ですよ」私は素気なくいった。もう少しで、あなたにとってのぼくの本当の役割は、エルキュール・ポアロの自慢話を話して聞かせる相手役じゃないか、と唇の端まで出かかったが、まあ待てと自分を制した。薫陶《くんとう》を垂れたいなら、よろしい、勝手に垂れさせてやればいいじゃないか。

「よしわかった。拝聴しましょう」

虚栄心の満足にまさるものはない。彼は椅子の背にそり反ってもとの姿勢をとった。

「第一の疑問はわれわれのすでに論議したところです。何ゆえにエッジウェア卿は離婚問題についての決意をひるがえしたか？　この問題について二、三の考え方がありました。そのひとつはあなたもすでにご承知のごとくです。

第二の疑問はこうです。あの手紙はどうなったのか？　何者の干渉によって、さらには何者の利益のために、エッジウェア卿夫妻はそれ以後も結婚の状態につなぎ止められねばならなかったか？

第三。昨日の昼、書斎を辞した際、あなたの見たという彼の表情の意味は何か？　なにか考えつきましたか、ヘイスティングズ？」

私は首を振った。

「見当もつかない」

「見たと思っただけじゃないですか？　あなたはときどきすばらしく《アン・プ・ヴィフ》想像力が逞しくなりますからね」

「そうじゃないよ。まちがいなく見たのです」

「よろしい《ビアン》。それではやがて説明がつくでしょう。さて、第四の疑問は例の鼻眼鏡です。ジェーン・ウィルキンスン、カーロッタ・アダムズ、いずれも眼鏡は使わない。ではあの眼鏡がカーロッタ・アダムズのバッグのなかに入っていたのは何ゆえか？

第五。何者かが、ジェーン・ウィルキンスンがチズィックにいたことを確認する電話をかけた。なぜか。また電話の主は誰か？ この五つが、わたしの頭を悩ましている疑問なのですよ。この五つに答えが出れば、じつにありがたいのですがねえ。せめて、これを満足に説明するに足る論理を組み立てられれば、わたしの自尊心《アムール・プロプル》もずっと楽になるのですが」

「まだほかにも疑問はたくさんありますよ」私はいった。

「たとえば？」

「カーロッタ・アダムズをそそのかしたのは誰か？ あの夜、十時前後、彼女はどこにいたのか？ 彼女にあの金の小箱を贈ったDとは何者か？」

「そういったものは自明の疑問ですよ」ポアロはいった。「暗示的な謎としての微妙さがありません。まだ調べのつかぬ事実にすぎません。つまり、捜査次第でいつなんどきでも明白になる事実です。謎ではありません。わたしの疑問はね、あなた《モナミ》、心理学的な謎なのですよ。頭脳のなかなる小さな灰色の脳細胞こそ――」

「ポアロ」私は懸命になった。どんなことをしてでも彼のおしゃべりを封じなければならない。またぞろ灰色の脳細胞のお説教なんかやられてはたまったものじゃない。「今夜訪問するところがあったはずでしょ？」

ポアロは時計を出してみた。

「そうでした。電話して都合を訊いてみましょう」

彼は部屋を出ていったと思うと二、三分で戻ってきた。

「行きましょう。大丈夫です」

「どこへ行くんですか？」

「チズィックのサー・モンタギュー・コーナーの邸宅ですよ。例の電話の話をもう少し聞いてきたいと思うのでね」

15　サー・モンタギュー・コーナー

テムズ河畔、チズィックにあるサー・モンタギュー・コーナーの邸宅に着いたのは、十時頃である。地所を背にして建てられた大邸宅であった。われわれは美しいホールに通された。右手に、あけ放されたドアを通して、食堂が見えた。磨き上げられた長いテーブルには蠟燭の灯りがともっていた。

「こちらへどうぞ」

執事が先に立って、広い立派な階段をのぼり、河を見おろす二階の細長い部屋に案内した。

「ムッシュー・エルキュール・ポアロのお越しでございます」執事が告げた。

それはすばらしく均斉のとれた美しい部屋だった。行き届いた注意でシェードされたほの暗いランプにも、一種の古風な雅びやかさが感じられた。

部屋の一隅の、窓をあけ放った近くに、ブリッジのテーブルがしつらえられ、四人の人物がそれを囲んでいた。われわれが部屋へ入ったとき、そのうちの一人が立ち上がってわれわれのほうへやってきた。

「ようこそ。お近づきになれてじつに嬉しく思います、ムッシュー・ポアロ」

私は多少の好奇心をまじえて、サー・モンタギュー・コーナーを見た。彼は明らかにユダヤ系の顔だちで、非常に小さな、知的な黒い眼をしていた。手入れの行き届いた鬘《トゥーペ》をつけていた。ずんぐりとした身体で五フィート八インチくらいであろう。彼の態度は徹底して気取っていた。

「ご紹介しましょう。こちらはウィドバーン夫妻」

「わたしたち、お目にかかったことがございますわ」ウィドバーン夫人が眼を輝かせていった。

「こちらはミスター・ロス」

ロスと呼ばれた男は二十二、三の、陽気そうな金髪の若者であった。

「これは、ゲームのお邪魔をしましたな。どうかお許しのほどを」ポアロがいう。

「どういたしまして。まだ始めていなかったのです。カードを配りはじめたばかりでしてな。コーヒーはいかがです、ムッシュー・ポアロ」

ポアロは辞退して、かわりに年代もののブランデーを受けとった。おそろしく大きな酒盃に注がれたブランデーが運ばれてきた。

これを啜る間、サー・モンタギューがひとりでしゃべった。

日本の版画、中国の漆器、ペルシャの絨毯、フランス印象派の絵画から現代音楽、アインシュタインの相対性理論に至るまで。話し終えると彼はゆったりと椅子の背にもたれ、鷹揚《おうよう》な態度でわれわれに微笑みかけた。見るからに自分の演技を楽しんでいた。淡い光線のなかにそうやっている彼の姿は、中世紀の物語に出てくる魔神かなにかのように見えた。部屋中が、芸術と文化の精妙な手本といった感じだった。

「さ、それではサー・モンタギュー」とポアロは口を切った。「お言葉に甘えてあまりお邪魔いたすわけにもまいりませんから、用件にとりかからせていただきましょうか」

サー・モンタギューは鷹の爪のような奇怪な手をあげてポアロを制した。

「そうお急ぎになることはありません。時は無限です」

「ほんとうにお邸にいるとそんな気がしてきますわ」ウィドバーン夫人が溜め息を洩らしながら、「すばらしいお邸ですもの」

「私は百万ポンドもらってもロンドン市内に住む気はしませんな。ここにいれば、古き世界の平和な雰囲気に浸っていられる――悲しいかな、こうした平和も、騒がしい現代にあっては、やがて忘れ去られていきますが」サー・モンタギューはいった。

不意にふざけた空想が私の頭脳に閃いた——もし誰かが、それではと百万ポンド、サー・モンタギューに差し出したら、古き世界の平和も、案外あっさりと消えてなくなってしまうのじゃなかろうか——が私は、急いでこの怪《け》しからぬ感傷を追い払った。

「結局、お金なんてなんでしょう？」ウィドバーン夫人が得たりと呟く。

「ああ！」ウィドバーンはそう感慨深げにいったかと思うと、ズボンのポケットのなかで、チャリンと小銭の音をさせたものだ。

「チャールズったら！」ウィドバーン夫人はきついお叱りの口をとがらせた。

「これは失礼」とウィドバーンはいって、鳴らすのをやめた。

「このような雰囲気のなかで犯罪の話など、禁物でしょうな」ポアロが弁解めいていう。

「そんなことはない」サー・モンタギューは寛大な手をあげて、「犯罪もまた芸術たり得る。そして探偵もまた芸術家たり得ます。もちろん、私は警察のことをいうのではありませんぞ。今日も警部が一人訪ねてきましたが、おかしな男でしてな。たとえば、彼はベンヴェヌート・チェッリーニ（十六世紀のイタリアの彫刻家・金細工師）の名さえ知らぬ始末です」

「その警部は、ジェーン・ウィルキンスンのことでまいったのでございましょう」ウィドバーン夫人がたちまち好奇心を発揮する。

「昨夜お宅にいたことは、あの婦人にとっては非常な幸運でした」とポアロ。

「そのようですな」サー・モンタギューはいった。「美しくて才能のある婦人と聞いていたので、何か私のできることでもあればと思って来ていただいたのです。なにか経営を始められたい意向のようでしたな。しかし、私はどうもだいぶちがったことで彼女の役に立つ運命にあったらしい」

「ジェーンは運のいい人ですわ。死ぬほどエッジウェア卿と別れたがっていたのに、誰かがあんなふうにしたおかげで、その心配までなくしてくれたわけですから。彼女は若いマートン公爵様と結婚するのですって。たいへんな噂ですわ。それで、公爵のお母上が、とても怒っていらっしゃるとか」

「私には非常に立派な婦人と思えたが」とサー・モンタギューはあくまでも優雅に、「彼女はギリシャ芸術についてじつにしっかりした意見を持っていた」

ジェーンが例の魔術的な低い声で、〝ええ〟とか〝いいえ〟とか〝まあなんてすばらしいのでしょう〟とかいっている姿を思い浮かべて、私はひそかに微笑を禁じ得なかった。サー・モンタギューのようなタイプの男にとっては、知性なるものは、彼の話を、いかに聞き上手に聞くかということにあるのだ。

「エッジウェアという人はまったくおかしな人物ですからな」ウィドバーンが口をはさんだ。「彼ならきっとたくさん敵もあったでしょう」

「あれは本当の話ですの、ムッシュー・ポアロ、ペンナイフで、頭の後ろを突き刺したというのは？」ウィドバーン夫人が尋ねた。

「文字どおり本当の話です、マダム。じつに手際よく、しかも効果的な刺し方です——科学的とさえいえます」

「芸術家として不足ない事件ですな、ムッシュー・ポアロ」

「それではわたしの用件にかからせていただきます」ポアロはいった。「エッジウェア卿夫人はここで晩餐中に電話に呼び出されました。わたしはこの電話のいきさつについて情報を得たいのです。この件のことでお邸の使用人に質問することをお許し願いたいのですが？」

「もちろん、どうぞご自由に。ロス、ちょっとそのベルを押してもらえないかな」

ベルに応えて執事が現われた。さっきの、背の高い、説教師くさい感じのする中年男である。サー・モンタギューが用向きを説明すると、執事はうやうやしくポアロのほうに振り向いた。

「電話が鳴ったとき、最初に出たのは？」ポアロが訊きはじめた。

「私でございます。電話はホールの奥の蔭にございます」

「電話の相手は、エッジウェア卿夫人に、といったのか、それともミス・ジェーン・ウィルキンスンにといったのかね？」

「エッジウェア卿夫人に、と申しました」

「正確にどういうやりとりだったか聞かせてもらえないか」

執事はちょっと考えてから、答えた。

「私の覚えているかぎりでは、このようでございました。私が、『もしもし』と申しました。向こうがこちらはチズィックの４３４３４かと訊きました。私がそうだと答えますと、向こうがお待ちくださいと申しました。すると別の声がチズィック４３４３４ですかと申しました。で、私が、『さようでございます』と答えますと、『エッジウェア卿夫人は晩餐会に出ていらっしゃいますか』といいます。で、私は奥様はここにおいでだと申しました。向こうが、『夫人とお話がしたいのですが』と申します。それで私は行ってテーブルにおつきだった奥様にその旨をお伝えいたしました。奥様は席をお立ちになり、私は電話へご案内申し上げました」

「それから？」

「奥様は受話器を取り上げておっしゃいました、『もしもし――どなたですの？』それから、『はい――そうですわ、わたし、エッジウェア卿夫人です』私がおそばを離れようといたしますと、ちょうど奥様が私をお呼び止めになり、向こうで電話を切ってしまったとおっしゃいました。誰か笑っていたようだと思ったら、受話器をかけてしまったらしいとおおせでした。私に、電話をかけてきた人は名前をいわなかったかとお尋ねになりましたが、私はお話ししたとおり何も聞かなかったのでそう申し上げました。これだけでございます」

ポアロはしかめ面で考えこんだ。

「その電話が本当に人殺しに何か関係あるとお考えですの、ムッシュー・ポアロ？」ウィドバーン夫人がいった。

「なんとも申せません。ただ、非常におかしな節がある、といえるだけです」

「ときどきいたずら電話がかかってくることがありますわよ。わたしにもそんなことがありました」

「大いにあり得ることですな、マダム」

ポアロは執事に向かってふたたび話しかけた。「電話は男の声だったかね？ それとも女の声だったかね？」

「ご婦人のお声でした」

「どんな声だった。高い声か、低い声だったか？」

「低い声でございました。落ち着いた、はっきりした声で」と一度言葉を切ってから、

「これは私の気のせいかとも存じますが、なにか、外国人の声のようでございました。Rの発音が非常によく聞き取れましたので」

「そのことでしたら、スコットランド人もそんな発音をしますわよ、ドナルド」とウィドバーン夫人はロスを振り返って微笑んでみせた。

ロスは吹きだした。「無実ですよ、ぼくは。ちゃんと席にいましたもの」

ポアロはもう一度執事に向き直った。

「どう思う、あなたはその声をもう一度聞いたら、すぐそれと聞き分けることができますか？」

執事はためらった。「確かなことは申しかねます。できるかもしれません。できるほうが確かだと思います」

「ありがとう」

「どういたしまして」

執事は頭をかしげて引き退がった。最後まであっぱれな説教師ぶりである。

サー・モンタギュー・コーナーは終始変わらぬ親密さをもってわれわれを遇してくれ、古き世界の魅力の代表者然とした彼の役割を務めつづけた。彼はわれわれをブリッジに誘った。私は遠慮した——賭金が、私の手に負えないほどの高額だったのである。ロスも、代わりができてほっとした様子だった。彼と私は、四人の勝負を見物していた。夜はふけて、勝負は、ポアロとサー・モンタギューの大勝に終わった。

われわれは厚く礼をのべて帰途についた。ロスもわれわれと一緒についてでた。

「変わった人物です」とポアロは、戸外の夜間に足を踏みだしながらいった。

すばらしい夜だった。われわれはタクシーを電話で呼ぶのを控えて、ぶらぶら歩きながら拾うことにしていた。

「うむ、たしかに変わった人物です」ポアロは繰り返した。

「変わった金持ちですね」ロスが感情をこめていった。

「そうですな」

「彼はとてもぼくを買いかぶっているらしいのですよ」ロスはつづけて、「願わくは長くつづいてほしいものです。ああいう人物の後押しがあるということは大きなことですからね」

「あなたは俳優ですか？」

ロスはそうだと答えた。自分の名前が、すぐに俳優として思い出されなかったのがたいへんに心外そうであった。そういえばたしかに、彼は、最近、ロシアの翻訳劇のなにか陰鬱な芝居に出演して、非常な注目を浴びていた。

ポアロと私は二人がかりで彼を慰めたが、そのうち、ポアロが、何気ない調子で訊いた。

「あなたはカーロッタ・アダムズを知ってませんでしたかな？」

「いや。夕刊で、その人が死んだという話を読みましたがね。なにか薬の飲みすぎが原因だそうですね。こういう女の子はみんなこんなばかげたことをするんだな」

「悲しいことです。彼女は才能のある人でしたよ」

「はあ」

彼は、あらわに他人の演技には少しも関心を持てない男らしい態度を見せた。

「彼女のショーを見たことがありますか？」私は訊いてみた。

「いいえ。ああいう種類のものはぼくには縁が薄くて。最近はばかなもてはやされかたですが、長つづきするとは思いませんね」

「タクシーが来た」

ポアロはステッキをあげた。

「ぼくは歩いていきます。ハマースミスから地下鉄でまっすぐ帰ります」

いいかけて急に彼は神経質そうな笑い声を洩らした。

「おかしなことがありましたよ。あの晩餐会――」

「ふむ？」

「客の数が十三人だったのです。誰か一人が最後になって来なかったんだ。ぼくたちも、会が終わるまでそれにまったく気がつかなかったのです」

「それで誰がいちばん最初に席を離れました？」私は訊いた。

彼はしわがれた奇妙な笑い声を立てた。

「ぼくでしたよ」

16　主なる論議

家に帰り着くとジャップがわれわれを待っていた。

「家へ帰る前に、ちょっと寄って、あなたとおしゃべりがしたいと思いましてね、ムッシュー・ポアロ」彼は愛想よくいった。

「ところで《エ・ビアン》捜査のほうは進みましたか？」

「さあそれが、はかばかしくないのですよ、実際」ジャップは失望の色濃く、「なにかよい知恵はありませんか、ムッシュー・ポアロ」

「ひとつふたつ、お耳に入れたい意見がありますな」

「ムッシュー・ポアロの意見か！　とにかく、あなたも結構変人ですからねえ。とはいえ、聞きたくないというのじゃありませんよ。聞きますよ。あなたのそのおもしろい形の頭の中身は大したものですからね」

ポアロはこの妙なお世辞を冷ややかに受け入れた。

「例の替え玉婦人の問題については何か考えが浮かびましたか？　それが私の知りたいことですが――いかがです。ムッシュー・ポアロ、その点については。あれは誰でしょう？」

「ふむ。わたしのほうでちょうどそのことをあなたにお話ししたかったのです」

こういって、ポアロは、ジャップにカーロッタ・アダムズのことを聞いているかと尋ねた。

「名前は聞いていますが、ちょっとピンときませんね」

ポアロは説明した。

「ああ、あの女か！　あの、人物模写をやる？　なんでその女に目をつけたんです？で、どんなことをつかんだんです？」

ポアロはわれわれの取った道程を詳しく説明し、そしてわれわれの到達した結論を話した。

「ううむ、こいつはホシらしいぞ。ドレス、帽子、手袋、それに金髪の鬘《かつら》まで――。うむ、これはもうまちがいないぞ。やっぱり、あなたは大したものですな、ムッシュー・ポアロ。じつにみごとな腕だ！　ただしだ、私は、彼女が途中で消されたと考える根拠は何もないと思いますね。それはちょっと無理ですよ――こじつけというものだ。その点についちゃ、どうもあなたの意見には賛成できませんな。あなたの論理はあまりに空想的ですな。私にとっちゃ――私は、あなたより経験を積んでますからね。黒幕の人物があるとは信じないな。カーロッタ・アダムズはまさにその女ですよ。だから私としちゃ、二つの考え方のどちらかだと思う。彼女は自分の目的であそこへ行ったのだ――おそらくは脅迫の目的でね。これは彼女が、大金が入るとほのめかしていたという事実に一致する。二人は口論をした。卿がかっとなると、女もかっとなった。そこで、女は彼を刺し殺してしまった――。それから、女は家へ帰ったが、そこで、気も砕け、滅茶な精神状態になってしまった。最初から殺すつもりはなかったんだ。そして彼女は自殺するつもりで致死量の薬を飲んだ――なにもかもおしまいにする、最も安易な道を選んで」

「その解釈がすべてを説明するに足ると思われるのですか？」

「そう、むろんまだわからないことはあります。が、そう考えることが、いちばん状況に適した考え方だと思いますよ。もうひとつの解釈というのは、殺人とあの替え玉事件とがぜんぜん関係がなかった、と考えることです。まったくの偶然だと見ることです」

ポアロが彼の見方に賛成するはずはなかった。だがただ、当たらず障らずに答えただけだった。

「うむ《メ・ウイ》、あり得ることですな《セ・ポシブル》」

「でなきゃ、ねえ、これはどうです？　替え玉事件は罪のないいたずらだった。ところが、犯人がそれを耳に入れて、自分の企みにちょうどいいと考えたんだ。ふむ、こいつは悪い考えじゃないぞ」と言葉を切ったが、やがて先をつづけて、「しかしやっぱり第一の考え方をとるな。あの女と卿とのあいだにどんなつながりがあったかをどうにかして調べ上げよう」

　ポアロはメイドの投函したアメリカ宛ての手紙の話をした。ジャップもそれは捜査の大きな助けになるだろうと同意した。

「すぐに手配しましょう」彼はいって、手帳に控えた。

「こうしてみると、どうしてもこのレディが犯人臭くなってくるようだなあ。ほかに怪しいものが見つからん以上――」彼は手帳をしまいこみながらいった。「マーシュ大尉ですね、こんどエッジウェア男爵を継いだ――彼にはたちまち目立つような立派な動機がありました。身許調査の結果も悪かった。一文なしの上に金にだらしがないときている。おまけに、悪いことに、昨日の朝、伯父甥のあいだで大喧嘩をしているのです。もっともこの喧嘩の話は、彼の口から聞いたので、いくらか嫌疑も薄らいだようなものですがね。ともかく彼はいちばんあんなことをやりかねない男でした。ところが彼にはアリバイがあった。ドーシマーの一家と一緒にオペラを観にいっていたのです。夫妻は非常な金持ちのユダヤ人でグローヴナー・スクエアに住んでいます。私は自分で出かけて調べてきましたが、まちがいはありませんでした。彼は皆と一緒に昼食をとり、オペラに行って、そのあと〈ソブラニス〉で夜食をとっています。これでは疑いようがない」

「ふむ。マドモアゼルのほうは?」

「娘のことですか? 彼女も外出していました。カシュー・ウエストとかいう連中と夕食をした。それから、連中にオペラに連れていってもらい、家まで送ってもらった。家に入ったのは十二時十五分前です。これで、彼女も嫌疑外だ。秘書の女は、あれは大丈夫。じつにてきぱきした、しっかりした女ですな。それから執事がいる。私はこいつはあまり好かない。あんな美貌を持って生まれた男というのは不自然なものですな。なにか臭いところがある。だいたい、やつがエッジウェア卿の邸《やしき》に奉公に入ってきたこと自体が変な気がする。いまやつの身許を調査中ですがね、しかし、とくに卿を殺す動機もないようですよ」

「そのほか新しい事実は出てきませんか?」

「ええ、ひとつふたつ。これがなんらかの意味を持つかどうかはなんともいえませんがね。たとえば、エッジウェア卿の鍵がなくなっていました」

「玄関のドアの鍵ですか？」

「ええ」

「それはおもしろいですな」

「だからいまもいうように、重大な意味を持つか、でなきゃまったく無意味かでです。今後の調査次第ですね。それより、私には意味ありげに見えることがある。エッジウェア卿は昨日小切手を現金に変えたんですがね——いや、大した額じゃない、百ポンドでした。彼はそれをフランス紙幣で受け取った。というのが、小切手を現金化したわけは、今日行くはずだったパリ行きの費用だったのです。ところが、それが紛失していた」

「誰から聞きました？」

「ミス・キャロルから。彼女が小切手を銀行に持っていって、現金を持って帰ったのです。彼女がその話をしたので、調べてみたら、どこにもなかったんですよ」

「昨夜はどこにあったのです？」

「ミス・キャロルは知らないのです。三時半頃エッジウェア卿に手渡したきりだそうで。金は銀行の封筒に入っていた。卿はそのとき書斎にいて、金を受け取ると、そばのテーブルの上に置いたのだそうです」

「これは一考を要する。面倒になってきましたな」

「もしくは単純にね。ところで、傷のことですがね」

「ふむ？」

「医者のいうには、あれは普通のペンナイフの傷ではないそうです。何かペンナイフに類するものだが、刃の形がちがう。それも、ものすごく鋭い刃ものだそうで」

「剃刀じゃないのですか？」

「いや、ずっと小さいものです」

ポアロは眉をひそめて考えこんだ。

「エッジウェア新男爵は冗談口が好きなようですな」ジャップがいった。「殺人犯と疑われるのがおもしろくてしようがないとでも思っているのですよ。警察は彼を犯人だと思っているのだろうとしつこく念を押しましたよ。なんだか妙ですな」

「たんなる知的好奇心かもしれない」

「というより、罪の意識に怯えているというふうなんですよ。伯父の死は、彼の思う壺でしたからな。話はちがうが、彼は邸に引っ越しましたよ」

「いままでどこに住んでいたのですか？」

「セント・ジョージズ・ロードのマーティン・ストリート。あまり風紀の良いところじゃありません」

「書き留めておいてくれませんか、ヘイスティングズ」

私はいわれたとおりにした。だが、いささか不思議だった。ロナルドがリージェント・ゲートに移ったとすれば、彼のもとの住所が必要となるとは考えられなかったからである。

「私はそのアダムズって娘がやったのだと思いますよ」立ち上がりながらジャップはいって、「ムッシュー・ポアロ、とにかく、ここまで嗅ぎつけたのはさすがですな、大したものだ。だが、そこに至るのに、もちろんあなたは芝居を見に出かけ、大いに娯しむ。私の出会う機会もないものが、きまってあなたには大事なこととときてる。彼女の動機のはっきりしないのは弱るが、なに、ちょっと掘り返しゃ、必ずなにか明るみに出てきますよ」

「もう一人、動機を持つ人間であなたが注意を払っていない人物がいますよ」

「誰です、そりゃ？」

「エッジウェア卿の妻と結婚したがっていたと噂の高い紳士。すなわちマートン公爵」

「なるほど、たしかに動機はあるようですね」ジャップは笑いだした。「しかし、彼のような地位にある人物が、殺人を犯すとはありそうもない。おまけに、彼はパリにいたんですぜ」

「彼は容疑者とは見なさないと？」

「ムッシュー・ポアロ、あなたは見なすというわけで？」

そういって、さもばかばかしいといわんばかりにアッハと笑うと、ジャップは出ていった。

17　執　事

翌日はわれわれにとっては暇な一日であったが、その代わりジャップには大忙しの日であった。ジャップはティータイムに立ち寄った。

彼は真っ赤になって憤慨していた。

「えらい失策をやってしまった」

「そんなことはないでしょう、ジャップ警部」ポアロはなだめるようにいう。

「ところがやったんです。あのちくしょう（とここで彼はひとわたりの神聖冒瀆をやってのけて）——あの執事のやつめ、まんまと、指の間からすり抜けていきやがった」

「姿をくらましたのかな？」

「ええ。ずらかりやがった。あの極悪人め、私がいちばん腹が立ってしようがないのは、この私が、やつをとくに臭いと睨んでいなかったことです」

「まあ落ち着いて、あなた、落ち着いて」

「いうはやすしですよ、あなただって、警視庁《ヤード》でいやというほど悪態をつかれたら、落ち着いてなんかおれるもんですか。ちくしょう！　あてにならないやつなんだ。だいたい、やつはずらかるのがこれが初めてじゃないんだ。ふる狸だったんだ！」

ジャップは額を拭いた。見るも惨めな有様である。ポアロは同情に耐えぬという面持ちで妙な声を出して慰めるが、雌鶏が卵を生むときのしぐさそっくりである。英国人の気質を心得ているものはこんな場合どうすべきかを知っている。私は強いウィスキー・ソーダをこしらえて青菜に塩の警部殿の前に置いた。彼はちょっと顔を輝かせた。

「遠慮なく」

かくて彼は元気を回復して話しはじめた。

「しかしいまでも私にはやつが犯人だという確信はない。もちろん、こんなふうに逃げだすからには何かある。しかし、それはほかの理由によるのかもしれない。さっそく調べさせていますがね。どうも、やつはいかがわしいナイト・クラブにいくつも関係していたらしい。ふつうの店じゃなく、妙チキリンでけがらわしいものですよ、なにか。とにかく、相当のしたたか者なんだ」

「にもかかわらず、それは必ずしも彼が犯人だということにはならない」

「そのとおり。やつは何かいかがわしい仕事をしていたのは確かだ、だからといって犯人とはかぎらない。そのとおりですよ。私はなおいっそう、アダムズって娘の仕業だと確信しましたね。しかし、まだ証拠はないのです。部下をやって娘の部屋を完全に捜査させたのですが、手がかりになりそうなものは何ひとつ見つからなかった。じつに用心深い女ですよ。およそ手紙なんて、契約金の交渉の手紙類二、三だけときている。それぞれ、きちんと区分けして裏にメモがついているのです。ワシントンの妹からの手紙が二通。じつにさっぱりと公明正大なもんです。年代ものの宝石類がひとつふたつ。新しいものや高価なものは何ひとつなし。日記さえつけていないんだ。銀行の通帳も小切手もなんらの役に立たなかった。まったく、あの女は、私生活というものを持っていなかったみたいだ」

「しっかりした性格の娘でした」ポアロは考え深く、「こうなってみれば、それが恨めしい」

「彼女の身辺の世話をしていた女にも会ってみました。これもだめ。それから帽子屋をやっている女にも会いにいってきた。あれは彼女の友だちのようですな」

「ほう。でミス・ドライヴァーをどう思いましたか？」

「あれは利巧な、頭の冴えた女ですな。しかし役には立ちませんでしたよ。私はべつに驚きもしませんでしたがね。私の家出娘の捜査の経験からいうと、娘の家の者や友だちってものは、決まって同じことをいいます。『あの娘は明るくて心の優しい性格で、男の友だちなんか一人もありませんでした』ってね。ところが決して本当ではない。不自然ですよ。女の子ってものには男の友だちが要るんです。なにも問題のない場合すらそれなんですからね。友だちとか親類とかいう連中のとんまな頭には、まったく手を焼きますな――われわれの商売も、楽じゃありませんよ」

彼はひと息ついた。私はふたたびグラスを満たした。

「ありがとう、ヘイスティングズ大尉。なに、かまやしません。さて、そこで、だ。まず疑ってかかって、徹底的に調べ上げなきゃならない。調べ上げましたよ。夕食を一緒にしたり、ダンスに行ったりした若い男は一ダースもありました。ところが、一人として、ほかの男と比べてとくに親しいような男もいないのです。いまのエッジウェア卿がいました。映画スターのブライアン・マーティンがいます、ほかに半ダースもいます、が、一人として特別じゃない、通りいっぺんのつきあい以上じゃないんだ。あなたの、彼女を蔭で操る男があるって考えもまるきりまちがいですよ。彼女はやはり自分一人でやったと考えなきゃなりませんよ、ムッシュー・ポアロ。いま、彼女と殺された男のあいだの関係を洗っています。絶対に関係があったんだ。私はパリまで行ってこなくちゃなるまいと思っています。例の金の小箱にはパリと刻んであったのだし、故エッジウェア卿は去年の秋、何度もパリへ出かけたそうですからね、そうミス・キャロルが話してました、骨董品の売買に立ち会うのだそうで。ええ、どうしてもパリまで行かなくちゃなりますまい。明日は検死審問ですが、延期されますよ、むろん。私はこれから午後の船に乗ります」

「すさまじいエネルギーですな、警部。たいしたものです」

「はは。あなたが不精なんだ。あなたはただそこにそう座りこんで考える！　あなたの、いわゆる小さな灰色の脳細胞を働かせてね。だめですよ、それでは。こちらから出かけていってみなければ。手がかりは向こうからやってきやしません」

小柄なメイドがドアをあけた。「ミスター・ブライアン・マーティンです。お忙しいといいましょうか、それともお会いになりますか？」

「ムッシュー・ポアロ、私は行きますよ」ジャップはサッと立ち上がりながら、「映画演劇界のスター連中がみんなあなたに相談にくるらしいですな」

ポアロはつつましやかに肩をすくめてみせる。ジャップは吹きだした。

「もういまじゃ百万長者でしょう、ムッシュー・ポアロ？　あなたは金をどうしているんです？　貯金してるんですか？」

「わたしは節約を実行してます。金の処置といえばジャップ、エッジウェア卿は遺産をどうしたのですかね？」

「限嗣相続（直系の嗣子の引きつぐ相続権）以外の相当の財産が娘にいきました。あと、ミス・キャロルに五百ポンド。その他の遺贈いっさいなし。きわめて簡単です」

「で、遺言はいつ作られたのです？」

「夫人が彼のもとを逃げだしたすぐあと――二年以上も前です。余談だが、夫人についちゃ、とくに強調して遺産分与から除外していますよ」

「復讐心の強い男だ」ポアロが口のなかで呟いた。

陽気な〝さよなら〟を残してジャップは去っていった。

ブライアン・マーティンが入ってきた。彼は一分の隙もない身なりで、あっぱれな美男子ぶりだった。が、私には、どこか彼がやつれて、元気のないように思えた。

「ずいぶん長くお待たせしてしまって、ムッシュー・ポアロ」彼は弁解がましくいった。

「それに結局、ぼくはあなたに何にもならないことでご迷惑をおかけして、貴重なお時間をむだにさせたようで――」

「なるほど《アン・ヴェリテ》？」

「じつは、お話しした婦人に会って、話し合いました。懇願もしました。でも、結局むだだったのです。彼女は、ぼくが例の問題をあなたにお願いすることを聴き入れてくれません。ですから、あの話は、あれで打ち切りということにしていただきたいのです。誠に申し訳ありません。ご迷惑をおかけして、なんとも申し訳ないのですが――」

「なんの、《デュ・トゥ》なんの」《デュ・トゥ》ポアロは優しく、「わたしははじめからそう思っていました」

「はあ？」ブライアンはあっけにとられた顔をした。

「はじめから、そう思っていらした？」腑におちないという声音でいった。

「そうですとも《メ・ウィ》。そのお友だちに相談してくるとあなたがいわれたときから、必ず結果はこうなると予想していました」

「なにか、理論でもあるので？」

「探偵というものはですな、ミスター・マーティン、つねに理論を持っています。理論がなければ探偵はできません。わたしは自分ではこれを理論と呼びません。ちょっとした考えが浮かぶといいますな。これすなわち第一段階です」

「では第二段階とは？」

「この考えが正しいと判明すれば、次には解決があるばかり。いとも簡単です」

「その理論ですか――考えですか、それをお聞かせくださるわけにはいきませんか？」

ポアロは上品に頭を振って、「われわれにはもう一つ、守るべき準則がある。すなわち、探偵は語るべからず」

「ほのめかしてもいただけませんか？」

「いけません。ただ、こうだけ申し上げよう――わたしはあなたが金歯の男の話をした瞬間にこの結論に達しました」

ブライアン・マーティンはポアロを凝視した。

「ぼくにはなんだかさっぱりわかりません。あなたが何をいおうとされるのか、まるで想像もできない。ヒントでも与えていただけないかなあ」

ポアロは微笑して、首を左右に振った。

「話題を変えようじゃないですか」

「はあ――ですが、まずあなたのほうのお代を――支払わせていただかないと」

ポアロは傲慢とも見える手の振り方をした。

「一文もいただけない《パ・アン・スー》。わたしは何もしていません」

「しかしむだな時間を――」

「事件がわたしの興味をひいた場合には、わたしは金はもらわないことにしています。あなたの場合はきわめて興味深かったのです」

「恐縮です」スターは不安げにいった。おそろしく元気のない様子であった。

「何かほかの話をしましょう」ポアロはあくまでも優しい。

「ぼくが階段ですれ違ったのはスコットランド・ヤードの男じゃありませんか？」

「そう、ジャップ警部ですよ」

「灯りが薄暗かったのでよくわかりませんでした。話は別だけど、彼はぼくのところへも来て、あの気の毒なカーロッタ・アダムズのことをいろいろ訊いていきましたよ——ヴェロナールを飲んだのだそうですねえ」

「あなたは彼女のことをよくご存じですか？」

「そんなによくは知りません。アメリカで、子供の頃に知り合ったのです。こちらへ来て、一度か二度顔を合わせたことはありますが、親しく会ったことは一度もありませんでした。亡くなったと聞いて、気の毒なことをしたと思いました」

「好きでしたか？」

「ええ。彼女はじつに気軽に話のできる人でした」

「思いやりの深い性格でしたな。うむ、わたしも同じように思いました」

「警察では自殺だと考えているようですね？　ぼくは警部さんの役に立つようなことは何も知らなかった。カーロッタはいつも内省的な人だったから」

「わたしは自殺だったとは思いません」とポアロ。

「そうですよ、過失だったと考えるほうが本当ですよ」

　ふとした沈黙が流れた。

　ややあって、ポアロが微笑を浮かべながら口をきった。

「エッジウェア卿殺しはたいへんな評判のようですな」

「じつにものすごいものです。警察は誰がやったかつかんでいるんでしょうかね。ジェーンが完全に嫌疑から除外されたとなれば？」

「うむ。警察は非常に有力な容疑者を見つけたようですよ」

　ブライアン・マーティンはひどく興奮してみえた。

「本当ですか？　誰ですそれは？」

「例の執事が姿をくらましたのですよ。おわかりでしょうが――逃亡は自白と同様に雄弁なものですからね」

「執事ですって？　これは驚いた」

「非凡なる美男子だった――あの男はあなたによく似ていた《イル・ヴー・ルサンブル・アン・プー》」終わりをフランス語でいうと彼はうやうやしく一礼してみせた。

　そうなのだ！　私はようやく、なぜ私が、最初彼の顔を見たときに、どこかで見た顔だと感じたのかを理解した。

「ご冗談を」ブライアン・マーティンは笑った。

「いいや、冗談ではありません。若い女という女が、メイドから、おてんば娘から、タイピストから、世間の若い女全部が、ムッシュー・ブライアン・マーティンに憧れているのではないですか——あなたに抵抗できる者がほかにありますかな？」

「いくらでもありますよ」マーティンは答えたが、急に席から腰を上げると、「それでは、どうもありがとうございました。どうか、ご迷惑をおかけしたことをお許しくださ い」

そういうと、われわれに別れの握手を求めた。私は相手の様子が突然、十も老けたように感じた。顔のやつれが、はっきり見えるようであった。

私は好奇心でいっぱいになった。ブライアン・マーティンが出ていってドアを閉めるが早いか、私は質問を矢つぎばやに放ったものだ。

「ポアロ、あなたはほんとに彼がやってきて、例のアメリカで起こったっていう妙チキリンな話を打ち切りにするってことを予想していたのですか？」

「そういったでしょう、ヘイスティングズ」

「しかしそれでは——」と私は論理的に追求した。「あなたは彼が相談したというその謎の女を知っているのですね？」

彼はにこりと笑った。

「ちょっとした考えが浮かんだのですよ、あなた。いまもいったように、金歯の話が出たとたんにね。だからもしわたしの考えが正しけりゃ、その女だって知ってることになる。その女がなぜムッシュー・マーティンがわたしに事件を依頼するのに反対したかもわかる。全体の真相も読めるわけですよ。あなただって、神の与えたもうたその頭脳《あたま》を使いさえすれば、わかるはずですよ。まったく、ときどきわたしは、神がうっかりあなたを素通りしてしまったのではないかと考えたくなりますよ」

18　黒幕の男

　エッジウェア卿の検死審問もカーロッタ・アダムズのそれも私はとくにここに記述しないことにする。カーロッタの場合、評決は過失死であった。エッジウェア卿の場合は事実の確認と検死の結果が報告されたのみで、審問は延期されることとなった。死体の胃を解剖した結果、凶行の時刻は夕食完了後一時間以内——最大限に延長してもそれから一時間と判定された。これは十時半から十一時までのあいだ——おそらくは十時半に近いほうの時間に相当する。

　カーロッタがジェーン・ウィルキンスンの替え玉をつとめたという事実はいっさい公表を禁じられた。新聞には、ただ執事の逃亡の記事が発表されて、一般には、彼こそが最も有力な容疑者であるような印象を与えていた。ジェーン・ウィルキンスンが邸《やしき》に現われたというのは彼の作り話にすぎなかったものとみなされ、やはりジェーンを見たといったはずの秘書の証言については何も書かれない。あらゆる新聞がこの殺人事件に関する記事に埋めつくされていたにもかかわらず、真相にはほとんど触れていなかったのである。

こうするうちにも、ジャップは積極的に捜査を進めていた。それなのにポアロはまるでわれ関せずといった態度で安閑としている。私はじりじりした。この不活動の原因は、ポアロが、自らもう年老いたと考えていることにあるのではないかと私はふと考えた。これが初めてではない。彼の弁明は少しも私を納得させなかった。

「わたしくらいの年になるとなんでも億劫《おっくう》になるのですよ」とポアロは説明する。

「だってポアロ、あなたなんかが自分を年寄りと考えてどうするのですか」私は反対した。彼は激励を必要としているのだ。私は考えた。現代的な考え方によると暗示療法が必要なのだ。「あなたは昔と少しも変わらず元気なもんじゃないですか」私は熱心に、「あなたはほんとうの働き盛りです――いまこそあなたの力も熟しきったときなんですよ。あなたなら、やる気になって立ち上がりさえすりゃ、こんな事件くらいたちどころに解決してしまえるんじゃないですか」

ポアロはこれに答えて、家に座っていて解決するほうがいいといったものだ。

「だって、そんなことできない相談ですよ、ポアロ」

「いまのところできませんね、まさに」

「ぼくはね、ぼくたちはただ安閑としてるだけじゃないかといいたいんですよ、ジャップは大活躍しているじゃありませんか！」

「わたしにはこれが似合ってるんです」

「ぼくにはまったく似合わないですよ。ぼくはあなたに動いてもらいたいんです」

「動いていますよ」

「何をしてるっていうんです？」

「待っているのです」

「何を待ってるんです？」

「わが猟犬が獲物を持ってくる《プール・ク・モン・シアン・ド・シャッス・ム・ラポルト・ル・ジビエ》のを、ですよ」ポアロは目をキラキラさせた。

「なんですそりゃ？」

「ジャップのことですよ。犬を飼っていながら、なぜ自分でほえるのか、っていうじゃないですか。ジャップが、あなたの尊敬措《お》く能《あた》わざる肉体的エネルギーの結果を、われわれのところまで運んでくれます。彼はわたしの持たないさまざまの職権と手段を持っている。たちまちのうちにニュースを持ってわれわれのところへ帰ってきます、大丈夫」

ただ強引な質問一本槍のジャップののろまを当てつけたのだが、実際ジャップが情報を得てくるのは遅かった。結局パリで収穫はなかったが、二日ののち、われわれのもとにあらわれた彼はたいへんな元気だった。

「だいぶ仕事は遅かったが、ようやくなんとか目鼻がつきそうになってきましたよ」

「それはおめでとう、ジャップ。何がありましたかな？」

「あの夜九時頃、ユーストンの一時預けに金髪の女がアタッシェ・ケースを預けていった事実をつきとめたのです。事務員にミス・アダムズのケースを見せたら、まちがいないと確認しました。アメリカ製で、そのときのものとそっくりだといいました」

「ふむ！　ユーストンか。ユーストンといえば、リージェント・ゲートにいちばん近い大きな駅じゃないですか。疑いなく彼女はそこへ行って、化粧室で変装して、ケースを一時預けに置いていったのでしょう。取りにきたのは何時でしたか？」

「十時半です。事務員は同じ婦人だったといいました」

　ポアロは頷いた。

「まだあるのです。カーロッタ・アダムズはその夜十一時ストランドのライアンズ・コーナーハウスにいたと信じられる理由があります」

「ほう！　そりゃすばらしい！　どうしてわかりましたか？」

「そう、じつのところいくらか偶然の発見なのですがね。ほら、新聞に例のルビーの頭《イニ》文字《シャル》象嵌の金の小箱の話が出たでしょう。どこかの新聞記者がすっぱ抜いたのですよ、若い女優間に麻薬常用の悪習があるって暴露記事になっていました。日曜版用のロマンチックな読物ですよ。魔の白粉を秘めた運命の金の小箱！——将来を約束された若き女優の悲劇！　彼女はその最後の夜をどこで過ごしたのであろうか？　その夜、彼女の胸中にはいかなる想いが去来したであろうか？　等々とね。

さて、このコーナーハウスのウェイトレスの一人が、この記事を読んだ。彼女はその晩自分の給仕した女客の一人が、それらしい金の小箱を手にしていたのを思いだした。彼女はその上にC・Aと彫られていたのを覚えていた。彼女は興奮して同僚のウェイトレスたちにしゃべったのです。おそらく新聞社から、なにか報酬のようなものをもらえると彼女は思ったんじゃないかな。

一人の若い新聞記者がすぐにそこへ飛んできた。今夜の《イヴニング・シュリーク》にはさっそくお涙ちょうだいの記事が現われるでしょう。才能ある若き女優の、ついに現われなかったなにものか——おそらくは彼女の恋人を待ちつつ過ごした最後の数時間。——というわけだ。それから、何やら普通の様子ではないような気がしました、というウェイトレスの同情あふれる述懐。こうしたたわごとはあなたもよくご存じだ、ねえ、ムッシュー・ポアロ」

「それでどうしてそれがあなたの耳にそんなに早く入ったのです？」

「ああそれ、それはね、私たちがいつも《イヴニング・シュリーク》の連中と仲良くしているからなんですよ。シュリーク社の腕ききの一人が私からなんかほかのことを引っ張りだそうとしてしゃべっているあいだに洩らしたんです。そこで私は早速コーナーハウスへすっ飛んでいきました——」

しかり、まさにそうしなければならないところだ。私はポアロのために同情の心痛を感じた。こうして、ジャップは新しいニュースを次々に集めている——おそらくは、重要な詳細をみすみす見のがして。そしてここに、ポアロはおとなしく座りこみ、酸っぱくなった古ニュースに満足しなければならないのだ。

「私はウェイトレスに会って、これはまちがいないぞ、と思いました。彼女はカーロッタ・アダムズを写真で見分けることはできなかった、その女の顔はあんまり注意して見なかったというのです。しかし女は若くて、黒服を着て、スラリとした美人だったと彼女はいいました。それから流行の帽子をかぶっていたそうです。女ってものがもう少し帽子よりは顔のほうに注意してくれると助かるんですがねえ」

「ミス・アダムズの顔は見分けにくい顔ですよ」ポアロがいった。「変化に富んで、非常に変わりやすい、流動物のような性質がある」

「同感ですね。そういうことを分析するのは私の得手じゃないけど。とにかく、その女は黒のドレスを着て、アタッシェ・ケースを持っていたというのです。ウェイトレスはそれをとくにはっきり覚えていました。なぜかといえば、そんなによい服装をしたレディがケースなんか持ち歩いているのが妙な恰好に見えたのですな。女はスクランブル・エッグとコーヒーを注文しました。が、ウェイトレスは、彼女が誰かを待って時間を潰しているのだなと考えました。腕時計をしていて、しょっちゅう時間ばかり気にしていたのです。ウェイトレスが例の金の小箱に気がついたのは伝票《ビル》を渡しにいったときでした。女はハンドバッグからその小箱を取り出してテーブルの上に置いてながめていた。一度ふたをあけ、すぐにパチンと閉じると、なにか楽しそうに、夢みるような恰好で微笑した。ウェイトレスはその小箱がとてもきれいなものだったのでとくに注意を惹かれたのですな。『わたしも、頭文字《イニシャル》をルビーで入れたあんな金の小箱がほしいわ！』っていいましたよ。

明らかにミス・アダムズは金を払ってからもまだしばらくそこに座っていたのですな。それから、やがて、女は時計を見て、諦めたらしく、外へ出ていった」

ポアロは額にしわを寄せた。

「待ち合わせだったのです」彼は口のなかで呟いた。「誰か、まだ表面にあらわれてこない謎の人間との待ち合わせ。カーロッタ・アダムズはその後にその人間と会えたのでしょうか？　それとも、ついに彼に会えずに、家へ帰って、彼を電話で呼び出そうとしたのでしょうか？　それが知りたい――それがわかったらなあ！」

「あなたの持論ですな、ムッシュー・ポアロ。謎に包まれた黒幕の男ですか。黒幕の男なんか、空想ですよ、ムッシュー・ポアロ。彼女が誰かを待っていたのかもしれない、ということを否定しはしませんが。それはあり得ることだ。彼女は誰かと、卿との用事が満足すべき状態に終わったあと、会う約束をしていたのかもしれない。さて、卿との会見の結果はどうなったか。これはわれわれもよく知っているところだ。彼女は逆上して彼を刺し殺してしまった。しかし、彼女はいつまでも逆上しているような女じゃない。彼女は駅で身なりを変え、ケースを受け取り、待ち合わせに出かけた。ところがここで、いわゆる反動というやつが彼女にとりついたのだ。自分のやってのけたことへの恐怖だ。そして、彼女の友人が現われないのを知ったとき、彼女は完全にまいってしまった。男というのは、その晩彼女がリージェント・ゲートへ行くことを知っていた人間だったのかもしれない。彼女はゲームの終わったことを悟り、例の薬の箱を取り出した。それを飲みさえすれば、一切合財おしまいにできる。いずれにしろ、死刑にならずにすむ。どうです、事実はあなたの顔に鼻があるのと同じように明白じゃありませんか」

ポアロの手があやふやに鼻のところまで延びていった——と思ったとたんに指は口髭に落ちた。彼は誇らしげに口髭をそっと撫でた。

「謎の黒幕の男には何も根拠がない」ジャップは頑固に自説の優位に固執して、「そりゃ、私もまだあの女と卿のあいだに関係があった証拠をつかんでいません。しかし私はやりますよ——時間の問題です。私はパリには失望したってことを白状しなきゃなりますまい、しかし六カ月といえばずいぶん前のことですからね。いまだってまだ部下の者にあっちで捜査に当たらせています。そのうちに何かわかってきますよ。あなたはそうは思わないでしょうがね。あなたは頭の固い強情張りなんだから」

「これはしたり、最初にわたしの鼻を愚弄したかと思えば、今度は頭ですか！」

「言葉のあやですよ」ジャップはなだめるように、「悪気はなかったんです」

「それに対しちゃ」と私が口をはさむ。「〝腹も立たない〟っていい返す」

ポアロはあっけにとられたという表情でジャップと私の顔を交互に見くらべた。

「何かご命令は？」ジャップが、戸口まで行ってドアの後ろから首を出すとおどけた調子でいった。

ポアロは腹を立てる様子もなく、にこやかに彼に微笑を向けて、「命令はないが、忠告ならありますよ」

「へえ、なんです、それは。いってみませんか」

「タクシーを当たってみてはいかがですかな。殺人の夜、コヴェント・ガーデンの付近から、リージェント・ゲートまで、客を一人——いや、おそらくは二人——うむ、二人だ——乗せた車を探したらどうです。時間はたぶん十一時に二十分ほど前でしょう」

ジャップは鋭く眼を光らせた。テリアそっくりだった。

「なんだ、思いつきですな？——そうねえ、やってみましょうよ。べつにやって悪いということはないし、あなたのいい出すことには、ときどき妙に意味のあることがある」

彼が出ていくや、ポアロはいきなり立ち上がると、猛烈な勢いで帽子にブラシをかけはじめた。

「何も質問しないで。わたしにベンジンを持ってきてくれませんか、ヘイスティングズ。今朝のオムレツの汁がわたしのベストにしみをつけてしまいました」

私はおとなしくベンジンを持ってきてやった。

「こんどだけは」私はいった。「質問の必要があるとも思いませんよ。事はもうきわめて明白のようですからね——だが、ひとつだけだ、あなたはほんとにあれでいいと思いますか？」

「ねえあなた。現在ただいま、わたしは身繕《モナミ》いのみに専念しています。いわせてもらえるのなら、あなたのネクタイはあまりゾッとしませんな」

「これはすてきなネクタイですよ」

「そのとおり――かつてはね。かつてあなたが、もっとわたしに親切だった頃の昔を思いださせますよ、それは。お願いだから取り替えて。それから右の袖にブラシをかけてください」

「バッキンガム宮殿に参内しようというのですか？」私は皮肉っぽくたずねた。

「いいや。だが、朝刊にマートン公爵がマートン邸へ帰館したと出ていたでしょう？彼は英国貴族でも第一流の家柄のようです。大いに礼儀をつくさなければね」

ポアロには社会主義者らしきところは毛ほどもない。

「なぜマートン公爵に会うんです？」

「会ってみたいからですよ」

彼から引きだしえたのはこれだけだった。ポアロの批評眼にさんざんくさされたあげくどうにか彼の満足のいく程度に私の身なりがととのったところで、ようやくわれわれは出発した。

マートン邸に着くと、制服の従僕に面会の約束はしてあるかと訊かれた。ポアロはないと返事した。従僕はポアロの名刺を持って引っ込んだが、まもなく戻ってきて、まことにお気の毒ですが、公爵閣下は今朝きわめてご多忙なのでお目にかかれぬとのことでございますといった。ポアロは即座にそこにあった椅子の一つに腰をおろした。

「結構です《トレ・ビアン》。お待ちします。必要なら、何時間でもここで待たせていただく」

だが、結局そう待つ必要はなかった。おそらくはしつこい訪問客をていよく帰す一番の方法と思ったのだろう、われわれは邸内に呼び入れられ、ポアロは望みの人物に会えることとなったのである。

公爵は二十七歳くらいと見えた。態度には一点の好意らしきものもうかがえぬ、痩せて、弱々しい様子の男である。こめかみまで禿げ上がりかけている名状しがたい頭髪、苦々しく結ばれた小さな口もと、漠として夢みるような瞳。部屋のなかには、いくつもの十字架のキリスト像がかかり、さまざまの宗教画が壁を飾っている。大きな広い書棚には、神学書以外の書物は一冊たりとも含まれていないようである。そのなかにあって、彼は、公爵というよりは、ひょろひょろした紳士用服飾品店の若者という感じであった。彼は家庭で教育を受けたのだ、私は心のなかで思った。小さいときは手に負えない神経質な子供だったろう。ジェーン・ウィルキンスンにとっては彼を陥落させることなど幼児の手を捻るようなものだったろう。じつに極端にばかげた話である。こう思うわれわれの胸中を知ってか知らずにか、われわれを遇する彼の態度はおそろしく傲慢不遜で、礼儀に欠けていた。

ポアロは口を切った。

「おそらく、わたしの名はご存じでいらっしゃいましょう」

「いっこうに存じません」

「わたしは犯罪心理学を研究いたしている者であります」

公爵は黙っていた。彼は書きもの机に向かって、その前には書きかけの手紙が置かれてある。手に持ったペンが、いらだたしげに机の上をたたいていた。

「どんなご用向きで私に会いたいとおっしゃるのですか」冷ややかにいった。

ポアロは背を窓に向けて、彼の正面に座っていた。公爵は窓に向いて座っていたのである。

「わたしは現在、エッジウェア卿殺害に関わる事件にたずさわっております」

弱々しげにこそ見えるが、強情そうな彼の顔は、筋ひとつ動かない。

「ふむ。私は卿とは面識はなかったが」

「しかし、卿の夫人とはお親しくていらっしゃいましょう――ミス・ジェーン・ウィルキンスンとは？」

「いかにも」

「閣下は、夫人が、卿の死を望む強い動機を持っていたと推測されていることはご存じですな？」

「そのようなことはなにも存じません」

「ぶしつけなお尋ねですが、閣下は近々にミス・ジェーン・ウィルキンスンとご結婚されるのですか？」

「私が誰と結婚するにせよ、それは確定いたした上、新聞紙上に発表される。あなたの質問は無礼だ」彼は立ち上がった。「失礼しよう」

ポアロもつられて、立ち上がったが、醜態だった。首を垂れて、口ごもりながらいう。

「いや、わたしは決して――その――わたしは――無礼の点はお許しを願います《ジュ・ヴー・ドマンド・パルドン》――」

「失礼しよう」公爵はやや語気を強めていった。

今度はポアロも諦めた。彼は独特の絶望の身ぶりをして、われわれは邸を辞した。不面目この上ない退却だった。

私はポアロが気の毒になった。日頃の大言壮語もどこへやらである。マートン公爵にかかっては、偉大なる探偵もゴキブリ同然の有様だ。

「うまくいきませんでしたね」私は同情的にいった。「なんていう傲慢な石頭なんでしょう、あの男は。何の目的で彼に会ったんですか？」

「彼が、ジェーン・ウィルキンスンと本当に結婚する腹なのかどうかが知りたかったのです」

「しかし彼女がそういってるじゃありませんか」

「ああ！　まさに彼女がね。だが彼女が、都合のいいことならなんだっていうことくらい、あなたも知ってるでしょうが。彼女のほうじゃ彼と結婚する決心をしたかしれませんが、肝腎の彼が——気の毒な男ですね——その事実を知らないなんてことかもしれないじゃないですか」

「ふん、たしかに彼はいやみなことをいって、あなたを追い払ったわけだ」

「新聞記者に発表するとお答えだ——」ポアロは急にクスクスと笑いだした。「しかしわたしにはわかった。文字どおりなにからなにまでわかりましたよ」

「どうしてわかったのです？　彼の態度からですか？」

「どういたしまして。彼は手紙を書きかけだったでしょう？」

「うん」

「そこで、だ。ベルギーの警察《エ・ビアン》にいた当時、まだ若い頃、わたしは筆跡を逆さまに読むのを習っておくと非常に重宝だということを覚えた。彼があの手紙になんと書いていたか、話してあげましょうか？　〝わが最愛のひとよ、私には、この上何カ月も待つことなど、耐えられそうもない。ジェーン、わが愛しきものよ、わが美わしの天使よ、ああ、私にとってあなたがいかなるものなるかを、どうして書き表わせよう？　悩みに悶えるそなた――そなたの美わしき心根は――〟」

「ポアロ！」私は腹を立てた。けしからんと彼を止めようとした。

「ちょうどここのところまで書いたのですよ、〝そなたの美わしき心根は――ええと、私だけは知っている〟」

私はカンカンになった。ポアロめ、子供みたいに自分の演技に悦に入っている。

「ポアロ！　そんなことして恥ずかしくないのですか、他人の手紙を盗み読みするなんて？」

「あなたはまたばかなことをいって、ヘイスティングズ。もうやってしまったことを、盗み読みしてはいかんといったって始まりませんよ」

「フェアじゃありませんぞ」

「わたしはゲームをしているんじゃありません。人殺しはゲームじゃありません。深刻な話ですよ。それからね、フェアにやるなんて言葉遣いはしちゃいけませんね、いまじゃ誰もそんなふうにはいいませんよ。わたしも最近知ったんですが、古くさくて使わなくなったんです。若い人たちに聞かれたら笑われますよ。うむ。〝フェアにやる〟とか

〝ルールどおりに〟なんていってると、きれいな若い女の子たちに笑われてしまう」

私は黙った。私はポアロがいとも気軽にペラペラとやるこの種の軽口には我慢ができなかった。

「あんなふうにすることはなかったんだ」私はいった。「あなたが最初から、ジェーン・ウィルキンスンの依頼でエッジウェア卿に会いにいった話をしてりゃ、彼だってもっとちがった扱いをしてくれたでしょう」

「ああ、しかし、それはわたしにはできなかったのです。ジェーン・ウィルキンスンはわたしの依頼人です。わたしとしては、自分の依頼人の話を他人にするわけにはいきません。わたしは信頼されて事を依頼され引き受けたのです。それをしゃべるというのは不名誉なことですからね」

「不名誉だと？」

「そのとおり」

「だって彼女は彼と結婚するんじゃないですか」

「だからといって彼女が彼に秘密を持ってないとはいえませんよ。あなたの結婚に対する考え方は旧式ですよ。いずれにしろ、あなたがあのときそういったとしても、わたしにはおそらくできなかったでしょう。わたしには探偵としての名誉がある。そして名誉とはかけがえのないものですからね」
「有名になるためにはずいぶんいろいろな名誉がいるものですね」

19　公爵未亡人

翌日の朝、われわれの受けた訪問は、この事件全体のうちでも最も驚くべきことのひとつに属する。

私が自分の部屋にいると、眼を輝かせたポアロがするりと入ってきた。

「ヘイスティングズ、お客様ですよ」

「誰ですか？」

「マートン公爵未亡人」

「そりゃたいへんだ！　何の用だろう？」

「わたしについて階下《した》へ来りゃわかりますよ、あなた《モナミ》」

私は急いで従うと、ポアロと一緒に部屋へ入った。

公爵夫人は鼻の高い、見るからに気の強そうな眼の、小柄な女性であった。背こそ低かったが、ずんぐりしているのとはおよそちがう。流行とは縁遠い服装はしていても、爪の先まで寸分隙のない堂々たる貴婦人である。彼女の、寸毫の仮借もない峻厳そのものの人となりもまた、私の興味をそそった。息子が陰性《ネガティヴ》だとすれば、これはおよそ対照的に陽性《ポジティヴ》な母親である。彼女の意志の力はおそろしいほどに思えた。私は、ほとんど実際に彼女から放射される精神力の磁波のようなものを感じたようにさえ思った。その女が、つねに、自分と接触を持つあらゆるものの上に君臨してきたろうことも、不思議ではない！

彼女はオペラグラスを当てて最初私を見、次にわが友を見た。それから、彼に話しかけたが、その声は非常に明瞭で強い響きを持っていた。命令に馴れた声、そして服従させることに慣れた声音である。

「ムッシュー・エルキュール・ポアロですね」

ポアロは一礼する。

「さようです、公爵夫人《マダム・ラ・デュシエス》」

彼女は私を見た。

「こちらはわたしの友人、ヘイスティングズ大尉です。わたしの事件に力をかしてくれています」

彼女の眼は一瞬疑わしげに光った。が、すぐに、譲歩して、頭を軽く下げた。彼女はポアロのすすめた椅子に座った。

「わたくしはたいへん微妙な問題で相談に上がりました、ムッシュー・ポアロ。まず申し上げねばならぬことは、これからわたくしのお話しすることはすべて絶対に他言無用と心得ていただきたいのです」

「それは申すまでもありません、マダム」

「あなたのことはヤードリー卿夫人から聞いてまいりました。彼女の話しぶり、彼女の感謝の仕方から考えて、わたくしを救ってくださるお方はあなたひとりと考えました」

「ご安心ください。わたしのベストをつくしましょう、マダム」

なおしばらく彼女はためらう様子だった。が、やがて、苦労しながら、話を要点まで持ってきた。持ってきてしまうとあとはきわめて率直になった。その率直さが、サヴォイ・ホテルでのあの忘れられぬ夜のジェーン・ウィルキンスンのそれを思いださせるものがあるのを、私は妙な気持ちで感じた。

「ムッシュー・ポアロ、わたくしは息子にあの女優――ジェーン・ウィルキンスンと結婚してもらいたくないのです」

ポアロは驚いたようだったがその様子は少しも見せなかった。彼は未亡人を思慮深げに見やり、しばらく時を稼いでから答えた。

「もう少し具体的におっしゃっていただくわけにはまいりませんか、マダム。わたしに何をやれとおっしゃいますのか」

「それは容易ではありません。このような結婚は大きな不幸だと思うのです。息子の生涯が台なしになってしまいます」

「そうお思いになりますか」

「わたくしの眼に狂いはありません。息子は非常に高い理想を持っております。それだけに、世間のことはなにも知りません。息子はわたしたちの階級の若い娘たちには目もくれようとしないのです。彼女たちはみな頭が空《から》で浮薄な女としか映らないのですわ。でも、あの女では――。なるほど、あの女は非常に美しい、それはわたくしも認めます。彼女は男の心を惹きつける魔力を持っているのです。その魔力でわたくしの息子を魅惑してしまったのです。わたくしは最初、この気の迷いも自然とおさまるところへおさまるだろうと思っていました。ありがたいことに、女は自由の身ではありませんでした。しかし、女の夫が死んでしまった現在となっては――」

彼女はブッツリと言葉を切った。

「二人は二、三カ月のうちに結婚するつもりです。息子の一生の幸福は破滅の瀬戸際です」彼女は断固として、「止めなければなりません、ムッシュー・ポアロ」

ポアロは肩をすくめた。

「あなたがまちがっているとは申せません、マダム。わたしもたしかに、この結婚が相応なものではないという点に同感です。ですが、われわれの手で何ができましょう」

「あなたにそれをやっていただきたいのです」

ポアロはゆっくりと首を左右に振った。

「いいえ、やってくださらねばなりません」

「わたしは、何をしてもはたして甲斐があるかどうかと疑問なのです、マダム。息子さんは、あの婦人に反対する何ものにも耳をかしますまい。かつまた、彼女自身について もあんまり難をいえるとは思いません。彼女の過去を洗って、はたして何か難ずべき事実が掘りだせるかどうかは疑問です。彼女は――なんというか――たいへん慎重ですからな」

「存じております」未亡人は暗い顔になった。

「なるほど！　ではマダムも、もうその方面に手をおうちになってみられたのですな？」

公爵夫人はポアロの鋭い視線のもとでちょっと顔を赤らめた。

「何事も厭《いと》うことではありません、ムッシュー・ポアロ。息子をこの愚劣な結婚から救うためでしたなら」もう一度、語気も強く繰り返して、「何事も厭いません！」

彼女は言葉をとぎったが、ややあって先をつづけた。

「費用は問題ではありません。いかほどでもお望みの金額を挙げてください。なんとしてでもこの結婚は阻止せねばならぬのです。あなたならそれがおできになるのです」

ポアロは静かに頭を横に振った。

「これは金の問題ではありません、マダム。いまからお話し申し上げますが、ある理由によって、わたしはなにもできぬ立場にあるのです。また、わたしにはお二人を阻止すべき確固たるなにものも認められない――従ってわたしはあなたのお手助けをいたせそうもないのです。公爵夫人――もしわたしが忠告を差し上げたなら、差しでがましいと思し召しますか？」

「どのような忠告でしょう？」

「息子さんに反対なさいますな。公爵閣下はご自分の行動を決められるお年です。息子さんの選んだものがあなたのそれと違うという理由で、息子さんがまちがっているとお考えにならないことです。かりにこれが不幸であれば、不幸を受け入れるのです。ただ身近にいて、援助を求められたら手を差しだしてあげる。だが、息子さんを敵に回すことはおやめなさい」

「あなたにはおわかりにならない」

彼女は立ち上がった。唇が、ブルブル震えた。

「いや、わかっております、公爵夫人。充分にわかっているつもりです。わたしは母親の心中がよく理解できます。いや、わたし、エルキュール・ポアロのごとくに、母親の胸中をよく理解しえるものはほかにありますまい。わたしは確信をもって申し上げる――忍耐が肝腎です。辛抱強く、静かに待って、己《おの》が感情を殺すのです。この問題にしても、まだ、自ら破れる機会は必ずある。むやみな反対は、単に息子さんの執念をつのらせるばかりです」

「失礼します、ムッシュー・ポアロ」彼女の声音は冷ややかであった。「わたくしは失望しました」

「お役に立てず、まことに申し訳なく存じます、マダム。わたしはきわめて困難な立場にあります。すでに、わたしはエッジウェア卿夫人からご相談を受けさせていただいているのです」

「そうでしたか！」未亡人の声はナイフのように鋭かった。「あなたは敵方だったのですね。それでわかりました。エッジウェア卿夫人が、夫を殺害した犯人でありながらまだ逮捕されずにいるのも不思議ではなかったのですね」

「なんですと、公爵夫人《マダム》？」

「聞こえませんでしたか。なぜ彼女は逮捕されないのです？ 彼女はその場にいたのではありませんか。邸《やしき》へ——夫の書斎へ入るところまで見届けられているのではありませんか。そのほか誰も彼に近づいた者はなく、そして彼の死体が発見されたのです。にもかかわらず彼女は逮捕されないのです！ 警察は骨の髄まで腐りきっているのですわ！」

握手して、首のまわりのスカーフをなおすと、彼女は見えるか見えないかくらいの会釈をしてサッと部屋を出ていった。

「やれやれ！ これはまたなんて石頭なんだ！ が、ぼくは彼女を尊敬します。あなたは？」

「彼女が全世界をわが考え方に合わせようとする意図の壮大さにですかね？」

「そうね、彼女の、わが子の幸福のみを専一と願う心のけなげさにです」

ポアロは頷いた。

「それはたしかです、しかし、ねえヘイスティングズ、公爵閣下がジェーン・ウィルキンスンと結婚するのが、そんなに悪いことでしょうかね？」

「あれ、あなたは、彼女が真剣に彼に恋をしてるとは思ってるわけじゃないでしょう？」

「おそらくは否《ノー》ですね——ほとんど確実に否《ノー》です、しかし、その代わり彼女は彼の地位に熱烈な恋をしてる。彼女は慎重に役割を演じていきますよ。なにしろすばらしい美人の上に野心に燃えている。だから、これはそれほど悲しむべき不幸とも思えませんがね。そりゃ公爵は身分相応の貴族の娘と結婚したっていいですよ——相手も、身分相応という同じ理由で承諾する貴族の娘とね、しかし、それでは誰も、讃歌もつくってくれなけりゃ、ダンスも踊ってくれませんよ」

「そりゃそうです、しかし——」

「それに、かりに彼が、自分を熱烈に愛してくれる娘と結婚したと考えてみたところで、それにどれだけの利益がありますかね。わたしが思うに、あまり愛情の深い妻を持つということは、かえって大なる不幸であることしばしばです。嫉妬はする、愁嘆場は演ずる、夫の身体も時間もみんな自分に縛りつけておかなきゃ気がすまない——夫こそいい面の皮ですよ。ああ、とんでもない《ノン》、恋愛結婚など、なんでバラの褥《しとね》なものか！」

「ポアロ——救いがたき皮肉屋ですな、相変わらず」

「そうでは《メ・ノン》ない《メ・ノン》、わたしはただ、自ら反省しているだけですよ。本当はわたしはあの良きおふくろさんの味方ですよ」

私はあの傲慢な公爵夫人がこう呼ばれるのを聞くと、笑いださずにはいられなかった。が、ポアロは笑おうとしない。

「笑ってはいけませんね。これはすべてきわめてまじめな話ですよ。よく考えてみなければ——充分に考え直してみなければ——」

「しかし、どうともできないじゃないですか」

ポアロは耳にもとめない。

「ヘイスティングズ、公爵夫人はじつによくいろんなことを知っていましたね？　じつに自信たっぷりだった。彼女はジェーン・ウィルキンスンに不利な事実をすべて知っていました」

「そりゃ、彼女が訴追者側で、弁護側じゃないからでしょ」私はなお笑いながらいった。

「どうして知ったのでしょう？」

「ジェーンが公爵に話し、公爵が母親に話したんですよ」

「ふむ、それも一理ある。が、しかし——」

そのとき、電話が鋭い響きを立てて鳴った。

私は受話器を取った。

私はしばらくのあいだ、間を置いて〝ええ〟を何回もいわされた。やがて受話器を置くと、私は興奮してポアロを振り返った。

「ジャップからです。第一に、あなたは〝大したもの〟だそうです、例のごとく。第二に、アメリカから電報が届いた。第三に、彼はタクシーの運転手を発見した。第四に、彼はあなたに来て運転手の話を聞いてもらいたいそうだ。第五に、ふたたびあなたが〝大したもの〟だそうです。つけ加えていわく、彼はあなたの、事件の後ろに黒幕の男がいるという持論には、それが必ず図星をさすだろうと、前から確信していたとさ、ふん！ ぼくは時間が惜しかったんで、ちょうどいまぼくたちが警察は骨の髄まで腐りきっているといってきたお客さんを帰したばかりだといってやるのはやめておきました」

「とうとうジャップが確信するに至りましたか」ポアロは呟いた。「皮肉なものですね――ちょうどわたしが黒幕の男の理論から、より有力な考え方に傾きかけたときに、確証がでてくるとはね」

「どんな考え方なんですか？」

「すなわち、殺人の動機は、エッジウェア卿そのものを殺すことにはなかったのではないかということですよ。かりに誰かがジェーン・ウィルキンスンを憎んでいたとしたら――非常に憎んでいたら、彼女に殺人の罪を着せて死刑にしてやろうと考えるでしょう。どうですか、これは？」

ポアロは溜め息をついた。それから、やおら立ち上がった。

「行きましょう、ヘイスティングズ。ジャップの話を聞いてみることにしましょう」

20 タクシー運転手

ジャップは、一人の汚ない口髭を生やして眼鏡をかけた年寄りを尋問しているところだった。男はガラガラとしゃがれた情ない声で話していた。

「やあ！　ご入来ですな」ジャップはいった。「首尾は上々というところです。この男――ジョブソンという名ですがね、これが六月二十九日の夜、ロング・エーカーで二人の客を拾ったんだそうです」

「そのとおりでさ」ジョブソンはしゃがれ声で相づちをうった。「良い晩でしたよ。月はあるしね。若い女と紳士がすぐそばの地下鉄の駅のそばに立っていて、おれを呼んだんで」

「イヴニング・ドレスだったか？」

「へえ、男のほうは白のベストで、女は鳥の刺繍のある真っ白なドレスを着てました。コヴェント・ガーデンから出てきたところだったんだ、きっと」

「それは何時頃だった？」

「なんでも、十一時少し前でした」

「それで？」

「リージェント・ゲートへやれといわれました——家は、近くまで来たら教えるとね。急いでくれっていいましたっけ。とにかくお客は誰でもそういいまさあ。まるで、こっちがわざとのろくさしてるみたいにね。冗談じゃない、早く着きゃそれだけ早く次の客を拾えるんだのに、誰がそんなことをするものかね。客ってやつはちっともそう考えねんだからねえ。それでいて、もし事故でも起こしたとなりゃ、粗暴運転だって怒られるのはこっちときてるんだ！」

「もういい、そんなことは。途中で事故はなかったんだろう？」

「なかったねえ——」男はまるで事故が起こらなかったのを悔やむような不承不承の声を出した。「なかった、まったくの話が。で、おれはリージェント・ゲートへ着いた——ものの七分とかからなかったね。——そこで男が窓ガラスをたたいたんで車を停めた。八番地のあたりだったろ。男は車を降りるとそこに立ったまま、おれにも待つようにといった。女は道を横切って向こう側をいま来たほうへ家並みの前を後戻りしはじめた。男は車のそばに残って、おれに背中を向けて歩道の上に立ち、女の後ろ姿を見まもっていた。ポケットに両手を突っこんで。五分くらいたった頃だったか、男が何か小さい声でいった——〝あっ〟というふうな声だった。で、それから急に男は行っちまった。おれは男の行く先を見届けましたよ——勘定を踏み倒されたくねえからね。眼の前で逃げられちゃたまらねえ、そこでおれは男から目を離さなかった。男は向かい側の一軒の家の石段を上がってなかへ入っていった」

「ドアは押してあけたのか？」

「いいや、鍵を持っていた」

「その家は何番地だった？」

「十七番地から十九番地のあいだだね。そこで待ってろといわれたのがなんとなく妙な気がしたんで、おれはじっと見ていた。五分くらいたつと、男と女が一緒に出てきた。二人が車に乗って、コヴェント・ガーデンのオペラハウスに引き返せといった。ちょうど二人を乗せたところまで来ると車を停めさせて、車賃を払ってくれた。気前よく払ってくれたね、そうですとも。もっとも、こりゃあ何かあるな、とそのとき思ったがね。まったく、そういやあ臭えことだらけだったよ」

「よし」とジャップは、「これをよく見て、その若い女がいるかどうかいってくれ、いいか」

みんな似たようなタイプの若い娘の写真が五、六枚運転手の前に並べられた。私は興味を持って彼の肩ごしにのぞきこんだ。

「この女だ」ジョブソンがためらう様子もなく指し示してみせたのは、イヴニング・ドレスのジェラルディン・マーシュであった。

「確かにそうか？」

「絶対確かでさあ。顔の青っちろい、髪の黒い女だった」

「よし。次は男だ」

今度は男の写真が彼に手渡された。

彼は写真をじっと見較べていたが、やがて首を振って答えた。

「そうさねえ――今度はわからねえ――確かなことはわからねえや。この二枚のうちどっちかがそうだったかもしれねえな」

手渡された写真のなかにはロナルド・マーシュのそれがまじっていたのだが、ジョブソンはそれを選びださなかった。彼の選んだのはマーシュにいくらか似たタイプの二人の男であった。

ジョブソンが出ていったあと、ジャップは写真をテーブルの上にほうりだした。

「充分ですよ、これで。もっとはっきり新男爵の首実験ができりゃいいとは思いますがね、もちろん、写真が少し古すぎた。七、八年も前に撮ったものですからね。あれしか手に入らなかったんですよ。なんとか、もっとはっきりした確証がほしいもんだな。もっとも、そんなものなくったって、充分すぎるほど彼に決まってますがね。これで、アリバイが二つ粉微塵だ。ここに気がついたとはさすが冴えたものですな、ムッシュー・ポアロ」

ポアロはいとも謙虚であった。

「ミス・マーシュといとこが二人ともオペラを観ていたとわかったとき、わたしはすぐ、二人が、幕間に一緒になった可能性があるなと思ったのですよ。二人がそれぞれ一緒だった連れは、まさか彼らが劇場を出たとは思わない。だが、三十分の幕間を利用すれば、リージェント・ゲートに行って戻ってくる時間はたっぷりある。新男爵閣下があんまりあの日のアリバイに力こぶを入れたのが、わたしに、こいつは臭いぞと確信させたのですよ」

「あなたはまあなんて疑い深い人なんだ」ジャップは一種愛情のこもったいい方で、「しかしそれでいいんだな。こんな物騒な世の中相手じゃ、いくら疑っても疑いすぎるってことはないですからな。男爵閣下はもうこっちのもんですよ。こいつをごらんなさい」

彼は一枚の紙を引っ張り出した。

「ニューヨークからの電報です。向こうの警察にカーロッタの妹のミス・アダムズと連絡を取らせたのです。例の手紙は今朝配達された郵便物のなかにありました。彼女はどうしても必要だという場合でなきゃ原文は渡せないといったのですがね、コピーをとることは快く許してくれたらしい。それを電報で飛ばしてきたのです。ほら、これです――くそいまいましいほどあなたのお望みどおりですよ」

ポアロは電報を非常に興味深そうに読んだ。私も、彼の肩ごしにのぞきこんだ。

以下はルシー・アダムズ宛て六月二十九日付書簡の全文である。〈ロンドン、S・W・3　ローズデュー・マンション8号　かわいい妹へ。先週のお手紙、あんな走り書きでごめんなさい。でも、とても忙しくて、しなければならないことばかりだったの。そうよ、こんな大成功は、生まれて初めてよ！　新聞はすごく褒めてくれるし、舞台は大当たり、みなさん、誰も彼もが本当に親切。ここへ来て、本当の良いお友だちもでき、そのおかげで、わたしも来年はある劇場と二カ月の契約ができそうです。ロシア人のダンサーの寸劇はとてもうまくいきました。パリのアメリカ人の女も。でも、外国人ホテルのあれは、いちばんの評判でした――あんまり嬉しくて、自分が何を書いているのかも、よくわからないくらい。すばらしいお話があるのよ、いまそれを書きます。でも、まずみなさんのおっしゃってくださったことから書きますね。ハーガスハイマーさんはわたしにそれは親切にしてくださって、そのうち、大勢力家のサー・モンタギュー・コーナーに紹介するから、昼食のお相伴をするようにといってくださっています。彼と知り合っておくことは、今後、わたしのためにたいへんな好都合なのです。先夜はジェーン・ウィルキンスンに会いましたが彼女はわたしのショーをとても褒めてくれました。なかでも彼女をモデルにしたのが、とても気に入ったらしかったわ。この彼女をモデルにした寸劇が、これからわたしの話そうと思うことをわたしに決心させる原因となったのよ。わたし、本当のことをいえば、彼女があまり好きではないわ。それは、最近、わたしの知っているある人から、彼女に、とてもひどい仕うちをされた話をいろいろと聞いたからです。それも、その仕方が、陰険なのよ――でも、いまはこんな話はよしましょうね。彼女がエッジウェア卿夫人であることは知ってるわね？ エッジウェア卿のことについても最近ずいぶんいろいろと聞いたけれど、彼は人間らしさのかけらもない人なのよ。彼は、実の甥のマーシュ大尉――ほら、いつかあなたにも話したでしょう、あの人――をさえ、それは残酷な目に遭わせて平気なの――文字どおり、家から彼を追い出して、月々の手当まで止めてしまったのですって。彼はわたしにみんな話してくれたけれど、本当に気の毒だったわ。彼はわたしのショーをとてもおもしろがってくれました。彼はこういい出したのよ、『エッジウェア卿だってきっとひっかかります。必ずねえ、賞金を出しますから、やってみない？』わたしは大笑いして、冗談半分に『賞金はいくらですの？』って聞いたのよ。ねえ、ルシー、そしたら、その答えには、わたし、息がとまりそうになってしまったわ。一万ドルよ。一万ドル——考えてもごらんなさい——ちょっとした手伝いの役をするだけでそんな嘘のようなお金が手に入るのよ。『それでしたら、バッキンガム宮殿で王様の真似をして、不敬罪に問われたって、やりますわ』ってわたしいったわ。そこでわたしたちは頭をつき合わせてこまかい下相談をしました。

来週、結果を知らせてあげますね——失敗でも成功でもよ。そうなのよルシー、もしわたしが見破られても、いずれにしろその一万ドルは払ってもらえるのよ！ねえルシー、あなたわかる、このお金が入るっていうことの意味が！　もう時間がないわ——。わたしの〝いたずら〟をしに出かけなくちゃ。たくさんたくさんの愛情をこめて。わたしの大事なちっちゃな妹に。元気でね。カーロッタ〉

ポアロは手紙を下に置いた。強い感動を受けたのが、私の眼にも判然とわかった。ところがジャップにはまったく別な反応を起こしたらしい、ジャップは勇み立っていった。

「これで決まりましたな」

「うむ」ポアロは答えたが、妙に味気なさそうな声だった。

ジャップは訝しげにポアロを見やった。

「なんですか、ムッシュー・ポアロ？」

「いや、べつになんでもありません。ただ、ちょっとわたしの考えたこととちがっている——それだけの話です」ポアロは何を思うのかひどく切なそうだった。「しかし、こうでなくちゃならないわけだ」自分にいい聞かせるように、繰り返して、「こうでなくちゃならんわけだ」

「もちろんですとも。なんです、ムッシュー・ポアロ、これはみんなあなたのいいだしたことじゃありませんか！」

「いや、いや、あなたはわたしを誤解しています——」

「しかしあなたは事件の背後に誰かがいて、そいつが何も知らないあの娘をそそのかしたんだといわなかったですか？」

「いいました」

「それじゃ、これ以上一体何がほしいんです？」

ポアロは溜め息をついて、口をつぐんだ。

「あなたも変な人だな。何にでも満足するってことがないんですね。私は、あの娘がこの手紙を書いたのは不幸中の幸いだと思いますぜ」

ポアロは不意に、それまで示したこともないような力強さで同意した。

「そうです《メ・ウィ》。まさにそれが、犯人のまさかと思っていたことなのです。ミス・アダムズは、例の一万ドルの話を受諾したとき、すでに自分の死の承諾書に署名した。犯人はあらゆる可能性を計算してあると思いこんでいた。しかも彼女は、まったく思いもよらない無邪気さで、犯人を出し抜いていたのですよ。死者は語る。ふむ、ときには死者もまた雄弁なのです」

「私は彼女が自分一人でやったとはどうしても思えなかった」ジャップは顔を赤らめもせずいったものである。

「そうですとも、そうですとも」ポアロはぼんやり答えた。

「さて、それでは行動にかからなきゃ」

「マーシュ大尉を——エッジウェア卿を逮捕するのですな？」

「いけませんか。彼に対する証拠は完璧なものじゃありませんか」

「なんだかばかにがっかりしたように見えますね、ムッシュー・ポアロ。要するにあなたはことを難しくするのが好きなんだ。あなた自身の説が立証されたというのに、それさえ満足がゆかないんだから――それとも、われわれの得た証拠になにか欠点があるのですか？」

ポアロは首を振った。

「ミス・マーシュが単に共犯だったのかどうか、それはまだわかりません」ジャップはいった。「しかしなにか知っていることはまちがいありませんな。オペラから、彼と一緒にそこまで行ってるんだから。もしぜんぜん知らないんなら、彼が連れていくわけはない。まあいいや、とにかく二人がなんというか聞きましょう」

「立ち合ってよろしいかな？」

ポアロはきわめて謙虚な口をきいた。

「もちろんどうぞ。これはあなたのお蔭ですからな」

彼はテーブルの上の電報を拾い上げた。私はポアロをそばへ引っ張った。

「どうしたんです、ポアロ」

「じつに弱りましたよ、ヘイスティングズ。これで事件はきわめて順調に、明瞭になったように見えます。しかし、どこかがまちがっている。どこかはわからない——だが、何かわれわれの眼をかすめている事実がある。いま、すべての証拠は完全に符合し、わたしの想像したとおりになりました——それなのに、ヘイスティングズ、たしかにどこかがまちがっている」

彼は私を悲しそうに見返した。

私はいうべき言葉もなく突っ立っていた。

21　ロナルドの告白

私はポアロの態度を理解するのに苦しんだ。すべてはポアロが予言したとおりになったではないか？

リージェント・ゲートへ向かうあいだじゅう、ポアロはむっつりと考えこんで、額に八の字を寄せたまま、しきりと自画自賛するジャップの言葉にはまったく注意を払わなかったが、やがて、深い溜め息とともに、瞑想からわれに返った。彼はうめくようにいった。

「ともかくも、彼がなんというか、それが聞けるわけです」

「まずなにもいいますまいね。もし彼がばかじゃなければ」ジャップがいった。「弁解をするに熱心のあまり、かえって自分の首を絞めるようなことになった例がたくさんありますよ。われわれがやつらに警告しなかったとはいわせませんよ。われわれはつねに公正に、率直に事を進めるのを旨とします。罪のあるやつらにかぎって、夢中になってギャアギャアいうもんです。一生懸命、辻褄を合わせて考えた嘘八百を並べてみせるもんです。やつらは、嘘をつくなら、まず弁護士に相談しなきゃならんということを知らないんですよ」

ジャップは嘆息してみせてつづけた。

「まったく弁護士とか検死官とかいう連中は警察の最悪の敵ですね。私なんか、何度、決まりきった事件を、検死官のたわ言で滅茶滅茶にされて、みすみす有罪のやつらを逃がしてしまったことがあるかわからないくらいですよ。法律家どもには、これは文句をいったってはじまりませんがね。やつらは法律をひねくって、事実をああだのこうだのとひん曲げる技術が商売なんだから」

リリージェント・ゲートに着いてみると、めざす獲物は家にいた。家族はまだ昼食のテーブルについているところだった。ジャップはエッジウェア卿に内密にお話がいたしたいと会見を求めた。われわれは書斎に通された。

一、二分のうちにロナルドはわれわれの前に現われた。彼の面上にただよっていた愛想のよい微笑の影が、われわれの姿を一目見たとたんにちょっと変わった。唇が、こわばりかけた。

「やあ、警部さん。これはなんのご用です？」

ジャップは言葉も厳めしい古典的ないい方で、彼に容疑を伝えた。

「そうですか」

ロナルドはいって、椅子を引き寄せると腰をおろした。煙草のケースを出す。

「警部さん。ぼくは陳述をしたいのだが」

「それはあなたのご自由です、閣下」

「こんなこと話したって、ばかくさいことはわかってますがね。わかっていながらも、話したい。〝我に真実を恐るる理由なし〟だからね、小説の主人公たちがいつもいうように」

ジャップは無言である。顔は無表情そのものだった。

「そこに手頃なテーブルと椅子がありますよ」ロナルドはつづけて、「あなたの部下にそこに座ってもらってぼくのしゃべることを速記させてもいいですよ」

ジャップも、自分の逮捕に向かった容疑者がこうまで行きとどいた手筈をととのえていたケースには、あまりお目にかかっていなかったろう。彼の申し出は受け入れられた。

「まず第一に、ぼくは少しばかり頭脳《あたま》がいいので、ぼくの美わしきアリバイが崩壊してしまったのだろうと睨んだが、いかがです？　アリバイは煙と消え、重宝なドーシマー夫妻などは退場して、タクシーの運転手の登場となった。そうでしょう？」

「あの晩のあなたの行動はすべてわかっている」ジャップは木で鼻をくくったような答えを返した。

「スコットランド・ヤードに深甚の敬意を表しますな。しかしながら、だ、もしぼくが本気で人殺し沙汰を計画したんなら、タクシーを雇って現場へ乗りつけ、おまけに運転手をその場に待たしておくなんて愚は演じませんよ。そうは思わなかったですか？　ああ、ムッシュー・ポアロならそう思われるでしょう」

「うむ。わたしにもそう思えた――」

「計画的な犯行とはこんなものじゃない。赤い口髭をつけて、角ぶちの眼鏡かなにかかけて、現場を通り越した次の通りあたりで車を降り、車は金を払ってすぐ帰してしまいます。それより地下鉄に乗って――まあ、よしましょう。何千ギニーって金を払う弁護士がぼくよりよっぽどうまくしゃべってくれるでしょうからな。ああ、もちろんいいたいことはわかっています。犯行は発作的に行なわれたんだ、とね。――ぼくは車のなかにじっと座っている――突然、ぼくの胸に決心が浮かんでくる。〝さあ、立て、行動に移れ！〟とね。

さて、ところで真相をお話ししましょうか。ぼくは金のことでどん底まで追いつめられていました。この点はもうあなたがたの手できれいに洗われたことと思いますがね。

なんとしてでも、次の日までに金を作らなければぼくは破滅でした。溺れるものの必死なあがきです。ぼくは伯父に頼んでみました。伯父はぼくになんの愛情も持ってはいない、だが、もしトラブルを起こせば、家の名前の不名誉になるのをおそれて、なんとかしてくれるかもしれないと思ったのです。年輩の人にはよくそういう人がありますからね。ところが、哀しいかな、伯父は、じつに現代的な皮肉な無関心さを示して見せたものです。

こうなったら、もうしようがない。顔をしかめて我慢するばかりですよ。ドーシマーから金を借りられないかと思って、ちょっと当たりをつけてみましたがね、こいつは望み薄でした。彼の娘と結婚するのは、こっちが願い下げだし――どのみち、彼女は、あまりに良識的すぎて、ぼくを理解するには無理でしたよ。そうこうしているうちに、劇場で、偶然にもいとことばったり会ったのです。彼女にはめったに出会うこともありませんでした、が、ぼくが邸にいた頃、彼女はいつもぼくにはよくしてくれた。いい子でした。いつしかぼくの苦境のいっさいを彼女に話していた。彼女も、伯父からぼくのことを多少は聞いていたのでしょう。彼女はぼくを激励しようとしたのです。彼女は自分の真珠をくれようといいました。母親のものだった真珠だそうです」

ロナルドはひと息ついた。彼の声音には、真実らしい感情がこもっているように私には思えた。それが真実でなければ、彼は私の想像も及ばない名優の演技をやってのけたのだ。

「さて――結局ぼくはこの娘の申し出を、ありがたく受けました。真珠を質に入れればぼくの要《い》るだけの金は手に入ります。ぼくは心のなかでこれだけは必ず返すぞ、と誓いました。たとえ汗水たらして働かなければならなくとも、です。しかし、真珠はリージェント・ゲートの邸《やしき》に置いてあった。ぼくたちは相談した。思いついたときすぐ行って取ってきたほうがいい、ということになった。ぼくたちはタクシーに飛び乗り、大急ぎで出かけました。

運転手にいって、車は反対側の通りに停めました。あまり真ん前に停めては、誰かが、車の来たのを聞きつけては困ると思ったからです。ジェラルディンが車を出て、通りを横切っていきました。彼女は自分の鍵を持っていました。一人で静かに中へ入って、真珠を取って、すぐ引き返してくるはずでした。べつに、使用人以外には、誰にも会わないですむはずでした。伯父の秘書のミス・キャロルは、九時半にはベッドに入る習慣だったし、伯父は、たぶん書斎にいる。

こうしてダイナは出かけたわけです。ぼくは車の側の歩道に立って煙草をふかしていました。しょっちゅう、いま帰ってくるか、いま来るかと邸のほうに注意しながら。さて、ここで変なことが起きた。信じてくれるか、信じないかはあなたがたの考え方ひとつですが、一人の男が、歩道の、ぼくのそばを通り抜けていったのです。ぼくは振り返ってみた。すると、驚いたことに、男は石段をのぼって、十七番地の邸の中へ入ってしまった。少なくともそのときぼくの眼には十七番地に見えたんですが、もちろん、ぼくはだいぶ離れたところにいました。これはひどくぼくをびっくりさせました。理由は二つ。ひとつは、その男が、鍵を持っていたこと。そしてもうひとつは、男の顔が、ある有名な映画スターの顔にそっくりだったことです。

ぼくは非常に驚いたが、すぐ行って確かめてやろうと思いました。ぼくは偶然にもポケットに邸の鍵を持っていた。三年前失くしたと思っていたのが、一日か二日前、予期しないところから出てきたので、この日の朝、伯父に会いにいったとき、返してやるつもりで持っていったのです。ところが、口論しているうちにすっかり忘れてしまった。イヴニング・ドレスに着替えるとき、ポケットの中身をひっくり返して、ほかのものと一緒にこっちの服に入れ替えてあったのです。

運転手に待つように命ずると、ぼくは大股に道路を横切って、大急ぎで邸の階段を上がり、持っていた鍵で玄関のドアをあけました。広間は空《から》っぽだった。訪問者が入ってきたような気配もなかった。一分ばかり、ぼくは周囲を見まわしながら立っていました。

それから、書斎のドアのほうへ近づいていきました。おそらく男は伯父と書斎で話をしているのだと思って。もしそうなら話し声が聞こえるはずだ。ぼくはドアの外にしばらく耳をすまして立っていました。が、なにも聞こえない。

とたんにぼくはとんでもないばかをしでかしたことに気がつきました。もちろんあの男はどこかほかの家に入っていったのだ——たぶん、もうひとつ向こうの家へ。リージェント・ゲートは夜になると街路が暗いのです。ぼくは自分のばかさ加減にあきれました。いったい全体なんだってあの男をつけようなんて気を起こしたのか、自分にもわかりません。万が一にでも、伯父が急に書斎から出てきて、そこにいるぼくを発見したらどういうことになるか。考えなくたってわかることでした。ぼくはジェラルディンまでを騒動に巻きこみ、その結果は、せっかくのことを、何もかも滅茶滅茶にしてしまう。すべては、あの男の様子が、なんとなく、人に知られたくなさそうな様子だと思いこんだためでした。幸いなことに、まだ誰もぼくを見つけていない。できるだけ早く邸から出なければならない。

ぼくは抜き足差し足で玄関の前まで戻りました。その瞬間、ジェラルディンが、手に真珠を持って、階段を降りてきたのです。

もちろん彼女はそこにいるぼくをみつけて飛び上がるほど驚きました。ぼくは彼女を戸外へ連れだして説明しました」

ロナルドはひと息ついた。

「ぼくたちは劇場へとって返し、幕がいまあがろうとする時間に間に合いました。誰も、ぼくたちが劇場を離れたと思っていません。むし暑い夜だったから、多くの人が、涼しい夜気を吸いに外へ出ていました」

彼はまたひと息ついた。

「あなたのいいたいことはわかってます。なぜ最初からこの話を正直にしなかったのだ？　それじゃお尋ねしますが、あなただって、人一倍目立つ殺害の動機を持っていたとしたら、そんなに軽い気持ちで、ちょうどその問題の晩、殺人の行なわれた現場に、はいおりましたといえますか？

はっきりいって、ぼくはこわかった。たとえ話は信じてもらえても、ぼくにとっても、ジェラルディンにとっても、たいへんな心配の種になるだろうと思った。ぼくたちは殺人にはなんの関係もないんです。ぼくたちは何も見なかった。何も聞かなかった。一見して明瞭なんだ。ジェーン伯母さんの仕業にきまってるんだ。なぜぼくが巻きこまれなきゃならんのです？　ぼくは伯父との口論のことも、ぼくの金につまっていたこともこっちからあなたに話して聞かせた。必ずあなたが嗅ぎつけるだろうと思ったからです。

下手に隠し立てしたりすれば、よけいに疑ぐり深くなって、ぼくのアリバイを、ことさら厳重に調べるでしょう。が、逆に、そんなことは景気よくしゃべってしまって、元気よく振る舞ってみせれば、あなたに、これはまず大丈夫だという先入感を植えつけることができる。ドーシマーたちは、正直に、ぼくがずっとコヴェント・ガーデンにいたと思いこんでいる。かりにぼくが幕間の一回ぐらいをいとこと話しこんでいたという事実がわかったってべつだん不思議でもなんでもない。いとこのほうはいつでも、ぼくたちが一緒にいて、その場を離れなかったということになっていた――」

「ミス・マーシュはあなたのその――事実隠蔽に賛成したのですか？」

「ええ。あのニュースを聞くとすぐに、彼女のところへ駆けつけて、前夜の冒険のことはいっさい、絶対に洩らさぬようにと警告しました。もし聞かれたら、ぼくは彼女と一緒に、彼女はぼくと一緒に、コヴェント・ガーデンの最後の幕間を、ちょっと町を散歩して過ごしたことにする。彼女はよく理解して、すぐ賛成してくれましたよ」

ロナルドは息をついだ。

「こんなふうに後からあらわれてきたのではうまくないことはよくわかっています。でも、いまの話は嘘じゃない。ぼくは翌朝ジェラルディンの宝石を質入れしてくれた男の名前も住所も挙げてみせられます。それから、彼女にも訊いてくだされば、いまぼくが話したことと一言も違わないことを確認しますよ」

　彼は椅子の背に身を沈めてジャップの顔を見やった。

　ジャップは無表情に顔の筋肉ひとすじ動かさない。

「ジェーン・ウィルキンスンが犯人だと思うとおっしゃるのですな？」

「あなたはそう思わないのですか。執事の話をどう聞いたんです」

「ふむ。それでは、ミス・アダムズとあなたの賭はどうなりますな」

「ミス・アダムズとぼくの賭？　カーロッタ・アダムズと、という意味ですか？　なんだって彼女がぼくと賭しなきゃならんのです？」

「あなたは、一万ドルの賞金で、彼女に、ジェーン・ウィルキンスンに化けて、あの夜、あの邸に現われろとすすめた事実を否定するのですか？」

　ロナルドは目をむいた。

「一万ドルの賞金だって？　ナンセンスだ。誰かがあなたをかついでいるんですよ。だいいち、ぼくは一万ドルなんて持ってやしない。あなたはでたらめをつかませられたんですよ。彼女がそういうんですか？　ああ、ちくしょう、ぼくは忘れてた。彼女は死んだんですよね」

「そうです」ポアロが静かに口をはさんだ。「彼女は死にました」

ロナルドはわれわれの一人から一人へと眼を移した。それまで、快活だったロナルドの顔はみるみる青ざめた。眼が、恐怖におびえた。

「ぼくにはなにがなんだかわからなくなった。話したことは本当なのだ。あなたたちは——あなたたちの一人だって、ぼくを信じてくれないだろうが——」

そのとき、ポアロが一歩前へ進み出た。

「いや、わたしは信じますぞ」

私はあっけにとられた。

22 エルキュール・ポアロの奇妙な振る舞い

われわれは自室に戻った。

「いったい全体――」私はいいはじめた。

ポアロはおそろしく大袈裟な身ぶりで私を遮った。彼との永いつき合いでも見たことのないたいへんなしぐさだった。両腕が、頭上の空気をかきまわした。

「お願いです、ヘイスティングズ、いまはやめてください、いまは！」

そういったかと思うと、彼は帽子をつかみ取って、頭へ、まるで帽子のかぶり方も知らない人間のように、ポカンとたたきつけると、まっしぐらに部屋から飛びだしていった。約一時間ののち、ジャップが現われたときも、まだ彼は帰宅していなかった。

「チビ先生は外出ですか？」

私は頷いた。

ジャップは椅子にドッカと腰をおろした。彼はハンカチを出すと額の汗を拭いた。暑い日だった。

「なんだって出ていったのかな?」彼は訝しげにいって、「ねえ、ヘイスティングズ大尉、あのときは驚いた。彼が一歩踏み出して、あの男に、『わたしは信じますぞ』って、いうにも事を欠いてさ、まるでたいへんなメロドラマの主人公よろしくいったときにゃ、私は羽根でなぐられたってノックアウトされたでしょうよ。実際、驚きました」

私も驚いたのだ。私は彼にそういった。

「しかもこうして、彼は進軍していっちまった、と。あれについて彼はなんといいました?」

「ひと言も」

「まるっきり、ひと言も?」

「文字どおりひと言もです。ぼくが話しかけようとしたら、彼はぼくを追っ払った。ぼくはそっとしておくにかぎると思った——二人でここへ帰ってきて、ぼくが話しかけようとしたんですよ、すると腕を振りまわして、帽子をわしづかみにして、外へすっ飛んでいっちまったんです」

われわれは顔を見合わせた。ジャップは自分の額を叩いてみせて、「これだぞ」と意味ありげにいった。

そのとき一度きりのことだが、私も危うく同意するところだった。ジャップは、以前にもしばしば、ポアロが、彼にいわせると〝気が触れた〟のだといったことがある。しかしそんなのは、ジャップに、ポアロの考えていたことが理解できなかった、というだけの話である。ところが今度は、正直のところ、私にもポアロの態度はまったく解せないのだ。気が触れていないにしろ、彼の様子は、あまりに変わりやすすぎる。彼自身の頭脳になる推理が堂々と立証されたと見る間に、肝腎のご本人はいち早く己《おの》れ自身のその推理に背を向けているという有様だ。

これでは、いかに彼を信ずる支援者といえども失望せざるを得ない。私は、しおれた態度で頭を振った。

「私にいわせりゃ、彼はいつも変だったよ」とジャップはなおも、「いつも、自分だけにしか通用しない物の見方をする――それがまたじつに奇妙な見方なんだ。彼はたしかに天才だ、それは認める。しかし、天才とは狂人と紙一重だ――そして往々にして簡単に狂人になりがちなものだそうだ。彼はつねにものを難しく考えることが好きなんだ。まっすぐな、まともな事件は決して彼のお気に召さない。ひねくれてなきゃだめなんだ。現実から遊離して、自分勝手な遊びにふけっている。トランプで一人占い《ペイシェンス》をやってるお婆さんみたいなものなんだ。カードがあがらないと、お婆さんは誤魔化してもあげようとする。うん、彼のが、ちょうどこの逆なんだ。あまりあっさりあがりかけると、彼は、誤魔化してでももっと難しくするんだ！　私にはどうもそう見える」

私はなんとも答えようがなかった。気持ちも、頭脳《あたま》もすっかり掻き乱されて、はっきりものを考える力もなかった。私にも、まったくポアロの行動は理解できなかった。私の場合は、わが奇妙なる友と私のあいだが非常に緊密なものであるだけに、いい表わす言葉もないほど、切ない気持ちだったのだ。

この陰鬱な沈黙のただ中にポアロはひょっくり戻ってきた。

部屋のなかに歩み入った彼は、ありがたいことに、いまはまったく穏やかであった。きわめて注意深く帽子をぬぎ、ステッキと一緒にテーブルの上に置くと、彼のいつもの椅子に悠然と腰をおろした。

「ジャップ、いたのですか。ちょうどよかった。大至急あなたに会いにいかなければと思っていたところでした」

ジャップは答えずに彼を見つめた。これは前奏だ。彼はポアロが説明しはじめるのを待った。

やおら、わが友は語りだした。ゆっくりと、言葉を選んで話す。

「ジャップ、よろしいですか。われわれはまちがっていました。たいへんなまちがいをしていました。まちがいを認めるのは情けない。しかし、われわれがまちがいをしたことは事実ですよ」

「大丈夫ですよ」ジャップはたじろがない。

「ところが大丈夫ではないのです。悲しむべきことです。じつに、胸をえぐられるように辛いことです」

「あの男のことをそんなに悲しんでやる必要はありませんよ。彼は充分それだけのことをしたんだから」

「わたしが悲しんでいるのは彼のことじゃありません。あなたのことです」

「私のこと？　なにも私のことを悲しんでいただく必要はありませんよ」

「いや、悲しみます。なぜならば、いいですか、誰があなたをまちがったコースへ導いたか？　わたしです、このエルキュール・ポアロです。しかり《メ・ウィ》、わたしがあなたを導いてきたのですよ——カーロッタ・アダムズにあなたの注意を喚起したのも、アメリカへの手紙を教えたのも、みなわたしです。一段階ごとに、あなたに行き先を指示してきたのはみなこのわたしでした」

「私だっていずれにしろそこに到達することになっていた」ジャップは冷ややかに、「あなたはほんの少し私より早かっただけですよ」

「そうかもしれません。だが、そう思ったところでわたしは決して慰められません。もしこれで、あなたがわたしのつまらない考えに耳をかしたばかりに、あなたの名が傷つくようなことがあったら、と思うと、わたしはなんと自分を責めてよいか、わからない気持ちなのです」

ジャップはおもしろそうな顔をした。彼はポアロが純粋な動機からこんなことをいいだすとはとても考えられなかったのだ。そして、ポアロが、事件解決の名誉を彼に一人占めされるのを不平がっているのだと思いこんだらしい。

「そのことなら大丈夫ですよ、ムッシュー・ポアロ。私は決して、この事件解決が、あなたの力にも多少は負うところのあったことは、報告し忘れませんから」

彼は私にウインクしてみせた。

「そうじゃないんです」ポアロはいらだたしげに舌を鳴らした、「わたしは名誉なんかほしくはない。それに、この事件に関して名誉なんてものはありません。あなたのためには大失敗、そしてこのエルキュール・ポアロには、その大失敗の原因をつくった咎《とが》があるだけなのです」

いきなり、ポアロの表情のあまりな大仰さに、ジャップが吹きだした。ポアロはむっとした。

「これはすみません、ムッシュー・ポアロ」ジャップは涙を拭きながら、「だけど、あなたの様子ったら、びっくり仰天したアヒルってとこでしたぜ。よろしい、こんなことは忘れちまいましょう。背負わされるものが名誉にしろ咎にしろ、私が喜んで負いますよ。あなたのいうとおり、こいつは大騒ぎになるでしょう。この上は強力な決め手を見つけるのみです。それでも、利口な弁護士にかかったら、わが男爵閣下は無罪釈放ってことになるかもしれません。陪審員って連中はまったく当てになりませんからね。しかし、たとえそうなっても、私の良心は傷つきません。たとえ完全な決め手はついに探しだせなくても、われわれが捕えた男が真犯人であることは、やがて世間も知るでしょう。またもし、もしもですよ、偶然に、第三のメイドなるものが現われて、ヒステリーかなんか起こして、自分がやったのだと自白したとしても、です——よろしい、私は喜んで自分の播いた種は刈り取りますよ、決して、あなたが私をまちがわせたなどと不平は並べません。これなら公平でしょう」

ポアロは穏やかに、悲しげな眼で相手を見守った。

「あなたは自信を持っている——つねに自信を持っていますね。あなたは決して、止まって〝これは可能だろうか？〟と考えてみることをしない。あなたは決して疑わない——迷いさえしない。決して〝待てよ、これはあまり簡単すぎるぞ！〟と思ってみないのです」

「そのものズバリですな、そしてまさに、私のいいたいのもその点だ。あなたがそうおっしゃるなら私もいいますがね、あなたはまたあんまり毎度毎度軌道をはずしすぎますよ。なぜ簡単じゃいけないのです？　ものごとが簡単なのの、どこが悪いのです？」

ポアロは相手を見、溜め息をつくと、腕をなかば持ち上げて首を振った。

「おしまいだ《セ・フィニ》。もう何もいいますまい」

「やれありがたい」ジャップは本気でいったものだ。「それじゃ要点に触れるとしましょう。私の調査を、お聞きになりますか？」

「しかとうけたまわりましょう」

「よろしい。私はジェラルディン・マーシュに会いましたが、彼女の話は彼のそれとピッタリ符合していました。彼らは共謀しているのかとも見えますが、私はそうではないと思う。私の意見では、彼に脅かされたんですよ――もっとも、ほとんど彼女は彼にほれていますがね。彼が逮捕されたと知ると、ひどく泣き騒ぎましたよ」

「ううむ。で、秘書は――ミス・キャロルはどうでした？」

「それほど驚きもしなかったようですな――これは私の考えですがね」

「真珠はどうでした？」私が訊いた。「その話は本当だったのかな？」

「本当でした。あの翌日、朝早く、金にしています。しかしこれは大勢《たいせい》に影響のあることではありませんな。私の考えでは、オペラで偶然いとこに会ったとき、彼はこの計画を思いついたのですな。ピカリと閃いたんだ。彼は絶望していた——そこへ、抜け道がポカリと現われた。おそらく、彼はなにかこうしたことを前からいろいろ考えていたにちがいありません。彼が鍵を持っていたのはそのせいですよ。鍵が急に出てきたなんて、あんな話はとても信じられませんよ。さていとこと話をしているあいだに彼は考えた——彼女を巻きこんでおけば、なおのこと安全だ。そこで彼は、彼女の同情につけこんで、真珠のことをほのめかした。彼女はけなげに立ち上がった。こうして二人は出発した。彼女が邸の中へ消えるのを待って、彼は後を追い、邸《やしき》へ入りこんで、書斎にしのび込んだ。おそらく卿は椅子でうたた寝かなにかしていたのでしょう。それはとまれ、彼は二秒とかからずに仕事を片づけると部屋を出た。彼はまさか邸のなかで彼女と顔を合わせるとは考えていなかった。タクシーのそばで足踏みなんかしているところを見せるつもりだったんだ。それに、運転手に入るところを見られるとも思ってはいなかったな。女の子を待つあいだ煙草を喫いながらあっちへ行ったりこっちへ行ったりしている、というような印象を与えるつもりだったんだ。いいですか、タクシーは反対側を向いていたんですよ。

翌朝、もちろん彼は真珠を質に入れなきゃならなかった。おそらく、まだ金の要《い》ることがあったのでしょう。それから、事件のニュースが伝わると、彼はあの娘を脅かして、あの夜のことを秘密にするように説き伏せた。あの幕間は、オペラハウスのなかで一緒に過ごしたといわせるつもりだったのだ」

「それではなぜそうしなかったのですか？」ポアロは鋭く迫った。が、ジャップは肩をすくめて答えた。

「気が変わったんですよ。でなけりゃ、彼女が嘘をつき通せないなと判断したんだ。あの娘はひどく神経質なタイプですからね」

「そうです」ポアロは瞑想的な声でいった。「神経質なタイプの娘ですな」

一、二分おいて彼はいいだした。

「あなたはこうは思わなかったですかな——マーシュ大尉にとっては、幕間のあいだに、一人で劇場を抜け出して、自分の鍵でそっと邸に入って、伯父を殺し、さっと引きあげてくる——このほうがよほど容易だし、面倒もないのじゃなかろうか——タクシーを道路に待たせておいたり、いつ怖くなって彼を棄てて逃げ出すかもわからない娘を連れていって、彼女がいつ降りてくるかを恐れながら仕事をするよりも——」

ジャップはにやりとした。

「あなたや私ならそうするでしょう。しかし、われわれは、マーシュ大尉より少しは頭《あた》脳《ま》がいいのですよ」

「そうですかな。しかしわたしには非常に理知的な男だと思えますが」

「ムッシュー・エルキュール・ポアロほどではありませんよ！　さあさあ、絶対、大丈夫ですったら」ジャップは笑った。

ポアロは冷ややかに彼をながめた。

「もし彼が本当は潔白なら、なぜ彼はカーロッタ・アダムズをあんな芸当に誘ったんです？　あの芸当にゃ、ひとつっきりしか意味はありません——すなわち、真犯人をカムフラージュするためです」

「その点ではまったく同意見ですな」

「ともかく意見の合うところもあるのは嬉しいですね」

「実際にミス・アダムズに口をきいたのは彼かもしれない、しかしその裏に——」とポアロは考えこんで、「いや、そんなことはあり得ない」

それから、不意にジャップを睨みつけて、早口に質問を放った。

「彼女の死をどう考えますか？」

ジャップは咳払いした。

「私は過失だったと思うようになりましたね。ちょっと都合の良すぎる過失ではありますがね。しかし、これに彼が関係しているとは思えません。オペラがはねてからの彼のアリバイは完全です。午前一時すぎまで、ずっと、〈ソブラニス〉でドーシマーの家族と一緒でした。そのはるか以前に彼女はベッドに入って眠っていますからね。いや、私は、これだけは、犯罪人がときどき持つことのあるばかげた幸運の実例だと思いますよ。だから、もしあの偶然が起きなかったら、彼はきっと彼女をどうにかする計画を立てるところだったのですよ。まず彼女に、事態のおそろしさを吹きこむ——もし真相を洩らしたりすれば、エッジウェア卿殺しの犯人として捕まるぞ、といって脅かす。次に、金の力で、彼女を身動きできないように縛りつける」

「こうは思いませんでしたか——」ポアロは相手をまっすぐに見据えながら、「こうは——もしミス・アダムズが、自分の無実を示す証拠をかかえこんでいたら、ほかの無実の女を絞首刑に追いやることになるのだ、とは——」

「ジェーン・ウィルキンスンは絞首刑にはならんですよ。サー・モンタギュー・コーナー一派の勢力が、絶対にそうはさせません」

「だが犯人はそれを知らなかったのです。だからこそ彼は、ジェーン・ウィルキンスンは死刑になるし、カーロッタ・アダムズは口を割らないと計算したのです」

「よほどおしゃべりが楽しいとみえますな、ムッシュー・ポアロ。で、今度はロナルド・マーシュが虫も殺せぬおとなしい男だと確信なさるんですか——彼の話のなかで、邸にコソコソ入りこんだ男があったという点をどう思いますか？」

ポアロは肩をすくめた。

「彼がその男を誰と考えたと思います？」

「想像はつきますよ」

「そうです。例の映画スターだと思ったというんですよ、ブライアン・マーティンらしかったとね。これをどう思います。エッジウェア卿には、会ったこともない男ですよ」

「それでは、そんな彼が鍵を持って家に入るところを見たというのは変なわけでしょう」

「チョッ、チョッ」ジャップは、軽蔑をあらわに示した。「私の話を聞いたらもっと驚きますよ。ブライアン・マーティンはその当夜ロンドンにはいませんでした。彼は〈モールゼイ〉で、ある若い女と夕食をしていて、真夜中近くまでロンドンには戻らなかったのです」

「ふむ」ポアロは穏やかに、「わたしは驚きません。その若い婦人とは、彼と同じ商売の女でしたか？」

「いや。帽子店をしている女です。じつはミス・アダムズの友人のミス・ドライヴァーですよ。彼女の証言なら信用して大丈夫と思うでしょう」

「べつに異論はありませんな」

「なんだ、あなたは自分で行って調べてきたんじゃないか」ジャップは笑った。「かくて嘘八百の物語は一瞬にして消し飛んだという次第ですな。誰も十七番地の邸へ入った者はおらず、両隣りのどちらの邸にも、誰一人入らなかったとするならば、これはいかなることを意味するのか？ すなわち、わが男爵閣下が嘘つきだったということだ」

ポアロは悲しげに首を横に振る。

ジャップは立ち上がった。すっかり機嫌をなおしていた。

「もういい加減になさい。われわれは正しかったんだ。わかっていらっしゃるくせに」

「十一月、パリ、D。Dとは何者か？」

ジャップは肩をすくめてみせた。

「昔のことなんだ。ねえ、女の子が、この事件とは関係のない、それも六カ月も前の贈り物のひとつくらい持っていたってべつに不思議はないでしょうが。ないほうがおかしなくらいだ。もっと素直な眼でものを見るんですね」

「六カ月も前」ポアロは口のなかで呟いた。とたんに彼の眼がキラリと光った。「おう、デュウわたしはなんてばかなんだ《・ク・ジュ・スイ・ベート》！」

「なんていったんです？」フランス語だったので、ジャップは私のほうを向いて訊いた。

「いいですか」ポアロは立ち上がってジャップの胸をトントンと叩きながら、「それではなぜミス・アダムズのメイドはあれを見なかったのか？　なぜ親友のミス・ドライヴァーさえ知らなかったのか？」

「というと？」

「なぜなら、小箱は最近のものだったからです！　あの小箱は最近彼女に贈られたものなのです。パリも、十一月も、そうとわかれば頷ける。すなわち小箱に入っていた日付は、その日に贈られた贈り物《スヴニール》だと思わせるためのものなのです。しかし、小箱が彼女の手に渡ったのは日付の当時ではありません。ごく最近のことです。ごく最近に買われたものなのです。買われたばかりのものです。この点を調べてみてください、ジャップ警部、わたしの頼みです。まちがいない、絶対まちがいありません。買われたのはここでなく、外国です。おそらく、パリです。もしロンドンで買われたものなら、いままでに必ずどこかの宝石店が届けでているはずですから。新聞に写真入りで詳しく載ったのだから。うむ、まちがいなくパリです。あるいはどこかほかの外国の都市かとも思えないことはないが、わたしはやはりパリだと思う。探しだしてください、お願いだ、片っぱしから問い合わせるのです。わたしは知りたい――この、謎のDなる人物が何者なのか、それがどうしても知りたいのですよ」

「べつに悪くもないでしょう」ジャップは上機嫌で、「ただし、私はあんまり乗り気じゃありませんがね。よろしい、できるだけのことはやってみましょう。よく知るにこしたことはないのだから」

と、すっかり陽気になって頷くと、ジャップはさっそうと立ち去った。

23　手紙

「ところでわれわれは昼食としましょうか」

ポアロはいって、私の腕に手をかけた。彼はにこにこ笑っていた。

「希望はありますよ」

彼がいつもの様子を取り戻したのを見て、私も嬉しかった。もっとも私には、ロナルド・マーシュの嫌疑が、少しでも減ったとは思えなかったのだ。ポアロ自身だって、おそらくそう思っているにちがいない。ジャップの論理が急所を射ていることは認めているのだ、と私は思った。小箱を注文した人間を探す話は、きっと面子を保つための彼一流の警句なのだ。

われわれは連れだって和気あいあいと出かけた。入ってみると、愉快なことに、部屋のいちばん奥のテーブルのひとつについて食事していたのはブライアン・マーティンとジェニー・ドライヴァーである。私はジャップの話を思い返して、二人のあいだのロマンスを嗅ぎつけたような気がした。

二人はわれわれを見つけ、ジェニーが手を振ってよこした。われわれがコーヒーを啜っていたとき、ジェニーが連れをテーブルに残してわれわれのほうへやってきた。相変わらず元気潑剌たる彼女であった。

「ちょっとお邪魔していいかしら、ムッシュー・ポアロ？」

「かまいませんとも、マドモアゼル。あなたを見るとほれぼれしますよ。ムッシュー・マーティンにもこちらへ来ていただいたらいかがです？」

「来ないでといってきたんですわ。あたし、カーロッタのことでお話があるんです」

「なるほど？」

「この前、彼女の男友だちのことを知りたがっていらしたんじゃなかった？」

「そのとおりです」

「あたし、あれから、ようく考えてみたの。ときどき、ものごとがすぐに考えつかないことがあるわ。はっきりこうだと考えるためには、前のことを振り返って、思いだしてみなきゃならないでしょ——そのときは、ちっとも重要なこととは思わず聞きとばしてしまった、いろんな言葉や文句なんかを。そこで、あたしもそうしてみたのよ——考えて、考え抜いて、カーロッタのいったことを思いだしてみた。そしたら、ようやく、どうやらの結論が出てきたんです」

「なるほど？」

「彼女が心をひかれていたのはね――じゃなければ、心をひかれかけていたのはね――ロナルド・マーシュでしたわ。あの、こんどエッジウェア卿の後継ぎになった」

「なぜ彼だと思われました、マドモアゼル？」

「それはね。ある日、カーロッタが、不運続きだと、男でも性格まですっかり変わってしまうものだという話をしたのよ。もちろん、一般論でよ。根はとても立派な人間なのに、不運が堕落させてしまった――とか、もともと罪のある人間なのじゃなくて、罪に傷つけられたのだとか――わかるでしょ。女ってものは、誰かが好きになり始めると、まず自分の気持ちから手なずけてかかるものよ。何度、そんなのを聞いたかわからないくらいだわ。カーロッタは利口な人だったわ――でも、彼女もやっぱり恋する女の通例どおり、世間知らずのおばかさんみたいなたわ言をいい始めたのよ！　〝おやおや〟とあたしは思ったわ。〝こりゃなにかあるぞ〟ってね。そのときは誰ともいわなかったわ。まさに一般論という調子だった――でも、それからいくらもたたないうちに彼女はロナルド・マーシュの話を始めたの。彼はずいぶんひどい扱いを受けていると思う、といったのよ。その話し方が、あんまり他人ごとみたいで、冷静だったものだから、そのときあたしもまさかその二つのことを関係させて考えなかったわ。でも、いまとなってみるとそうらしい──ロナルド・マーシュ──エッジウェア卿──だったように思えてくるの。どう思います、ムッシュー・ポアロ？」

彼女はじっとポアロの顔を見つめた。

「あなたはきわめて貴重な話をきかせてくださったようです、マドモアゼル」

「よかったわ」ジェニーは手をパチンと打った。

ポアロは、温みのこもった眼差しで彼女を見返した。

「おそらくあなたはまだご存じないでしょうが──お話の男──ロナルド・マーシュは先刻逮捕されましたよ」

「まあ！」ジェニーの赤い口が、驚愕にポカンとあいた。「それじゃ、あたしの思いつきも、遅すぎたのね！」

「決して遅すぎはしません。少なくともわたしにはね。よく話してくれました、マドモアゼル」

彼女はわれわれのもとを離れてブライアン・マーティンのほうへ帰っていった。

「ほらみろ、ポアロ」私はいった。「これであなたの確信もゆらいだでしょう」

「いいや。逆に強くなりましたね、ヘイスティングズ」

彼の言葉は勇ましかったが、私は秘かにその口調が勢いを失ってきたのを確信した。これ以後、数日のあいだ、彼は二度とエッジウェア卿殺害事件に触れなかった。私がしゃべりかけても、ブスリとひと言で片づけるか、まるで興味のないといった返事を返すだけである。いい換えれば、彼は事件から手を引いてしまったのだ。頭の中ではまだぐずぐずと空想にふけっていたかもしれないが、それが形を成すことはなく――結局、事件についての彼の最初の考えが真実であり、ロナルド・マーシュのみが正しい犯人として告訴されることを、認めざるを得なかったのだ。ただポアロとしては、それが事件の真相であると、公に認めることができなかったのだ！　だからこそ、彼は興味を失ったふりをしていたのである。

さて、それからしばらく、私の眼に映ったポアロの態度はいつでもそんなふうであった。事実そんなふうに見えたのである。警察での取調べの進行状態にはまるで興味を持とうともしない――もっとも、取調べそのものも、ほんの形式以上のものではなかったが。そして、ほかの事件にせっせと精を出している。事件の話が持ちだされても、まったく興味のない顔をする有様だった。

こうしたポアロの態度について私の考え方がまったく見当はずれもはなはだしいものであったことに私が初めて気がついたのは、前章において書いた事件が起きてから、二週間近くもたった日のことであった。

それはある日の朝食のときであった、いつものように大きな手紙の山がポアロの席に運ばれてあった。彼は機敏な指先で手紙を整理していた。ふいに彼が歓喜の声をあげて、アメリカ切手の貼ってある一通の手紙をつまみ上げたのである。

彼は手早く小さなペーパーナイフを使って手紙をあけた。私は興味をそそられて彼を見やった。彼は非常に興奮し、喜んでいるようだった。なかから、一通の手紙と分厚い封筒が一つ出てきた。

ポアロは手紙を取って二回読み返した。それから、私のほうを向いて、「これを読んでみますか？　ヘイスティングズ」という。

私は手紙を受け取った。それには、次のように書かれていた。

ムッシュー・ポアロ

ご親切あふれるお手紙、本当にありがとうございました。どれほど慰められ勇気づけられたか、申し上げられないほどです。なにもかもが混乱して、何をどう考えてよいものやら、当惑しきっておりました。おそろしい悲しみとはべつに、わたしは、わたしの姉、カーロッタのことで世間に取り沙汰されている話には、とても侮辱を感じておりました。あんなに優しい、あんなにいい姉、世間にはわたしほど幸福な妹はいませんでしたのに！　ちがいます、ムッシュー・ポアロ、姉は薬などに手を出したことはありません。わたしは知っています。姉はあんなものをとても怖がっていました。何度もそういうのを聞いたことがあります。万が一にも、姉が、あのお気の毒な人の事件に何か関わりがあったとしたら、姉はなにも知らずにやらされたのです――それは、わたしへの手紙にもはっきり証明されています。あなたのおっしゃるとおり、その手紙を同封いたします。わたしは姉の書いた最後の手紙を手もとから離すのはいやなのですが、あなたが充分気をつけて必ずあとで送り返してくださると思ってお送りします。それに、もしこの手紙が、姉の不思議な死を解く何かの糸口とでもなるものですなら、――おそらくあなたのおっしゃるとおりになるとわたしは信じております――もちろん、送って差し上げねばならぬものですし。

カーロッタが、手紙のなかで、誰か特別に親しいお友だちのことを書いたことがあるかというお尋ねでした。姉はとてもたくさんの方たちのことを書いてまいりましたが、とくに目立ってこれと申し上げる人はなかったように思います。昔よく知っていたブライアン・マーティンや、ジェニー・ドライヴァーという名前の女の方、ロナルド・マーシュ大尉とかが、いちばん姉の手紙に頻繁に出てきた方々です。なにか、あなたのお手助けになるようなことを知っていたらいいのですが。あなたのお手紙はご親切と、ご理解との行き届いたありがたいお手紙でございました。あなたなら、カーロッタとわたしとが、お互いにとって、どんなに大事な姉妹であったかをよく理解していただけると思います。

かしこ
ルシー・アダムズ

追記

たったいま、警官があの手紙を貸してくれといって取りにきました。わたしはもうあなたに郵送してしまったとお答えしておきました。これはもちろん本当ではありません。でも、なんとなく、この手紙はあなたにまず読んでいただくことが大切という気がいたしましたので、そういってしまったのです。スコットランド・ヤードは犯人の証拠としてこの手紙が必要なのだそうです。あなたからお渡ししてください。ああ、でも、いつかは必ずわたしの手に戻りますよう、くれぐれも申し上げてくださいませ。わたしにとっては、わたしの姉カーロッタの最後の言葉なのですもの。

「なんだ、あなたは彼女に手紙を出したのか」私は手紙を下に置きながらいった。「なぜそんなことをしたんだい？　それに、ポアロ、なぜカーロッタ・アダムズの手紙の原文が要《い》るんだね？」

ポアロは封筒から引っ張りだしたカーロッタの手紙の上にかがみこんでいた。

「じつはわたしにもなんともいえないのですよ、ヘイスティングズ。ただ、この手紙の原文が、説明不可能の事実を説明してくれるかもしれないという淡い希望を除いてはね」

「ぼくにはどうやってあなたがこの手紙の原文からそんなものを引っ張りだせるのかのみこめません。手紙はカーロッタ・アダムズが自分で投函してくれとメイドに渡したんでしょう。そのへんに手品ができたはずはないし、読んでみたって、完全に意味も通るし、普通の、本物の手紙としか思えませんが」

ポアロは長嘆息した。

「わかっています。そこがきわめて難しいところなのです——というのはね、ヘイスティングズ——この手紙そのものが怪しいからですよ」

「そんなばかな！」

「いや《シ》、いや《シ》。そうなのです。いいですか、わたしはこの事件を推理しつくした、そしてある種の事実には確信を得た。事実は、一定の法則に従って、いちいち納得のゆくかたちにつづいていた。ところがそこへこの手紙です。これでは辻褄が合わない。とすれば、どちらかがまちがっているのだ――エルキュール・ポアロか、それとも手紙か？」

「あなたにはまちがっているのが、エルキュール・ポアロでもあり得るとは考えられないのですかね」私はできるだけ柔らかくいったつもりだった。

ポアロは咎《とが》めるような視線をきっと私に注いだ。

「わたしが失敗したことは何度もある。しかし今度のはまちがいじゃありません。ここまで来て、こんな手紙のあるはずがないと見える以上、明らかに手紙が怪しいのです。この手紙には、われわれの目をかすめた何かがあるはずです。わたしはその何かを探しているのですよ」

こういいはなって、彼は、問題の手紙を、ポケット型の小さな拡大鏡を用いて調べつづけた。

ひととおり各ページを精読し終わると私に渡した。私には、案の定、なんの見誤りも発見できなかった。しっかりした読みやすい筆跡であった。そして、一語一語電報のそれとまったく同じ文面だった。

ポアロはふたたび長嘆息した。

「偽造のあとも何もありません。全部、同じ一人の手で書かれたものです。しかも、これが怪しいことに変わりはありません――」いいかけて不意に彼は口をつぐんだ。じれったそうなしぐさで私に手紙を渡せと要求する。私は手紙を返してやった――すると彼は、もう一度、ゆっくりと最初から通して読み直しはじめた。

突然ポアロは叫びをあげた。

私はテーブルを離れて窓から外を眺めていたところだった。この物音に私は振り返った。

ポアロは、文字どおり興奮に震えていた。眼が、猫のように緑色に光っていた。指さす彼の指が、ブルブルと震えている。

「ごらんなさい、ヘイスティングズ。早く、来てごらんなさい」

私は彼のそばへ飛んでいった。彼が拡げてみせたのは、手紙の真ん中のページだった。が、私にはべつに変わったものは見えない。（次ページ参照）

「わかりませんか？　このページ以外のほかの紙は、ごらんなさい、端が揃っている。一枚の紙だからです。しかし、この一枚だけが――ほら、片側がギザギザです、破った跡ですよ。わたしのいう意味がわかりますか？　この紙は二枚折りだったのです、だか

he said "I believe it
would take in Lord
Edgware himself. Look
here, will you take some
thing on for a bet?"
I laughed & said
"How much?"
Lucie darling —
the answer fairly took
my breath away
<u>Ten thousand dollars!</u>

ら、いいかね、この手紙は、一ページ足りないのですよ！」

私はきっとばかのような顔をしていたにちがいない。

「しかし、どうしてそんなことがある？　意味は通じるじゃないか」

「そうです、意味は通じます。そこが、この企みのじつに巧妙なところなのです。もう一度読んでごらんなさい――そうすりゃわかります」

しかし私には問題のページをただ読み直す以上のことができそうにも思えなかった。

「わかったでしょう？　手紙はマーシュ大尉の話で切れています。彼女は彼を気の毒に思った。それから彼女は〝彼はわたしのショーをとてもおもしろがってくれました〟と書いている。そこでそのページは終わり、次のページは〝彼はこういい出したのよ〟と始まっている。が、いいですか。この間が一ページ抜けているのです。従って、こっちのページの〝彼〟は、前のページの〝彼〟ではないかもしれないのです。そしてまさに、それは前のページの〝彼〟ではなかったのですよ。それこそ、彼女を教唆したまったく別の男なのです。ほら、それ以後、どこにも名前が出てこないじゃないですか。おう、こいつはすてきだぞ！　どうにかして、犯人はこの手紙を手に入れたのです。この手紙が出されれば犯人の最後だった。疑いなく、彼は最初手紙を握り潰してしまおうと思った――だが、読み返してみるうちに、もっと良い方法があるのに気がついたのです。ただ一ページ切り取るだけで、この手紙は彼以外のもう一人の男——エッジウェア卿殺害の強力な動機を持っている男に、致命的な容疑をおしかぶせることができるのです。天のたまものだ！　あなたたちのいう、〝楽なもうけ〟だ！　彼はその一ページを破ると、何くわぬ顔で手紙をもとへ戻したのです」

私はある尊敬の念をもってポアロを見た。彼の理論の正しさを、完全に納得できたのではなかった。むしろ、私とすれば、カーロッタが、最初から破ってあった半ペラの紙を使ったにすぎないということのほうが、よほどもっともらしく思えたのだ。が、ポアロの、先刻まではうって変わった喜びようを見ては、そんなありきたりな説を主張するだけの気持ちにはなれなかった。結局、彼が正しいのかもしれない、と私は自分にいいきかせたのである。

しかし私は、彼の説の、いかにも腑に落ちない難点を二つ三つ思いきっていった。

「しかし、それじゃその男は——誰だったにしろだね、どうやってこの手紙を手に入れたのだろう？　ミス・アダムズは手紙をハンドバッグから取りだすとすぐ、メイドに投函するようにと手渡したのだよ。メイドがいってた」

「うむ。そこでわれわれは次の二つの考えのうち一つを選ばなければなりません。すなわち、メイドの話が嘘なのか、あるいは、あの晩、カーロッタ・アダムズが犯人に会ったのか。このいずれかです」

私は頷いた。

「わたしには、二番目の可能性が最もあり得るように思えます。われわれはまだ、カーロッタ・アダムズが、自分の家を出たときから、九時、ユーストン駅でスーツケースを預けて出るまでのあいだどこにいたのかを知りません。その時間に、まちがいなく、彼女は犯人とどこか打ち合わせの場所で会っているのです。おそらく二人は食事を共にしたのでしょう。そこで彼はなにか最後の注意を彼女に与えたのです。この手紙を犯人が手に入れるに当たっての事情がどんな具合だったか、これはわれわれには知る由もありません。推察あるのみです。あるいは彼女がどこかポストへ入れるつもりで手に持っていたのかもしれない。あるいはレストランのテーブルの上に置いておいたのかもしれない。とにかく、犯人は封筒の宛て名を見て、ふいと危険を嗅ぎつけたのです。彼は巧みに手紙をつまみ上げると、なにか口実をつくってテーブルを離れ、封を開いて読み、あのページを破って、またテーブルの上に戻したか、でなければ、彼女と別れるとき、さっき落として気がつかなかったでしょうとかいって渡したのかもしれません。そのへんの正確さは大して重要ではありません。が、このことだけは明らかです——すなわち、カーロッタ・アダムズは、あの夜、エッジウェア卿が殺される前か後か、そのどちらかに必ず犯人と会っている。コーナーハウスを出たあとでも、ちょっとのあいだなら人に会う時間はありました。それからこれはわたしの想像ですが——まちがっているかもしれませんが——あの金の小箱を贈ったのは犯人なのです。おそらく、彼らの初めて会ったときのセンチメンタルな記念品かなにかなのでしょう。もしそうだとすれば、Dとは犯人の名前なのです」

「ぼくにはその金の小箱の関連が飲みこめません」

「いいですか、ヘイスティングズ、カーロッタ・アダムズはヴェロナールの常用者ではありませんでした。ルシー・アダムズがそういっていますが、わたしもそうだと思う。彼女は心身ともに健康な娘でした。麻薬などにしたしむ傾向などなかった。彼女の友人も、メイドも例の小箱は見なかったといっている。ではなぜ、彼女の死後、持ち物の中からそんなものが発見されたのでしょうか？　いうまでもない、彼女がヴェロナールを飲んでいたこと、それも、かなりの期間——つまり、少なくとも六カ月間常用していたという印象を与えるためです。彼女が、仕事を終えたあとの犯人に会ったとしましょう——ほんの二、三分でもいい。二人は祝杯をあげたのですよ——ヘイスティングズ、彼らの計画の成功を祝って。そして、彼女の杯には、犯人の仕込んだ充分なヴェロナールが——翌朝ふたたび彼女を目覚めさせないほどのヴェロナールが入っていたのです」

「恐ろしいことだ」私は身震いした。

「うむ。卑怯なやり方です」ポアロはぶっきらぼうにいう。

「この話をジャップにしますか？」一、二分置いて私は訊いた。

「すぐにはしませんよ。何を話してやったらいいのです？　わが優秀なるジャップ警部はいうに決まっていますよ、『またもや逞しき空想《セ・トゥ》ですな？　彼女は最初から破った紙を使ったまでの話じゃないですか』とね。それだけさ」

私は後ろめたくて下を向いた。

「これに対してわたしに何がいえますかね？　なにもいえませんよ。あるいは偶然そういうことがあったかもしれないのですからね。ただわたしは、そういうことがあったはずはない、というのが必然だから、そんなことはなかった、と思うのです」

ポアロはふと口を止めた。夢みるような表情が彼の面上に漂ってきた。

「ああ——想像してごらんなさい、ヘイスティングズ。もしこの男がこのことを計算のうちに入れてあったら、彼はこのページを、破かずに、きちんと切っていたでしょうよ。そしてそうであったが最後、われわれには何もわからなかったのですよ！　まったく、何ひとつ！」

「で、ぼくたちは彼を物事に不注意な男と推定できるわけだ」私は笑いながらいった。

「いや。ちがいます。おそらく、彼は非常に急いでいたのです。あなたの見るとおり、これはひどく不注意に破ってあります。そうだ、まちがいなく彼はひどく時間に迫られていたのですよ」

彼は語を切ったが、やおら言葉を継いだ。「あなたも気がついたでしょうが、重大なことがひとつあります。犯人——このDという男は、あの晩の立派なアリバイを持っているにちがいない」

「しかし、彼がどうやってアリバイを持てたか、およそわからないね。もし彼がまずリージェント・ゲートで殺人をやるのに時間を費やし、次にカーロッタ・アダムズと一緒にいたとすりゃ。アリバイの作りようがないじゃないか」

「そのとおりです。その点が問題なのです。それだけに彼にはどうしてもアリバイが必要でした。当然彼はアリバイを用意しましたよ。次にこの点です。彼の名は真実Dで始まるのでしょうか？ あるいは、Dとは彼のニックネームで、彼女にはそれで誰とわかる名前なのではないか！」

彼はひと息ついて、静かにいった。

「名の綴りか、ニックネームの最初がDで始まる名の男。この男を探しださなきゃなりません。ヘイスティングズ。そうだ、絶対探しださなきゃなりませんよ」

24　パリからのニュース

次の日の朝、われわれは思いがけない訪問をうけた。

客はジェラルディン・マーシュであった。ポアロと挨拶を交わし、すすめられた椅子に座る彼女を見て、私はこの娘がひどくかわいそうになった。少女の大きな黒い瞳は、いつもより一段と黒く、大きく見えた。眼のふちには隈ができて、ずっと眠らなかったかのようである。顔は見るかげもなくやつれて、子供から、ようやく大人になりかけたばかりのうら若さとは思えぬほどだった。

「ムッシュー・ポアロにお話ししに来ましたの。だって、もうわたしには、これ以上どうしていいかわからないのですもの。苦しくて、気が狂いそうなのです」

「わかりますよ、マドモアゼル」

彼の態度は重々しく、思いやり深かった。

「ロナルドがあの日あなたのおっしゃったことを話してくれましたの。あの、あの人が逮捕されたおそろしい日のことです」そういって彼女は身震いした。「誰もぼくを信じてはくれまいと思う、っていったとたんにあなたが進み出て、『わたしは信じますぞ』とおっしゃったという話ですわ。あれは本当ですの？」

「本当です。わたしはそう申しました」

「いえ。わたしのいうのは、そうおっしゃったのかどうかということではありません。あなたのおっしゃった言葉の意味が真実ですかとお訊きしたのです。ムッシュー・ポアロはほんとうにロナルドの話を信じてくださったのですか？」

少女の様子は見るも辛いほど心配げだった。身を乗りだし、両手をもみ絞っている。

「言葉の意味のとおりですよ、マドモアゼル」ポアロは言葉静かにいった。「わたしはいとこさんがエッジウェア卿を殺害したとは信じません」

「ああ！」みるみる、少女の頬は血の気がさし、瞳が大きく輝いた。「それじゃ——誰か、ほかの人がやったと思っていらっしゃるのですね！」

「もちろんです」ポアロは微笑《エヴィドマン》する。

「ばかね、わたし。わたしのいい方が悪かったのですわ。わたしのお訊きしたかったのは——犯人はもうわかっていらっしゃるのですか？」

少女はくいいるように身を乗りだす。

「多少考えはあります、いうまでもありませんが。疑っている人物はいる、といったほうがいいでしょうかな」

「それを、わたしに教えていただけません？　ムッシュー・ポアロ、ぜひ――」

ポアロは首を横に振る。

「それは公正な態度ではありますまい」

「では、あなたには誰かはっきりした目星はあるのですか？　せめて、それだけでも――」

ポアロはただあいまいに首を振るばかりである。

「もし、もう少しでもわかったら――」と少女は訴えるように、「わたしもずっと気が楽になるのですが。ことによれば、お手伝いだってできるかもしれません。ええ、本当に、何かのお手伝いができるかもしれないのだけれど」

懇願する少女の態度は、何人の心も柔らげずにはおかぬ風情があった。しかしポアロは相変わらず首を振りつづけるばかりである。

「マートン公爵夫人は、やっぱり、犯人はわたしの継母《はは》だと信じていらっしゃいます」

彼女は考え深げに言った。チラと、訊ねるような視線をポアロの顔に投げる。

彼は依然としてなんの反応も見せない。

「でも、わたしには、とうていそんなことは考えられません」

「あなた自身は彼女をどう思っていらっしゃるのですか？　お継母様《かあさま》を」

「ええ――わたしはほとんど継母《はは》を知らないのです。父がいまの母と結婚しました頃、わたしはパリの学校にいました。休暇で帰ると、わたしにとても親切でした――わたしがいてもいなくても、ちっとも気にしないという意味で――。わたしにはまるで頭脳《あたま》の空《から》っぽな、そして――打算的な女に見えました」

ポアロは頷いた。

「マートン公爵夫人といえば、このごろはよくお会いになるのですかな？」

「はい。事件以来、あの方はとても親身にしてくださって。この二週間ほとんど毎日のようにお会いしてますわ。とても怖かったのですもの――いろいろないやな話は聞かなければならないし、新聞記者には追いかけられるし、ロナルドは牢屋に入るし、なにもかもが――」彼女は身を震わせた。「わたし、一人も本当のお友だちがないような気がしました。でも、公爵夫人はすばらしい方でした。それから、彼もいい人ですわ――息子さんも」

「ふむ。彼を好きですか？」

「彼は恥ずかしがり屋なのよ――堅苦しくて、うまを合わせてゆくことの難しい人だけど。でも、公爵夫人がたくさん彼の話を聞かせてくれたので、まるで、実際よりよく彼を知ってるような気がしてますわ」

「なるほど。それではマドモアゼル、あなたはいとこさんをお好きですかな？　聞かせてください」

「ロナルドのこと？　もちろんですわ。彼は——この二年ばかりはほとんど会う機会もなかったのですけれど、その前はずっと家に一緒に暮らしていたのです。わたし——いつも、彼をすてきだと思っていましたわ——いつも冗談をいって、おかしなことばかり考えているの。ああ、あの暗いうっとうしい家の中が、彼のいたためにどんなに過ごしやすかったでしょう！」

　ポアロは同感に耐えぬというように頷いた。だが、次に彼のいいだした言葉の荒っぽさにはどぎもを抜かれた。

「それでは彼の死刑になるのは見たくないでしょうな？」

「いや——いやよ」少女は激しく身を震わせた。「そんなことになったら——ああ！いっそ彼女であってくれたら——継母《はは》であってくれたらいいのに。きっと継母《はは》なのです——公爵夫人はそうにちがいないとおっしゃいました」

「うむ。せめて、マーシュ大尉がタクシーのそばを離れないでいてくれさえすればねえ

「――」

「ええ――でも、それ、どういう意味ですの？」少女は眉をひそめた。「よくわかりませんけど」

「もし彼が例の男を追って邸《やしき》の中へ入っていかずにいてくれたら、ということです。ところであなたは誰かの入ってくる物音を聞きましたか？」

「いいえ、何も聞きませんでした」

「あなたは邸に入ってからどうしましたか？」

「まっすぐ二階へ真珠を取りにいきました――ご存じでしょう」

「そうでしたな。真珠を探してくるのに少し時間がかかりましたな？」

「ええ。部屋に入ったとき、すぐに宝石箱の鍵が見つからなかったのです」

「よくあることですな。急げば急ぐほど時間がかかることはよくある。階段を降りるまでにちょっと時間を取った、そして――見ると、ホールにいとこさんがいたのですね？」

「はい。書斎からこちらへ来るところでした」少女はごくりと唾をのんだ。

「わかります。とてもびっくりなさった」

「はい、ほんとに」彼女はポアロの優しい調子に、嬉しそうにいった。「ほんとうにびっくりしました」

「そうでしょう、そうでしょう」

「ロニーが、わたしの背後《うしろ》から、『ああ、ダイナ、持ってきたかい？』といったのです。わたし、飛び上がってしまいました」

「そうでしょう。いまもいうとおり、彼が外に待っていなかったのは残念でした。そうすればタクシーの運転手が、彼は家へ入らなかったと証言してくれたでしょうにねえ」

彼女は頷いた。涙がまぶたにあふれ、知らぬ間に、ハラハラと膝もとへ落ちた。少女は立ち上がった。ポアロは少女の手を取った。

「あなたはわたしに彼を助けさせたいのですね？」

「ええ、ええ！　どうか、お願いです、あなたはおわかりにならないけど――」

彼女は立ったまま必死に自分を制しようとして、手をもみ絞り悶えた。

「あなたもご苦労をなさいましたね、マドモアゼル」ポアロは優しくいった。「よくわかります。本当にたいへんだった。ヘイスティングズ、マドモアゼルに車を呼んであげてくれませんか」

私は少女について階下へ降り、彼女にタクシーを呼んでやった。そのときには、彼女もすっかり気を落ち着けて、見送る私に、じつにかわいらしく礼をいった。

戻ってみると、ポアロは思案の眉をひそめて、部屋を行ったり来たり歩きまわっていた。電話が鳴って彼の緊張がようやくほどけたときには私はホッとした。

「どなたです――おう、ジャップか、どうですこのごろは《ボンジュール・モナミ》？」

「彼が何をいおうというんだろう？」電話に近寄りながら私はいった。

おお、とか、ああ、とか多種多彩な叫びをあげたあげくにポアロはしゃべりだした。

「なるほど、そしてそれを注文したのは誰でしたか？　店の人間は知っていましたか？」

返答は聞こえなかったが、彼の期待していた名ではなかったらしい。ポアロの顔は急にげっそりとしぼんだ。

「たしかですか？」

「……」

「いや、ほんのちょっと弱っただけですがね」

「……」

「うむ、もちろん、もう一度考えをまとめ直してみなければならないが」

「……」

「え？　なんですと《コマン》？」

「……」

「いいや、いずれにしろわたしの考えはまちがってはいませんよ。うむ、そう、詳細は必要です、あなたのいうとおり」

「……」

「いいや、わたしの考えは変わりません。ぜひ、なおいっそう、リージェント・ゲートとユーストンの近辺と、トッテナム・コート・ロードや、オックスフォード・ストリート付近のレストランを調査させてみてください」

「……」

「そうです、男と女の二人連れだ。ああ、それから真夜中ごろのストランド近辺もです。はあ？《コマン》」

「……」

「うむ、マーシュ大尉がドーシマー夫妻たちと一緒だったことは知っていますよ。しかし世の中にはマーシュ大尉以外にだって人はいるのですから」

「……」

「なに、わたしが豚頭だとは怪しからんことをいうね。ともかく、《トウ・ド・メーム》どうかこれだけはお願いする」

「……」

ポアロは受話器を置いた。

「どうでした？」私は性急に訊いた。

「ふうむ。弱りました。ヘイスティングズ、あの小箱はパリで買ったものでした。注文は手紙で来た。注文を受けたのはこの種のものを専門に扱っているパリの有名な店でした。手紙の主はおそらくアカーリイ卿夫人だという。手紙にはコンスタンス・アカーリイと署名してあった。いうまでもなく偽名です。手紙は殺人の行なわれる二日前に届きました。注文には、たぶん贈り主の人間の頭文字と思われる文字をルビーで象嵌し、内蓋には処方を刻むようにとあった。恐ろしい急ぎの注文でした——翌日までにこしらえるようにといってきたのです。すなわち、殺人の一日前です」

「で、受け取りには来たのですか？」

「来ました。受け取って、金も払いました」

「誰だったんですそれは？」私は興奮にゾクゾクして詰め寄った。真犯人に近づいたことを私は感じた。

「ある女が受け取りにきたのです、ヘイスティングズ」

「女？」私は驚いて叫んだ。

「そうです《メ・ウイ》。女です。中年の、小柄な女で、鼻眼鏡をかけていたという」

われわれは顔を見合わせた。まったく、困惑しきった表情を、われわれはお互いのうちに読んだ。

25　昼食会

クラリッジ・ホテルで催されたウィドバーン家の昼食会に出席したのは、その翌日のことであったと思う。私もポアロも、格別行きたくはなかったのだが、実際の話、これは彼らから受けた六度目の招待であった。ウィドバーン夫人はたいへん有名人が好きでおまけに決して諦めない女であった。何度もの拒絶にもめげず、最後には、どうしても降服しなければならないような日を選んできたのである。かくなる上は、おとなしく行って早くすますにしくはない、と思い定めたのだった。

パリからのニュース以来、ポアロはひどく無口であった。私が事件の問題に触れると、彼の答えはいつも決まってこうだった。

「どうもわたしの納得のいかないことがあるのですよ」そして、一、二度はこう呟くようにつけ加えた。

「鼻眼鏡、と——パリの鼻眼鏡、と——カーロッタ・アダムズのバッグにあった鼻眼鏡、と——」

こういったふうだったから、私としては、この昼食会が、手頃な気晴らしにもなるだろうと、内心喜んでいた。

ドナルド・ロスもいて、さっそくやってくると、快活に挨拶した。席には女より男のほうがだいぶ多かった。テーブルにつくと彼は私のすぐ隣りの席だった。

われわれのちょうど真向かいにはジェーン・ウィルキンスンが座り、彼女の隣り、彼女と、ウィドバーン夫人にはさまれて、マートン公爵が座っていた。

これは私の単なる想像にすぎなかったかもしれない——だが私は、彼が、どことなく居心地悪そうにしている様子に気がついた。おそらく、今日来てみて、同席の人々が彼の好みに合わなかったのだろう、と私は思った。彼は徹底した保守派で、若いに似ず反動的な——なにかのまちがいで中世紀の社会から飛びだしてきたのではないかとも思われるような、古風な性質の青年だった。こうした彼の、逆に極端なまでに現代風なジェーン・ウィルキンスンへの惑溺は、ひどくチグハグで、時代錯誤的なものに見えた——いわば、自然のいたずらの好例とでもいうものであったろうか。

ジェーンの美しさを見、なんのヘンテツもない陳腐な文句にさえ不思議な魅力をこめる彼女の絶妙にしてハスキーな声音を聞けば、彼の傾倒ぶりもまた故なしとしない。が、美人も、心をとろかす声音も、なれればやがてそれほどには感じなくなる。いや、いまがいまでも、ちょっと常識の光を当てて見るならば、少なくともその、心をとろかす声音の正体はたちまち暴露するはずだ——私はそう思った。そう思っている折も折、私の想像を裏書きするかのようなヘマを、その席上でジェーンがやってのけたのである。

誰だったかは覚えがないが、客の一人が〝パリスの審判〟（パリスはホーマーの詩劇に現われるギリシャの王子。ある日女神や美女を集めて最高の美を審判しようとした。よく画題に選ばれ名画も多い。ここではジェーンがJudgement of Parisを流行の先端をきるパリの傾向ととり違えたのである）という言葉を口にしたときだった。とたんにジェーンのはしゃいだ声があがった。

「パリですって？　まあ、パリなんかもうなんの役にも立ちませんわ。現在はなんといってもロンドンとニューヨークが舞台ですわ！」

よくあることだが、それは折悪しく会話の流れが、ハタと風の落ちたように凪《な》いだ瞬間だった。気まずい一瞬だった。私の右隣りで、ドナルド・ロスが、ハッと息をのむのが耳にとまった。いきなり、ウィドバーン夫人が猛烈な勢いでロシアのオペラの話をしゃべりはじめた。誰もが、いっせいに、誰かを相手にせきこんでしゃべりだした。そのなかで、ひとりご当人のジェーンのみは、自分のかいた赤恥にはまったく気づかずに、テーブルのあいだを、すまし返って見渡していた。

私は公爵の様子に気がついた。青年公爵の唇はキッと噛みしめられ、顔が赤らんだ。

私の眼には、彼が、そっとジェーンの身体から身をひいたようにさえ見えた。彼のような地位にある人間が、こんなジェーン・ウィルキンスンと結婚することは、やがて何か恐ろしく気まずい出来事にぶつかるのではないか、という懸念が、いやでも彼の胸中に起こったにちがいない。

これまたよくやることだが、私もついつりこまれて、えらい失敗をした。私は、左隣りにいた、児童演劇に関係している体軀堂々たる貴婦人に、頭に浮かんできたあり合わせのことをしゃべった。私は確かこんなふうにいった——「あのテーブルの向こう端に座っている紫のドレスのおそろしい恰好の女性は誰ですか?」ところがなんと、それは彼女の姉だったのだ! 恐縮して、弁解の言葉をモゴモゴいうと私は右隣りのロスに照れかくしのおしゃべりをしかけたが、ロスは〝ええ〟とか〝いいえ〟とか気の抜けた返事をするばかりだった。

両隣りに素気なくされて、私はそのとき初めてブライアン・マーティンの存在に気がついた。遅れてきたのだろう、さっきまでは姿を見せなかったのだ。

彼は私の側のやや離れた下手で、いま前に身を傾けて、かわいらしいブロンド美人といかにも楽しげに何かしゃべっていた。

彼を近くで見かけたのはだいぶ久し振りだった。彼を一目見たとき、私はすぐに、彼の容貌の顕著な変わり方に驚いた。やつれたような表情はすでにほとんど跡もない。前よりうんと若く見えるし、ともかく全体が彼らしくなっていた。ブロンド美人と差し向かいで、絶えず笑ったり冗談を飛ばしたり、いかにも最良のコンディションといったところである。

私はそれ以上、彼に注意を払っている暇がなかった。というのは、そのとき、隣りの女丈夫夫人がようやくご機嫌をなおして、私に、いま彼女が慈善事業のために組織している児童演劇のすばらしさを、エンエンと説き聞かせはじめたからだ。

ポアロは約束があるために先に帰らねばならなかった。彼はその頃、ある外国大使の不思議な長靴紛失事件の解決を依頼されていて二時半に人と会う約束があったのだ。彼は私にウィドバーン夫人によろしくと伝えてくれるよう頼んで帰った。帰る時刻になって、私は約束を果たそうと夫人の身体のあくのを待っていた。必ずしもやさしいことではなかったのだ――なぜなら、そのとき、夫人は別れを告げに、群がって、大仰なセリフを並べていく友人たちにぎっしり囲まれていたからだ――そのとき、肩に手を置いた者がある。

ドナルド・ロスが立っていた。

「ムッシュー・ポアロはどこですか。ぼくはちょっと彼に話したいことがあるんだけど」

私はポアロが先に帰ったことを説明した。するとロスはひどく驚いたような様子をした。しかもよく見ると、ロスは何かひどく思い悩んでいるらしい。顔色は青く、無理に平静をよそおっているようで、眼には、漠として奇妙な表情が浮かんでいた。

「何か特別に彼に話したいことがあるのですか？」

彼はのろのろと答えた。

「それがその——ぼくにもわからないんで」

あまり奇妙な答えなのに、私は驚いて相手の顔を見つめた。彼は顔を赤らめた。

「変に聞こえるでしょうね。じつは妙なことが起こったのです。妙な——ぼくにはなんとも判断のつきかねることが、で——ぼくは、そのことについて、ムッシュー・ポアロの忠告が欲しいんです——ぼくにはどうしていいのかわからないから。こんなことで彼を煩わしたくはないのです、しかし——」

彼が、あまりに惨めに思い惑って見えるので、私は慌てて相手を安心させようとした。

「ポアロは人に会う約束があって行ったのですが、しかし五時には帰ってくるはずです。その頃電話をかけちゃどうです、でなけりゃ、会いにいらしたら？」

「ええ、ありがとう――そうしたほうがいいですね――五時ですか？」

「まず電話したほうがいいですよ、来る前に、確かめてからのほうが」

「わかりました、そうしよう。ありがとう、ヘイスティングズ大尉。おわかりでしょうが、これは、ことによると――実際ことによるとだが――たいへんなことになるかもしれないのですよ」

私は頷いて、それきりウィドバーン夫人のほうにかかりきった。夫人はまだ甘ったるい言葉ときざっぽいしぐさの握手をふりまくのに夢中だった。それでもようやく義務を果たして、ヒョイと振り返ったとたん、今度は女の手が、私の腕にするりと絡みついてきた。

「見落とさないでちょうだいな」と明るい声がした。

ジェニー・ドライヴァーだった。すばらしくシックに見えた。

「やあ、どこから降ってわいたんです？」

「お隣りのテーブルにずっといたのよ」

「それは気がつかなかった。ご商売のほうはいかがです？」

「大繁昌よ、おかげさまで」

「スープ皿が売れてるってわけですな」

「スープ皿なんて、失礼なことというわね。でも、そのスープ皿がね、すごく調子がいいのよ。猫も杓子もあれをかぶらないと気がすまないらしいわ、だから、ときにはおかしな仕事もしなくちゃならないのよ。羽根をくっつけた砲台みたいなのをぺちゃんと額の真ん中にかぶるのもあるわ」

「恥ずかしくないんですかね」

「とんでもない。ふふ、そのうちに駝鳥の救援に赴かなきゃならなくなるわよ、駝鳥はみんな失業状態だからね」

彼女は笑って行きかけた。

「じゃさよなら。午後は田舎に出かけて息抜きをしようと思うの。ドライヴでもして」

「それも悪くありませんな。まったく、今日このごろのロンドンときた日にゃ息がつまりそうですからね」

さて私のほうはのんびりと公園を抜けて歩いた。四時頃、家に帰り着いてみると、ポアロはまだ戻っていなかった。彼が帰ってきたのは五時二十分ほど前だったろうか。彼は眼をピカピカと光らせて、見るからに上機嫌だった。

「さてはホームズ探偵、大使の長靴を嗅ぎだしましたね」

「コカイン密輸事件ですよ。たいへん巧妙な手口の。いま一時間ばかりはある美容院にいたのですが、そこにあなたが見たらいっぺんにあなたのその感じやすい魂を奪われそうなとび色の髪の娘がいましたよ」

ポアロはいつも私がとくにとび色の髪の女に対して感じやすいと考えているとみえる。私は論争するのを諦めた。

電話が鳴った。

「ああ、きっとドナルド・ロスですよ」私は電話器に近寄りながらいった。

「ドナルド・ロス？」

「うん。チズィックで会ったあの若い男です。なにか、あなたに話したいことがあるといっていました」私は受話器を取った。「もしもし、こちらはヘイスティングズ大尉です」

相手はやはりロスだった。

「ああ、ヘイスティングズ？　ムッシュー・ポアロは帰ってこられましたか？」

「ええ、いまここにいます。彼と話しますか、それともいらっしゃいますか？」

「大したことじゃないんですから、電話でお話ししますよ」

「そうですか。ちょっと待ってください」

ポアロがかわって受話器を取った。私はすぐ近くにいたので、かすかながら、ロスの声を聞くことができた。

「ムッシュー・ポアロですか？」声は熱っぽく興奮してひびいた。

「はい、わたしですが」

「じつはですね、ぼくも、こんなことであなたを煩わしたくはないのです、でも、どう考えてもぼくに解せないことがあるものですからね。というのは、エッジウェア卿の事件に関係したことなのです」

ポアロの表情がさっと緊張するのが、私の眼にもはっきり映った。

「おつづけなさい、それで？」

「こんな話は、あなたにはばかばかしいと思われるかもしれませんが――」

「いや、いや、とにかくお話しなさい」

「パリなんです、ぼくにふと気づかせたのは――」そこまでいったとき、遠くで鳴らしいベルの音が非常にかすかに聞こえた。

「ちょっと待ってください」ロスはいった。

受話器の置かれる物音がした。ポアロは、いらだたしげに足を組み替えた。

われわれは待った。ポアロは受話器を耳に、私はその彼のそばに立って。

そうだ――われわれは待ったのだ。

二分たち、三分たった。四分たち、五分たった。

ポアロはまた脚を組み直した。時計にチラと目をやった。

それから、フックを上げ下げして交換台を呼び出した。話し終わると私を振り向いた。

「まだ向こうの受話器ははずされたままで、何の応答もないそうです。いくら呼んでも出ないのです。早く、ヘイスティングズ！ 急いでロスの住所を電話帳であたってみてください。すぐ行ってみなきゃならない」

26 パリ？

数分後われわれはタクシーに飛び乗った。

ポアロの表情はおそろしく暗い。

「心配です――ヘイスティングズ。心配ですよ」

「まさか――」私はいいかけてやめた。

「犯人はすでに二回凶手をふるいました。われわれはそれを阻止できなかった。必要とあれば、犯人は躊躇なく第三の犠牲者をほふる。鼠のようなすばやさで、わが身を守るために襲いかかるのです。ロスが危険だとなれば、たちどころにロスを抹殺するのです」

「どんな重大なことをいおうとしたのだろう？」私は訝しくてたまらずにいった。「そんなにも考えていなかったようだが」

「それでは彼はまちがっていたのです。明らかに、彼のいおうとしたことは予想外に重大なことだったのです」

「そんなことがどうしてわかるんですか？」

「彼はあなたに話したのですね——あそこで、クラリッジで。大勢の人のなかで。ばかだ、なんというばかだ。ああ、どうしてあなたは彼を連れてこなかったのです——護ってやらなかったのです——せめてわたしが彼の話を聞くまで、誰も彼のそばに寄せつけてはいけなかったのです」

「ぼくは知らなかった——夢にも思わなかったんだ」私は口ごもった。

ポアロはすぐさまわれに返った。

「ああ、いや、悪かった。あなたのせいじゃありません。あなたが知っている訳はなかった。わたしは——わたしはわかっていたはずだった。犯人は虎のように狡猾で残酷な人間なのです、ヘイスティングズ。さあ、いつになったら着くんです？」

やがて車はロスの住居に着いた。ロスの住居は、ケンジントンの住宅街にある、大きな家の二階の一郭にあった。入口のベルのわきに部屋を示す名刺がはさんである。階下のホールのドアはあけっぱなしになっていて、内部には、大きな階段が二階につづいている。

「わけなく入れる。誰にも見られずに」ポアロが、階段をはね上がりながら呟いた。

二階はアパート式に仕切られて、エール錠のついた幅の狭いドアがある。ドアの真ん中に、ロスの名刺が鋲でとめられていた。

われわれはちょっと足を止めた。死んだような静寂が周囲を取り巻いていた。私はドアをそっと押してみた――すると、驚いたことに、ドアは音もなくあいた。

われわれは中に入った。

そこは狭いホールになっていて、正面と横にドアが二つ、いずれもあいている。正面、開いたドアの隙間から見える部屋は明らかに居間である。

居間へ入ってみた。大きな客間を二つに仕切った部屋である。質素だが、居心地よく整えられている。が、空《から》だった。誰もいない――電話器のそばに、受話器がはずされたままになっていた。

ポアロは、すばやく部屋の中ほどまで進み出てぐるりと周囲を見まわし、頭を振った。

「ここじゃない。来たまえ、ヘイスティングズ」

われわれはとって返してホールへ戻り、もう一方のドアを通った。小さな食堂になっている――そして、テーブルの一方に、椅子から横倒しにのけぞって、のたうちまわった恰好のまま、ロスが倒れていた。

ポアロはロスの上にかがみこんだが、すぐ立ち上がった。ポアロの顔は蒼白だった。

「死んでいる。頭蓋のつけねを刺されている」

この日の午後の出来事は、事件後も長いあいだ、私の心から夢魔のように離れなかった。彼の死が、私の責任だという観念が、容易に私を落ち着かせてくれなかったのだ。その日、ずっと遅くなってから、ポアロと二人きりになったとき、私は、自責の念にたえられず、彼に口ごもりながらの弁解をした。ポアロはすばやく引き取った。

「いやいや、あなたのせいではありませんよ。あなたにわかるはずはなかったのですから。だいいち、神はあなたに、なんでも疑ってかかるような性格をお授けにならなかったのです」

「あなたはあんなことになると予想していたのですか?」

「そうではない。あなたも知っているように、わたしはずっと殺人犯を追いかけまわしてきた。だからわたしには、殺人犯人の人を殺す衝動というものが、次第に——最後にはじつに些細な理由からでも起こるほど強くなるということがわかっていたのですよ」

彼は口を閉じた。

ロスの無惨な死体を発見してからのポアロは、平静そのものだった。あれから、警察が到着して、家のなかのほかの住人の尋問が始まり、殺人事件につきものの決まりきった百ものこまかな手順が踏まれた——その間、ポアロはただ一人、なにやら遠いところでも見るような、瞑想的な眼つきで、不気味なほどの、ポッネンとした平静を保ちつづけていた。いま、話しかけて急に口を閉ざしたポアロの顔に、あの心が遠くをさまよっているような瞑想的な表情が戻ってきた。

「悲しみに時を費やしている場合ではありませんよ、ヘイスティングズ」ポアロは静かにいった。「〝生きていてくれたら〟などといっている暇はない。彼は死んだのです。彼はなにかをわれわれに話そうとした。それが、非常に重大な何事かであったことは疑いありません。でなければ、彼は殺されることはなかったでしょうからね。彼がふたたび口を開かぬ以上、われわれは推理に頼るほかありません。考えてみなきゃならない——ただひとつ、推理を導いてくれる手がかりをもとにして」

「パリだ」私はいった。

「うむ。そう、パリです」彼は立ち上がると部屋のなかを行ったり来たりしはじめた。「この事件ではしばしばパリが現われてきます。が、運悪く、そのあいだにはなんの関連もないように見えます。金の小箱の内蓋に彫刻されていたパリ。去年、十一月のパリ——当時ミス・アダムズはパリにいた——おそらく、ロスもそこにいたのです。そこに誰かロスの知っている人間がいたのではないでしょうか——その誰かが、なにか普通ではない状況で、ミス・アダムズと一緒にいたところを、ロスが見たのではないでしょうか？」

「いまとなっては知るすべもない」

「いや、ある。必ずわかります。いまにわかる。人間の頭脳《あたま》は、計り知れないものがあるのですよ、ヘイスティングズ。この事件に関連してほかにもパリの出てきたことがありましたね？　そうです、鼻眼鏡をかけた小柄の女がいる。女はパリの宝石店であの小箱を受け取ったのです。ロスの知っていたのはその女じゃないでしょうか？　まって、殺人の行なわれた頃、マートン公爵がパリにいました。なにもかもパリです。パリ！　エッジウェア卿はパリに行く前日に殺されている――ああ、おそらく、パリに何かがあるのです――犯人は、彼がパリに行くのを阻止するために彼を殺したのか？」

ポアロは額に八の字を寄せて椅子に腰をおろした。私にまで、彼の、すさまじい精神集中の努力が、電波のように押し寄せてくるのがわかるようだった。

「昼食会でなにがあったのだ？」ポアロは独り言めいて、「何気ない、なにかの言葉か文句が、それまでは、知ってはいてもべつだん意味のあることとは思っていなかった何かの重大さを、突然ロスに気づかせたのだ。フランスの話でもしていたのですか？　パリの話がでていたのですか？　うむ、あなたのテーブルの付近でです」

「パリという言葉は出ました。しかしそんな問題とは関係なくですよ」

私はジェーン・ウィルキンスンの醜態ぶりを話した。

「おそらくそれですね」ポアロは考え深く、「パリというだけでたくさんだったのです――それが、なにかほかのことを連想させたのです。が、ほかのこととはなんでしょう？　あなた、ロスはどこを向いていました？　でなければ、パリと誰かがいったときまで、彼はなんの話をしていました？」

「スコットランド人の迷信という話でしたな」

「で彼の眼はどこを向いていました？」

「さあ――。おそらく、ウィドバーン夫人の座っていたテーブルの上座のほうを見ていたのではないですか」

「ウィドバーン夫人の隣りは？」

「マートン公爵。次がジェーン・ウィルキンスン。次は――ぼくの知らない人間でした」

「公爵閣下ですか。うむ、パリという言葉が発せられたとき、彼が公爵を見ていたということはあり得ますね。いいですか、公爵はパリにいたのです――あるいは、パリにいたと思われていたのです――あの凶行のときに。もしかりに、マートン公爵が、その日パリにはいなかったという事実を示すなにごとかを、ロスが思いだしたとすれば――」

「おいおい、ポアロ！」

「ふむ、あなたにはこれがばかばかしいことに見えるのでしょう。誰でもそう思います。しかし彼に殺人の動機がなかったか？ いや、ありました、しかも強力な動機が。とは思いながら、彼が殺人を犯したかという疑問には、はなからばかばかしいと背を向ける。彼は富裕であり、おしもおされぬ地位があり、その上あの有名な、厳格一方の性格です。誰も、彼のアリバイを注意深く調査してみようとはしない。しかも大きなホテルのなかではアリバイを偽造することは比較的困難ではないのです。午後の便で行く――というか戻る――ことも可能です。ヘイスティングズ、思いだしてください、そのパリという言葉が出たとき、ロスは何かいわなかったのですか？ なにも目立つようなそぶりはありませんでしたか？」

「そういえば、ひどくハッとしたようでした」

「それで、あとからあなたに話したときの様子は？ こう、困ったような、迷ったようなふうでしたか？」

「そっくりそのままですね」

「まさしく《プレシゼマン》そう。ある考えが彼の胸に浮かんだのです。彼はそれを途方もないことだと思った。くだらないと思った。だから、口に出そうか、出すまいかと思い惑ったのです。そして、わたしに話そうと決心した。が、悲しいかな！　彼が話す決心をしたときは、すでにわたしの帰ったあとでした！」

「せめて、もうひと言でも、ぼくにいっておいてくれたらなあ」私は嘆いた。

「そうです。もしせめて——そのときあなたのそばにいたのは誰々でした？」

「そうですねえ、多かれ少なかれ、皆いましたよ。ちょうど皆がウィドバーン夫人に別れの挨拶をしていたときだものね。とくに誰とは気がつかなかったな」

ポアロはまた立ち上がった。

「わたしはまちがっていたのか？」彼はもう一度床の上を行ったり来たりしはじめながら、うめくようにいった。「始めからまるきりまちがっていたのだろうか？」

私はポアロを同情の眼で見やった。厳密にどんな考えが彼の頭脳をよぎっていったのか、私にはわからない。ジャップは彼を〝牡蠣みたいに強情〟だと呼ぶが、それはまさに当を得た表現だったのだ。その瞬間のポアロは、その自らの強情と、必死に格闘していたのだ。

「とにかく、今度の殺人だけはロナルド・マーシュに嫌疑がかからずにすむわけだ」

「彼に有利な点です」わが友はぼんやり答えた。「しかし、現在そんなことは問題ではありません」

前と同じく、突然彼は椅子にかけた。

「わたしがまるきりまちがっていたはずはないのです、ヘイスティングズ。いいですか、わたしが五つの疑問を提示してみせたのを覚えていますね？」

「ああ、そういえばそんなことがありましたね」

「次のごとくでした。まずなぜに、エッジウェア卿は離婚問題の件について考えをひるがえしたか？　彼が妻に書いたといい、妻が受け取らなかったといっている手紙の件はどう解釈すればよいのか？　あの日、われわれが家を辞そうとした際、彼の示した憤怒の表情はなんだったのか？　ミス・カーロッタ・アダムズのハンドバッグに入っていた鼻眼鏡は何のためか？　何ゆえ、何者かが、チズィックにあったエッジウェア卿夫人に電話し、夫人の所在を確かめるやいなや切ったのか？」

「ああ、そうだった、思いだしましたよ」

「ヘイスティングズ、わたしは終始ある考えを頭のなかに持ってきました。すなわち、その男――黒幕の男の正体についてです。疑問のうち三つまでにわたしは答えを見つけました、そしてそのいずれもがわたしの考えに合致していました。だが、他の二つの疑問が、どうしても解けないのです。

これは何を意味するか。いうまでもなく、わたしのこの男についての考え方が根本的にまちがっているか——絶対にそんなわけはないのだが——でなければ、わたしの解き得ないその二つの謎に、わたしにとって意想外の答えがつねに存在していたのか、このいずれかです。どっちでしょう、ヘイスティングズ？　ああ、本当にどっちなのだろう？」

それから立ち上がって自分の机に行くと、鍵をあけて、アメリカから彼に送られてきた例のルシー・アダムズの手紙を取り出した。それはポアロがジャップに頼んで、一、二日の間、貸してもらうことにしたのだった。ポアロは手紙をテーブルの自分の前に置くと、傍目もふらず読み耽りはじめた。

数分間が流れた。私はあくびを洩らした。所在なさに本を取り上げた。私には、ポアロがいくら熱心にあの手紙を読み返してみたところで、大した成果を挙げられるとはとうてい思えなかった。もう、手紙は幾十度ひっくり返し読んだかわからないくらいだ。かりに、後半の〝彼〟すなわちカーロッタをそそのかしたものがロナルド・マーシュでないということを認めるにしても、さてそれでは彼以外の誰だということを示す何ものもないではないか。

私は本のページを繰った……

いつかしら、私は居睡りを始めていたらしい。

突然ポアロが低い叫びをあげた。私は驚いて座り直した。彼が私を、なんともいい表わせない形相で見つめていた。その眼が、緑色にキラキラ輝いている。

「ヘイスティングズ、ヘイスティングズ」

「ああ、なんですか？」

「わたしがこういったのを覚えているでしょう。もし犯人がこのことを計算していたら、このページを裂かないで鋏かなにかで切っていたろう、といったのを」

「ええ？」

「それがまちがっていました。この事件は、じつに几帳面に、秩序立てて考えてあったのです。このページは裂かなければならなかったのですよ。いいですか、切ってはならなかったのです。あなたも見てごらんなさい」

私は手に取って見た。

「ほら、わかったでしょう？」

私は首を横に振った。

「彼が急いでたということですか？」

「急いでいようといなかろうと、同じことです。わからないのですか？　このページを裂かなくちゃならなかったわけが」

　私はまた頭を振った。

　低い低い声でポアロは呟いた。

「わたしはばかだった――先が読めなかった――が、今度こそはつきとめてやるぞ！」

27 鼻眼鏡

ものの一分もすると彼の気分は一変した。ポアロはすっくと立ち上がった。私も同じく立ち上がった――何が何やら、さっぱり判らないながら、勇み立って。

「タクシーを拾いましょう。まだ九時です――人を訪ねてもそう遅くはないでしょう」

私はポアロの後を追って階段を駆け降りた。

「誰の家ですか？」

「リージェント・ゲートです」

ともかくおとなしくしているのがいちばん賢明な方策だと私は判断した。ポアロは質問を受けるような気分にない。ただ彼が、非常に興奮していることだけは私にもはっきりわかった。タクシーに肩を並べて腰かけながら、彼の指が膝の上をせわしなく叩いている。いつものもの静かなポアロらしくもない様子である。

私は、胸のうちでカーロッタ・アダムズの手紙の一語一語を繰り返し思いだしてみた。

もうほとんど空で覚えていた。それから、裂かれたページについてポアロのいった言葉を表から裏から考えてみた。が、だめだった。少なくとも私の考えるかぎりでは、ポアロの言葉はまるで意味をなしていない。あのページは切るのではなく裂かれなくちゃならなかったとはなんのことだ？　わからない。どうしてもわからない。

リージェント・ゲートに着いた。ドアをあけてくれたのは新しく入った執事だった。ポアロはミス・キャロルにお目にかかりたいといった。執事のあとに従って階段をのぼりながら、私は、もうこれで五十回目かもしれない疑問をまた感じた。いったいあのギリシャ神のような美男はどこに行ってしまったのだろう？　警察に関するかぎり、ついに彼を探しだすことは完全に失敗したようだ。私はふいにブルブルと震えた――そうだ――ことによると、彼も死んでしまったのではなかろうか？

相変わらずてきぱきと落ち着いた、正気の見本のようなミス・キャロルの姿を見ると、私の幻想的な考えもたちまち退散した。彼女はポアロをみつけると明らかな驚きの色を見せた。

「あなたがまだここにいらっしゃるとは、大いなる喜びですな、マドモアゼル」ポアロは彼女の手の上に一礼する。「わたしはもうとっくにこの邸《やしき》を出られたものとばかり思っておりました」

「ジェラルディンが、なんといってもわたしの出ていくのを聴き入れないのですよ。どうしてもいてくれといって。でわたしも、こんな折ですし、あの娘《こ》には誰か面倒を見てやるものが要《い》ると思いましてね。べつに特別のものは要らないにしても、あの娘《こ》にはうるさい世間から隔てる緩衝機の役目をする者が要りますわ。自分からこう申してはなんですけれども、わたしは有能な緩衝機になる自信がありますからね、ムッシュー・ポアロ」

口もとに厳しい線が出た。新聞記者や世間の物好きたちを相手にしたら、さぞぶっきらぼうな応対をするのだろうと思わせる。

「ミス・キャロル、わたしには、あなたはいつも有能さの見本のように見えますよ。わたしはつねに有能さを讃美する。真の有能さはきわめて稀です。そういえばマドモアゼル・マーシュも実用的な精神には欠けているようですな」

「あの娘《こ》は夢想家なんですわ。実際面のことはゼロ。昔からそうでした。働いて食べる必要のないのは幸運でしたわ」

「うむ、まったくですな」

「でも、ムッシュー・ポアロ、あなたこんな、人が実用的か実用的じゃないかなどという話をしにわざわざお出になったのじゃございませんでしょう？ なんのご用ですの？」

ポアロは、こんなふうに相手から話の要点を思いださせられるのは好きではないはずだ。私は思った。彼は妙に遠まわしだった。だが、ミス・キャロルを相手に遠まわしないい方はまずい。案の定彼女は、度の強い眼鏡の向こうから、うさんくさげな視線を彼に注いで眼をしばたたいた。

「ぜひはっきり知りたい二、三の点がありましてな、ミス・キャロル、あなたの記憶力のよいところで、お聞きしたいと思いましたのでね」

「記憶力が悪ければ秘書としての役には立ちませんわ」ミス・キャロルはしごく無愛想である。

「昨年十一月エッジウェア卿はパリにおいででしたな？」

「ええ」

「その正確な日付けはわかりますか？」

「調べてみなければ」

ミス・キャロルは机のところに行き、ひきだしをあけると、小型のスクラップ・ブックを取りだし、しばらくページを繰っていたが、やがていった。

「エッジウェア卿は十一月三日にパリへ発たれ、七日に帰られています。それからまた同月二十日にパリへ行き、十二月四日に戻っていらっしゃいました。ほかになにか？」

「さよう。パリ行きの目的はなんでしたか？」

「最初の場合は、卿の買いたいと思われた彫刻を見にいかれたのです。あとで、その競売があるはずでした。二度目の渡仏には、わたしの存じ上げたかぎりでは、とくにこれという目的はないようでした」

「そのどちらかの機会に、マドモアゼル・マーシュは父上のお供をされませんでしたか？」

「あの娘《こ》は、どんな場合にでも父親についていくことはありません。エッジウェア卿のほうでも、そんなことは夢にも考えたことはないでしょう。その当時、あの娘《こ》はパリにある学校におりましたが、卿が娘に会いにいったり、まして彼女を連れて歩いたりしたとはわたしには考えられません――少なくとも、もし彼がそうしたのでしたら、わたしにとってはたいへんな驚きですわ」

「あなたご自身は一緒に行かれたことはない？」

「はい」

彼女はポアロを妙な眼つきで見返したかと思うと、突然、「なぜそんなことをお訊きになるのです、ムッシュー・ポアロ。何がお知りになりたいのです？」

ポアロはその質問には答えず、代わりにいった。

「ミス・マーシュはいとこさんをたいへん好いておられますな？」

「まあ。本当にそんなことがなんの関係があるのか、わたしにはさっぱりわからないわ」

「彼女は先日わたしを訪ねて来られたのだが、ご存じでしたか？」

「いいえ、初耳ですわ」彼女はひどく驚いた様子であった。「で、あの娘《こ》は何をいったのです？」

「そのとき——もっともこういう言葉ではなかったけれども——いとこさんを好きだとおっしゃった」

「そうですか。それではなぜわたしにお尋ねになるのですか？」

「あなたのご意見をうかがいたいのです」

今度はミス・キャロルも答える決心をしたらしい。

「とても好いているようですわ——好きすぎるほどね、わたしの意見では。昔からそうでしたわ」

「あなたは現エッジウェア卿をお好きではないのですか？」

「さあ。そんなことは申しませんわ。わたしは彼の役に立たない、それだけの話です。

彼はまじめになれない人ですわ。それは、彼はたいへんおもしろい方です、彼と話をしていると煙にまかれてしまいますわ、でもね。わたしとしては、ジェラルディンには、もう少し骨のある人に興味を持ってもらいたいと思いますわね」

「たとえばマートン公爵のような人ですかな」

「公爵はわたし、存じ上げません。でもとにかく、ご自分の地位の責任はまじめに取る方のようですね。けれども、あの方はあの——とてつもない女——ジェーン・ウィルキンスンのあとを追いかけていますわ」

「公爵のお母様は——」

「ああ、お母様ねえ！　お母様なら、ジェラルディンと息子さんとの結婚をお望みになりますわ。でも、お母様に何ができます？　息子というものは、決して、母の望むような娘たちとは結婚したがらないものですわ」

「いとこさんはミス・マーシュを好きだと思われますかな？」

「好きであろうとなかろうと、どうしようもないではありませんか——あんなことになっていたのでは」

「彼が処刑されると思うのですか？」

「いいえ、そうは思いません。彼がしたこととは、わたし、思いませんもの」

「しかし、それでも有罪の判決があるかもしれませんよ」

ミス・キャロルは答えない。

「おひきとめしてご迷惑でしたな」ポアロは立ち上がりかけて、「ところで、あなたはカーロッタ・アダムズをご存じでしたか?」

「お芝居で見ましたわ。とても頭脳《あたま》のいい人ですね」

「そうです。頭脳《あたま》のいい人だった」ポアロは考えに耽る様子であった。「ああ、わたしは手袋を忘れるところだった」

テーブルの上に置いた手袋を取ろうと身を乗りだしたはずみに、ポアロのカフスがミス・キャロルの鼻眼鏡の鎖に引っかかって眼鏡ごとはらい落としてしまった。ポアロは失敗を挽回しようと、急いで落とした手袋と眼鏡を拾い上げ、支離滅裂な詫びをしゃべりだした。

「これはどうも、もう一度、お邪魔のお詫びを申し上げます。しかし、わたしはどうも、昨年エッジウェア卿が誰かとのあいだでもめたという話のなかに、手がかりをつかめそうな気がするものですから。それであなたにもパリのことをお訊きしたような次第で。もちろん、淡い希望ではありますが。それにしてもマドモアゼル・マーシュは、罪を犯したのがいとこさんではないと、はっきり確信しているように思われましたな。じつに

――。それではミス・キャロル、これでおいとまします。どうもいろいろと失礼しましたがお許しください」

われわれがドアに近づこうとすると、後ろからミス・キャロルの声が呼び止めた。

「ムッシュー・ポアロ。これはわたしの眼鏡とちがいますよ、この眼鏡ではわたしは何も見えませんわ」

「なんですと《コマン》?」ポアロは目をむいて彼女を見つめる。と思うと、急に顔中をほころばして笑いだした。

「これはとんだ失礼を。わたしの眼鏡が、さっき手袋とあなたの眼鏡を拾おうと身体をかがめたとき、ポケットから落ちたのです。それで、まちがえてしまったのです。ほら、よく似ているでしょう」

眼鏡を交換すると、お互いに微笑を取り交わして、われわれは帰途に着いた。

「ポアロ」外へ出たとき、私はいった。「あなたは眼鏡なんかかけないじゃないですか」

彼は私にニッと笑ってみせた。

「お見通しですな! 恐れ入りました、あなたの眼のすばやいことには」

「ふむ、あなたのそれはカーロッタ・アダムズのハンドバッグに入っていた鼻眼鏡でしょう」

「まさにしかり」

「なぜ、これがミス・キャロルのだと思ったんですか？」

ポアロは肩をすくめてみせた。

「彼女が、眼鏡に縁のある唯一の人物だったからですよ」

「ところがあれは彼女のではなかった」私は考えこみながらいった。

「彼女はそういいました」

「しようのないかんぐりやですなあ」

「そうではない。ヘイスティングズ、そうではありませんよ。おそらく彼女は本当のことをいったのでしょう、わたしも彼女が嘘をついたとは思いません——でなきゃ、あのみごとな手品に気がついたはずはないですからな。どうです、わたしの腕前はみごとだったでしょう？」

われわれはしばらくのあいだ、気のむくままに町の中を散策していた。タクシーに乗ろうかというとポアロが反対した。

「わたしは考えたいのです。こうして歩いていると、思索の役に立つ」

私はそれ以上いわなかった。良い晩だったから、べつに早く家へ戻りたくもなかった。

「あなたのパリ云々の質問はたんなるカムフラージュだったのですか？」

私は訊いた。

「そうでもありません」

「まだ例のDの頭文字の謎も解けていない。しかし変ですね、この事件に関係のある人間でDのつくのが一人もいないとはね――呼び名にしろ、洗礼名にしろです――ただ――おう、うん、こいつは奇妙だ――ドナルド・ロス、ドナルド・ロスだけが例外なのに、その彼は死んでいるんだ！」

「そうです」ポアロは生真面目な声で相づちをうった。「彼は死んでいる」

私は、われわれとロスと三人が歩いたあの夜のことを思いだした。そしてふと、あることに気がついて、息が止まりそうになった。

「ああ、そうだ！　ポアロ、覚えていますか？」

「何を覚えているかというんです？」

「ロスは、あの晩テーブルについた人数が十三人だったといった。そして彼は最初に席を立ったのだ！」

ポアロは答えなかった。私は不愉快になった。奇妙な事実を、そりゃ迷信だよとあっさり片づけられたときに感ずるような不愉快さだった。

「奇妙だ」私は低い声でいった。「奇妙だという点はあなたも認めるでしょう」

「え？」

「奇妙だといったんですよ——ロスと十三人が。おいポアロ、いったい何を考えてるんです？」

私は飛び上がるほど驚いた、と同時に、じつにいやな気持ちにさせられた——というのは、その瞬間ポアロがいきなり身体をゆすって笑いだしたからだ。彼は腹をかかえて笑っている。おそらく、私のいったことの何かが、よほどおかしかったのだろう。

「何がそんなにおかしいんです！」

「あは、あは、あは」ポアロは喘いだ。「なんでもありません、なんでもないんです。ただ、このあいだ訊いた謎々のことを思いだしたのでね。あなたにも聞かせてあげましょう。脚が二本で、羽根が生えていて、犬みたいに吠えるものはなんでしょう？」

「ヒヨコさ、もちろん」私はうんざりして、「そんなのは子供のときから知ってるよ」

「よく知っていますね、ヘイスティングズ。わたしはあなたが、『知らない』というと思った。するとわたしが、『ヒヨコですよ』という、あなたが、『だってヒヨコは犬みたいに吠えやしないじゃないか』という。『あはあ、ちょっと難しくしてやろうと思ったんだ』こうくると思ってました。ねえヘイスティングズ、手紙のDも、こう説明してみたらどんなものでしょう?」

「そんなバカな!」

「うむ、たいていの人にはね。が、ある種の人間には——ああ、せめてもう少し、質問できる相手がいたら——」

われわれはある大きな映画館の前を通り過ぎるところだった。ちょうど映画が終わったと見え、人波が、どっと入口からはき出されて、様々な話を交わしながら散っていく。自分たちの話やら、使用人の話、男友だち、女友だちの話、なかには、いま見てきた映画の話もあるようだった。

そんな人の群の一団にまじってわれわれはユーストン・ロードの交差点を渡りかけていた。

「すてきだったわ」一人の娘が、溜め息をつきながらいっていた。「ブライアン・マーティンは本当にすばらしいと思うわ。わたしは彼の出る映画はひとつだって見のがしたことはないの。あの崖のところを駆け降りて、新聞に間に合うように飛んでいくところの良さったら」

ボーイフレンドのほうは気乗り薄だった。

「ばかみたいな話じゃないか。もし彼らが、エリスに直接訊いてみるだけの常識がありゃ――そうさ、あんなのは誰だって常識のある人間だったら、決して――」

そのあとは聞き取れなかった。向こう側の歩道にようやく着いて、おやと振り返ると、ポアロが、いまや彼をめがけて突進してくるバスの真ん前に突っ立っていた。本能的に私は両手で眼をおおった。とたんに、すごいブレーキの音がギギイッとして、バスの運転手の景気のよい罵り声が聞こえた。ポアロは、しごく悠然たる態度でこちら側へ歩いてくる、まるで夢遊病者のようだった。

「ポアロ！」私はいった。「気でも狂ったか？」

「いいや、あなた《モナミ》。ただちょっと――あることが頭に浮かんだのでね。ちょうどあの瞬間に」

「なんという瞬間にそんなものを浮かばせるんだ。すんでのことに最後の瞬間になるところだぜ」

「問題じゃない。ああ、ヘイスティングズ！――わたしは間抜けでしたよ、いままで。今度こそ、あの五つの謎の答えは全部見つけました。うむ、じつに簡単なのだ――子供だましみたいに簡単だったのだ」

28 ポアロの質問

われわれは歩いて家に戻ったが、じつに妙な具合だった。

ポアロは、胸のなかで、思索の糸を一心にたぐっている様子であった。ときおり小声でブツブツと何か呟く。私はそのひとつふたつを耳にしたのだが、一度はたしか〝蠟燭〟といった。もう一回はなんでも〝十二人〟といったように思える。もし自分がもう少し頭脳《あたま》が良ければ、これだけでも彼の考えていることの糸口くらいはつかめるはずなんだが、と私は思った。後の話だが、実際それはきわめて明瞭な道すじだったのだ。しかしそのときの私には、それもただの寝言のようにしか聞こえなかった。

家にたどり着くやいなやポアロは電話に飛びついた。サヴォイ・ホテルを呼び出してエッジウェア卿夫人に電話をつなげといっている。

「だめだよ、先生」私はいくらかいたずらっ気も手伝っていった。

ポアロは一面お話にならないほど世事にうといほうだった。

「知らないのかい？　彼女はいま新しい芝居に出ているんだ。今頃は劇場だよ――まだ十時半だからね」

ポアロは私に一顧の注意も払わなかった。彼はホテルの事務員を相手に話している――まちがいなく、相手はいま私がいったとおりのことをポアロに説明しているにちがいなかった。

「ああ、そうですか。それでは、エッジウェア卿夫人のメイドさんに話したいですな」

一、二分後電話がつながった。

「エッジウェア卿夫人のメイドさん？　こちらはポアロです。エルキュール・ポアロです。覚えていますな？」

「……」

「よろしい《エ・ビアン》。さて、話というのはほかでもないのだが、ちょっと重大なことが持ち上がって、それで、ぜひあなたにこちらへ来て会ってもらいたいのですよ。うむ、すぐに」

「……」

「そうです、非常に重要な用件で。いいかな、いま住所を教えるから、まちがいなく聴きとってくださいよ」

彼は二度繰り返して住所を教えた。それから、考えこんだ顔になって受話器をかけた。

「どうしようというんです？」私は訝しくて訊いた。「なにか聞きこんだのですか？」

「いいや、ヘイスティングズ。情報をもたらしてくれるのはあのメイドですよ」

「どんな情報を？」

「ある人間についての情報です」

「ジェーン・ウィルキンスンのですか？」

「ああ！　彼女のことなら、必要なだけの情報は残らず揃っています。わたしはあなたがああいう前から、彼女の出演のことは知っていましたよ」

「それじゃ誰です？」

するとポアロは、彼一流の、あの人を焦らす微笑を浮かべると、まあ待っていろといった。

そして今度は大仰な恰好で部屋のなかの片づけに没頭した。

十分後にメイドが到着した。彼女はなにか不安げで落ち着きがなかった。小柄で、案外すっきりした姿を黒の服に包んでいる。彼女は疑わしげにあたりを見まわした。

ポアロはせかせかと女を迎えに出た。

「やあ、来てくれたね。ご苦労さま。さあおかけなさい、マドモアゼル――エリスといわれたかな？」

「はい、エリスと申します」

女はポアロのすすめた椅子に座った。

両手を、膝の上に組んで、われわれを見較べている。彼女の血の気のない小さな顔はひどく緊張して、薄い唇はきつく結ばれていた。

「さて、まず、エリス。あなたはエッジウェア卿夫人とどのくらい一緒にいますか？」

「三年でございます」

「思ったとおりだ。あなたは夫人のことはよく知っているね」

エリスは答えなかった。非難めいた顔になる。

「いや、わたしのいうのは、あなたなら、彼女の敵らしい人間の見当がつくだろう、ということだよ」

エリスはいっそうきつく唇を噛みしめた。

「たいていの女性が、奥様に意地のわるい態度をとります、はい、女という女全部が彼女の敵といってもよいくらいです。けがらわしい嫉妬ですわ」

「ふうむ。同性が、彼女を嫌うのかね？」

「嫌いますとも、はい、奥様はとてもおきれいでいらっしゃいます。それに、いつでも、欲しいと思うものを手に入れておしまいになります。俳優の世界はもう、それは醜い嫉妬でいっぱいでございますから」

「男にはどうだね？」

エリスのしぼんだような顔に一種のすっぱい微笑が浮かび上がった。

「奥様は紳士方には好きなことがおできになりますわ、本当の話」

「うむ、その点は同感だな」とポアロも微笑して、「しかし、それはまあ認めるとして、なにか事が起こったとなると――」いいかけて言葉をきり、それから、急に語調をあらためて、「あなたは映画スターの、ミスター・ブライアン・マーティンを知ってるね」

「はい、それはもう」

「よく知っているかね？」

「たいへんよく存じ上げております」

「確かこういってもまちがいじゃないと思うのだが――ミスター・ブライアン・マーティンはほんの一年かそこら前ごろ、あなたのご主人ととても深い仲だったのじゃないかね？」

「ちょっとやそっとのことではございません、はあ。それに、申し上げていいかどうかとは思いますが、〝深い仲だった〟のではございません――あの方のほうではいまでも〝深い仲〟のつもりでいらっしゃいますわ」

「あの頃、彼としては彼女が自分と結婚してくれるものと思っていたのだろうね？」

「はい、それはもう」

「彼女のほうはしかし彼と結婚するとまじめに考えたことがあるのかね？」

「考えていらっしゃいました。もし奥様があのころ、エッジウェア卿と離婚できていらしたら、おそらくあの方とご結婚なさっていたろうと思います」

「ふむ。で、それから、マートン公爵のご登場となったわけだな？」

「はい。ちょうど公爵はアメリカの方々を旅行していらっしゃいまして。ひと目で、奥様に恋をなさいました」

「で、ブライアン・マーティンと結婚のチャンスは永遠にお流れとなった」

エリスは頷いた。

「もちろん、ミスター・マーティンも、たいへんなお金持ちでいらっしゃいます。けれども、マートン公爵には、お金と同時に高い地位がございます。奥様は地位ということにとてもご執心です。ですから、公爵と結婚なされば、奥様はこの国のファースト・レディにおなりになれるのですわ」

メイドの声には取りすました気取りの色があった。私はおかしくなった。

「そこで、ミスター・ブライアン・マーティンは——ええと、なんていうのかな英語で

――ふられた、わけだ？　彼は腹を立てたろうね」

「とても――なんですか、恐ろしゅうございました」

「だろうねえ」

「ええ、一度などはピストルを持って奥様を脅迫なさいました。それはたいへんな騒ぎでしたわ――本当にあのときは、わたし、どうしようかと思いました――酒浸りにおなりになって――あれでは滅茶滅茶になってしまうと思いましたわ」

「だが、やがて彼も鎮まった」

「そのようですわね、ねえ。でも、しばらくは奥様のまわりにまとわりついていらして――わたし、あの方の眼の色が嫌でしたわ。わたし、何度も、お気をつけなくてはと申し上げるのですけれど、奥様はいつもお笑いになるばっかりで。奥様という方は、ご自分の魅力をいつも試して、その力を娯しんでいらっしゃりたい人なのですわ――つまり」

「うむ、よくわかる」ポアロが相づちをうつ。

「でもこの頃はとんと姿をお見せになりません。まあ、わたしはよい傾向だと思っております。どうやら、失恋の痛手が癒りかけているのではないでしょうか」

「ふむ、おそらくはね」

ポアロの言葉の調子が、なにか彼女の心を衝くものを持っていたらしい。女は急に心配そうになると訊いた。「奥様の身が危険だとお考えではないでしょうね？」

「いや」ポアロは重苦しくいった。「わたしは彼女が非常な危険にさらされていると思っている。だが、それは自らのまいた種だからね」

そのとき、あてどなく暖炉の上の棚をさまよっていたポアロの手が、バラの花瓶に触れたかと見るまにひっくり返した。水がほとばしって、エリスの頭や顔に滴り落ちた。私は滅多にポアロがこんなそそっかしい失敗を演じたのを見たことがない。おそらく、激しい心理的動揺を感じていたせいなのだろう、と私は思ったものだ。彼はひどく慌てて、タオルを取りに飛んでいくやら、メイドが顔や首すじを拭くのに親切に手をかすやら、弁解の言葉百万だらを並べるやらした。

最後に一枚の紙幣を女の手に無理におしつけると、ポアロは戸口まで見送って、わざわざ来てくれた彼女の労をねぎらった。

「さあ、それでもまだ早いな」ポアロは柱時計にチラと目をやると、「奥様が帰ってくる前に家へ着けるね」

「ええ、そのことなら、大丈夫でございますとも。おそらく奥様は夜食にいらしてますわ。それに、いずれにしろ、何か特別においいつけのないときは、わたしは起きて待っている必要はありません」

突然ポアロは話題を変えた。

「マドモアゼル、失礼だが、あなたは足をひきずっていますね？」

「なんでもございませんのです、はあ、ちょっと足が痛みますので」

「魚《うお》の目《め》だね」ポアロは、同病相憐れむという親密げな声音でいった。まさしく魚《うお》の目《め》だった。それがすんで、ポアロは、彼にいわせれば〝不思議なほどよく効く〟、魚《うお》の目《め》の療法を長々と講釈した。エリスはようやく帰っていった。

私は好奇心でいっぱいだった。

「さあ、ポアロ」私はいった。「それで？」

ポアロは私のくらいつきそうな顔をニンマリと笑ってながめた。

「今晩はこれまでです。明日朝、早く、ジャップに電話をかけましょう。彼にご足労願うのです。それから、ブライアン・マーティンにも電話をかけて呼びだそう――おそらくおもしろい話をきかせてくれるはずです。それに、わたしは彼に借りを返したいのですよ」

「ほんとかい？」

私は横目でポアロを見やった。彼は奇妙なひとり笑いをしていた。

「しかしともかく、彼はエッジウェア卿殺しの犯人ではあり得ません。ことに今夜あの話を聞いた上ではね。それじゃまるで、復讐を企ててジェーンの思う壺にはまるようなものですからね。いま夫を殺しちまって、女をいっそうほかの男と結婚しやすくさせるなんていうのは、いかなる男といえども好まざるところでしょうからな」

「なんと深遠なる判断だ！」

「おいおい、いい加減に皮肉はやめてくださいよ」私は弱りきって降参しながら、「それにいったい、なんだってつまらないことばかりしているんです、今晩は」

ポアロは問題の鼻眼鏡を持ち上げてみせた。

「エリスの眼鏡ですよ、ほら。彼女、忘れていったんだ」

「ばかいっちゃいけない。出ていくときちゃんと鼻の上に載っかっていましたよ」

ポアロは静かに首を振った。

「だめですね、あなたは。まるっきりだめですよ！　彼女のかけていったのはね、わがヘイスティングズ先生、あれはカーロッタ・アダムズのバッグから出てきた眼鏡ですよ」

私はあっと息をのんだ。

29 ポアロは語る

翌朝、ジャップ警部に電話をかけるのは私の役目となった。

彼の声はどちらかというと沈んでいた。

「ああ、あなたですか、ヘイスティングズ大尉。こんどはなんのでものですね？」

私はポアロの言葉を伝えた。

「十一時に来てくれって？ ええ、そりゃ行けますがね。彼は何かロスの事件の手がかりを発見したのですか？ 正直いって、われわれが手を打てたとはいえませんよ。手がかりらしいものがまったくないのです。じつに不思議な事件ですよ」

「何かあるらしいですよ」私は当たらず障らずの返事をした。「なんだか、ばかに楽しそうにしているからね、ともかくも」

「それじゃ、私よりは良さそうだ。よろしい、ヘイスティングズ大尉。十一時までにまいりましょう」

次の仕事はブライアン・マーティンである。彼には、ポアロにいわれたとおりの言葉で話した。そういえばマーティンがよけい聞きたがるから、おもしろいとポアロはいうのだ。いったい何の話でしょうと訊くマーティンには、私はいっさい知らないと答えた。ポアロは私にも打ち明けようとしないのだ。電話の向こうがフッと沈黙した。

「結構です」ブライアンはやがていった。「まいります」

彼は電話を切った。

ポアロが悠然と受話器を取り上げ、ジェニー・ドライヴァーを呼びだして彼女にも出席を求めたときは私も驚いた。

彼は平静で――いくらか重々しくさえある。私は質問するのを断念した。

ブライアン・マーティンが最初だった。彼は健康そうで精神的にも落ち着いてきたようだったが、どこか――私の眼の迷いだったかもしれない、しかし、不安げな、一抹の翳《かげ》があった。ジェニー・ドライヴァーがすぐ後からやってきた。彼女はブライアンを見てびっくりした様子だった。男のほうも同じように驚いてみせた。

ポアロは椅子を二つ持ってきて座るようにすすめながら、チラと時計を見た。

「もうすぐ、ジャップ警部が来るはずです」

「ジャップ警部ですって?」ブライアンはハッとした様子で鸚鵡返しにいった。

「さよう。わたしが来てくれと頼んだのですよ――非公式にね――友だちとして」

「はあ、なるほど」

彼はそれきり沈黙に沈んでしまった。ジェニーはすばやい一瞥を彼に投げたが、すぐ目をそらした。何やら今朝のジェニーは何かに気を取られているふうである。

まもなく、ジャップが到着した。

彼は部屋のなかにブライアン・マーティンとジェニー・ドライヴァーの姿を見ていささか驚いたらしい――が、べつに何もいわなかった。彼は例のおどけた調子でポアロに挨拶した。

「やあムッシュー・ポアロ、なんのご用です、いったい。私が思うに、また例のすばらしき論理かなにか見つけたのでしょう?」

ポアロはにこやかな顔を向けた。

「いやいや、いっこうにすばらしいことではありませんがね、なに、ちょっとした、じつに簡単な話を聞いてもらおうと思いまして――ふむ、あまりあっけなくて、すぐわからなかったのが恥ずかしいくらいなのです。で、もしお許し願えれば、この事件のそもそもの始めから、わたしの説をあなたに聞いていただきたいのですがね」

ジャップは溜め息をついて時計をのぞいた。

「一時間以上かからなけりゃ聞いてもいいですがね」

「ご安心ください。そんな長くはかかりません。ところであなたは、エッジウェア卿殺しの犯人は何者か、また、カーロッタ・アダムズ殺しの犯人、はたまた、ドナルド・ロス殺しの犯人は何者か、これを知りたいでしょうね？」

「そのいちばん最後のやつが知りたいですな」ジャップの返事も用心深い。

「まあ聞きたまえ。そうすれば何もかもわかります。よいかね、わたしは謙虚になります」〝どういたしまして！〟と私は思った。「そして、事件の一歩一歩をあなたがたにごらんにいれましょう。わたしがいかに目隠しされていたかを打ち明け、いかに愚劣な過ちを犯していたかを公開し、そして、正しき軌道に乗るためには、いかにわが友ヘイスティングズとの会話が必要であったか、また、まったく見ず知らずの人の偶然の言葉が必要であったかをもの語りましょう」

ポアロはここでひと息入れて咳払いすると、私のよくいう〝講義調〟の声で話しはじめた。

「まずサヴォイ・ホテルにおける夕食会から話を始めましょう。あの席で、エッジウェア卿夫人はわたしに話しかけ、プライベートな相談があるからとわたしを誘った。話によれば彼女は夫から自由になることを望んでいた。われわれの会談の終わりに近く、彼女はある意味で賢明でないことをいった。タクシーでも拾って飛んでいって自分の手で夫を殺したいくらいだ、と。この言葉は、ちょうどそのとき部屋へ入ってきたブライアン・マーティンの耳に入った」

彼はくるりと向き直った。

「そうでしたな？」

「ぼくたち皆が聞いたのですよ。ウィドバーン夫妻も、マーシュも、カーロッタも——みんなに聞こえましたよ」

「ああ！　そのとおり。まさしくそのとおりでした。そこで《エ・ビアン》、わたしはエッジウェア卿夫人のこの言葉を、忘れようにも忘れる暇がなかった。なんとなれば、このミスター・ブライアン・マーティンが、翌日、朝のうちからやってきて、わざわざその言葉をわたしに思いださせていったからです。まさに速達便といったふうにですな」

「とんでもない」ブライアン・マーティンが怒ったような叫びをあげた。「ぼくは——

——」

ポアロは片手をあげて彼を制した。

「あなたは、もっともらしい顔で、このわたしに、尾行されているなどという嘘八百のつくり話をしにきたのです、子供だましのつくり話をね。おそらく、流行遅れの映画かなにかから思いついたのでしょう。ある女性の同意を得なければ打ち明けられないだとか、金歯の男だとか。だがねえ、あなた《モナミ》、いまどきの若い者は金歯なんかしないのですよ——ことにアメリカでは決してといっていいほど流行《はや》らない。金歯など、歯科技術の、救いがたき前世の遺物なのです。ばかばかしいにもほどがある！　さて嘘八百の前書きが終わると、あなたはいよいよ本題に取りかかった。すなわち、わたしに、エッジウェア卿夫人に対する偏見を植えつけようとしたのです。はっきりいえば、彼女が夫を殺したときのための心理的基礎を用意しようとしたのです」

「何をいっているのか、ぼくにはさっぱりわからない」ブライアン・マーティンはうめくようにいった、が、彼の顔は死人のように蒼ざめていた。

「あなたはエッジウェア卿が離婚に同意するなどということはあり得ないと嘲笑った。あなたはあの翌日、わたしが彼に会いにいくものと思ったのです。だが実際には約束が変更されてわたしはその日の昼に彼に会った。ところが彼は離婚に同意していた。エッジウェア卿夫人の殺人の動機はこれで消し飛んでしまいました。それだけではない、卿はそのことを伝えた手紙をエッジウェア卿夫人に書いて送ったと話してくれました。

ところが一方、夫人はそんな手紙を受け取った覚えはないという。夫人が嘘をついたのか、エッジウェア卿が嘘をついたのか、でなければ誰かが手紙を握り潰したかです。

さて、誰か？——

ここでわたしは、なぜムッシュー・ブライアン・マーティンが、わざわざわたしのところまできてあんな嘘をついていったのか、と考えてみました。いかなる内奥の力が彼をかかる行動に走らしめたか？　そしてわたしは、次のことに思い当たりました。あの当時、ムッシュー、あなたは狂おしいほどにかの婦人を恋していた。わたしが会ったときのエッジウェア卿も、彼の妻がある俳優と結婚するつもりだと話したといった。これが真実だとして、しかしあとで夫人が心変わりしたと考えてみてください。エッジウェア卿の、離婚に同意する旨の手紙が着く頃には、彼女の結婚したがっていた相手は、あなたでない誰かほかの男になっている！　こう考えれば、あなたがあの手紙を横取りし、そのまま握り潰したことも頷ける——

「ぼくは決して——」

「いいたいことがあれば後からゆっくりお話しください。いまはわたしのしゃべっていることをおとなしく聞いていてください。

さて、そのときのあなたの心境はどうだったか？　かつて一度も女にふられたことのないあなたの、惨めな敗残者としての心境は？　わたしの見るところ、そこには、ある種のやり場のない憤怒があった、エッジウェア卿夫人を、なし得るかぎり傷つけたい狂おしい欲望があった。そして、彼女を、おそらくは死刑台上にまで連れ去るであろう殺人罪におとすこと――これ以上の傷つけ方がほかにあったでしょうか？」

「おお！」ジャップが思わず叫ぶ。

　ポアロはくるりと彼に向き直った。

「そうなのです。これが、わたしの心にまず形を成しはじめた考えでした。そう考えると、様々な事実が符合してきました。カーロッタ・アダムズは二人の主たる男友だちを持っていた――マーシュ大尉とブライアン・マーティンだった。したがって、金持ちのブライアン・マーティンが、彼女に一万ドルの賞金で例の計画をそそのかした当人だと考えることは可能です。むしろわたしには、ミス・アダムズがロナルド・マーシュが一万ドル出すなどという話を信じたとは考えられない。ありそうもないことです。彼女は、マーシュが極端に金につまっていたことを知っていたのだし、その点、ブライアン・マーティンはずっとそうしたことの可能な人物でした」

「ぼくはしない！　しないといったらしないんだ」スターの唇から、悲鳴に似た叫びがあがった。

「ところがそこへミス・アダムズの妹に出した手紙の内容がワシントンから電報で届きました。おやおや《ラ・ラ》、でした！　わたしはペチャンコになってしまった。わたしの推理は根底から覆されたように見えた。が、そのあとでわたしは一つの発見をしました。手紙の原文が送られてきたとき、わたしは、その手紙が、途中で巧妙に一枚剝ぎ取られているのを見つけたのです。従ってあとのページの〝彼〟はマーシュ大尉ではないほかの男を指していると考えることが可能となりました。

さらに、ここにもう一つの事実がありました。マーシュ大尉は逮捕されるとき、はっきりと、あの夜、ブライアン・マーティンが邸《やしき》に入るところを見たと陳述した。もちろん、逮捕された容疑者の言葉として、聞き棄てられてしまった。しかもムッシュー・マーティンは当夜のアリバイを持っていた。考えてみれば当たり前の話です。もしムッシュー・マーティンが殺人を行なったものとすれば、アリバイを作っておくことは絶対に必要なのだから。

そしてそのアリバイたるや、ただ一人の女性――すなわち、ミス・ドライヴァーによって証言され得るものにすぎなかった」

「それがどうしました？」女は鋭くいい返した。

「どうもしませんよ、マドモアゼル」ポアロはニコリとして、「ただ、その同じ日の昼、あなたはムッシュー・マーティンと昼食を共にしていらした。わたしの姿を見るとさっそくやってこられて、わざわざ、親友ミス・アダムズがとくに興味を持っていたのはロナルド・マーシュだと——わたしが睨んでいたブライアン・マーティンでは決してなく、ロナルド・マーシュのほうだと、わたしに信じさせようとした」

「そんなことはない！」スターは断固たる口振りである。

「あなたは気がついていなかったのかもしれない、ムッシュー」とポアロは静かな口調で、「しかし、それが本当だったのですよ。それは、他の何者も説明できなかった、彼女のエッジウェア卿夫人に対する嫌悪の気持ちの原因を説明してあまりある。あの嫌悪の情は、あなたの影響なのです。あなたは、彼女のあなたへの仕うちを残らずミス・カーロッタに打ち明けましたね」

「ええ、それは、まあ——ぼくは誰かに聞いてもらわなきゃたまらない気持ちだった、そして彼女は——」

「とても同情してくれた。そうです、彼女は非常に思いやりのある娘でした。その点はわたしもそう思った。さて《エ・ビアン》、次に何が起こったか？　いうまでもない。ロナルド・マーシュの逮捕です。彼が引っ張られたとたんにあなたの憂鬱は消し飛んでしまった。いかなる不安を持っていたにしろ、それは去った。エッジウェア卿夫人のいよいよというときになっての気紛れによってあなたの計画は失敗に帰したにしろ、しかし誰かがあなたの身替わりになり、あなたが勝手にこしらえた苦労を全部背負いこんでくれた。かくして——その後、ある昼食会の席上、あなたはドナルド・ロスが——あの元気のいい、どこか間の抜けた男が——ヘイスティングズに、どうやらあなたにとって安全でなさそうなことを話しているのを耳にした」

「それは嘘だ」スターは吠え立てた。冷汗が顔を伝って流れている。眼は恐怖に飛びだしそうに見開かれていた。「なんにも聴きやしません！　なんにも知りませんよ！　ぼくはなんにもしやしない！」

そのとき、私が思うに、この午前中でもっとも驚くことが起きた。

「そのとおりですよ」ポアロが静かにいった。「あなたは何もしなかった。これで、あなたも充分罰を受けたでしょう——わたしを——このエルキュール・ポアロを、嘘八百のつくり話で誤魔化そうとした罪の報いを知ったでしょう」

呆然たるわれわれを尻目に、ポアロは夢みるような調子でつづけた。

「よろしいですか。ここまでは、すべてわたしの失敗を諸君にお話ししたわけです。そもそもこの事件には解決の鍵となるべき五つの疑問がありました。これはヘイスティングズが知っています。この五つのうち、三つの謎に対してはいまの答えが適中しているかに見えます。握り潰された手紙はもう明らかにブライアン・マーティンの仕業でした。もう一つの、何がエッジウェア卿をして離婚に同意せしめるに至ったか、これについては、わたしにひとつの考え方がありました。すなわち彼が再婚を望んだためか――でなければ、ある種の脅迫に屈したかです。が、前者については、それを示すなんの証拠もありませんでした。しかるに後者については様々のことが考えられます。エッジウェア卿は特別な趣味を持っていました。その事実を彼女に握られていたために、彼女に離婚の承諾を与えないでいるとそれを世間に暴露するといって脅迫の種に使われるかもしれないという不安が、絶えず卿にはつきまとっていた。夫人は実際そうした脅迫をいってやったのでしょう。エッジウェア卿としては、さすがに、自分のスキャンダルが大っぴらに明るみに出されるのは困った。そこで彼は我を折った。見られていまいと思いながら、彼が顔に出したあの悪鬼のような恐ろしい憤怒の形相の原因は、ここにありました。彼は無念やる方なかったのです。またこれで、わたしが彼と会ったとき、脅迫があったのかと聞かれもしないうちから〝べつにそんな手紙のためではない〟といった卿の言葉も頷けます。

だが、二つの謎が残っていました。ミス・アダムズのバッグに入っていた不思議な鼻眼鏡の問題。鼻眼鏡はむろん彼女のものではなかった。さらに一つは、エッジウェア卿夫人がチズィックで晩餐会に出席していたとき、かかってきた相手不明の電話の件。この二つだけは、どう考えてみても、ムッシュー・ブライアン・マーティンと結びつきませんでした。

そこでわたしは、次の結論に直面するのを余儀なくされました。すなわちわたしのマーティンにかけた嫌疑があやまりであったか、さもなくば疑問の考え方を根本的に誤っていたか、です。絶望に悩まされつつわたしはもう一度ミス・アダムズの手紙を慎重に読み返してみた。そしてわたしは発見したのです！　見過ごされていたある事実を！

さあ、あなたたちも手に取ってよくごらんなさい。そうです、このページが剝ぎとられていますな？　そう、ギザギザにだ——紙を裂くとよくこうなるようにです。そこで考えてみるのです、この文句の最初の文字〝彼〟*he*の前に*s*があったとしたらどうなるか？

そう、わかりましたな？　そのとおりだ！　この文句の最初は〝彼〟*he*ではなく〝彼女〟*she*だったのです！　カーロッタ・アダムズをそそのかしたのは女だったのです！

さ、そこでわたしはこの事件に多少とも関係のある女全部のリストをつくってみました。ジェーン・ウィルキンスンを別にして、女は四人——ジェラルディン・マーシュ、ミス・キャロル、ミス・ドライヴァーおよびマートン公爵夫人がいます。

この四人のうち、まず最もわたしの興味を誘ったのは秘書のミス・キャロルでした。

彼女は眼鏡もかけているし、あの夜も邸内にいたのだし、すでに、エッジウェア卿夫人を罪に陥れたいという気持ちから、大切な証言で過ちを犯している。しかも彼女は、男勝りのテキパキした気性の女性で、ああした犯罪をやってのけるだけの胆力も据っています。動機は曖昧だが、しかし、彼女はエッジウェア卿の邸で何年も働いてきたのであるし、そんな長い年月のあいだには、われわれに判然とはつかめないながらも、なんらかの理由が胚胎していたのかもしれない。

それからジェラルディン・マーシュについても、わたしは彼女を嫌疑から除外してかかるわけにはいかないと思いました。彼女は神経質で非常に線の細いタイプの娘だ。あの夜、邸に入ったとき、まず父親を刺し殺し、そうしておいてから二階に上り真珠を取って戻ってきた。ここまでは恐ろしい冷静さでやってのけた。階段を駆け降りたとき、いとこが——彼女の心から愛していたいとこが——タクシーのそばで待っているはずのいとこが、いつの間にか家に入ってそこに立っていたのを発見したときの彼女の驚愕を考え合わせてごらんなさい！

彼女のそのときの取り乱した様子は充分こう考えていい理由を持っていた。と同時に、それとまったく同じくらいの度合いで、こんなふうにも考えられました。彼女はまったく潔白で、むしろ、いとこが殺人を犯したのではないかという恐怖が、彼女を戦慄させせたのかもしれない、と。

それから、これは小さな問題ですが、こういう事実のあったこともつけ加えておきましょう。ミス・アダムズのバッグのなかから発見された金の小箱にはDという頭文字が刻まれていた。わたしはジェラルディンがいとこにダイナ(*Dina*)と呼ばれていたのを思い浮かべました。しかも彼女は去年十一月にはパリのある学校にいたのだから、そのとき、パリで、カーロッタ・アダムズと会う機会があったのではないかという疑惑も成立する。

みなさんはこのリストのうちにマートン公爵夫人を含めるのが非常識だと思われたかもしれません。だが、一度彼女がわたしを訪ねてきた際、わたしは怜悧そのものの彼女のうちに、きわめて狂信的なタイプの女を認めたのです。彼女の全人生はことごとく息子の上に集中されていた。彼女の性格ならば、息子の生涯を破滅に陥れようとしている女を除くためなら、その女を亡きものにすることもあえて辞さなかったにちがいない。

さて、次にミス・ジェニー・ドライヴァーがいる。——」

ポアロはひと息ついてジェニーを見やった。彼女は、ぐいと頭をもたげると、激しく彼を見返した。

「あたしのことではどんなことをつかんで?」彼女は鋭く迫った。

「なにもつかめませんでした、マドモアゼル。あなたがブライアン・マーティンの友だちで——あなたの名がDで始まることを除いたら」

「あまり充分とはいえないわね」

「もうひとつあります。あなたならあんな犯罪も遂行し得る頭脳と度胸がある。あなたほどの女は滅多にいない」

女は煙草をつけた。

「それから？」愉快そうにいう。

「ムッシュー・マーティンのアリバイは本物か、偽物か？　わたしとしてはこの問題を解決しなければならなかった。もし本物だったなら、ロナルド・マーシュが邸へ入るところを見たという人間は誰だろう？　わたしはこう考えたとき、突然あることを思いだした。リージェント・ゲートの邸にいたあの美男の執事が、じつにムッシュー・マーティンとよく似ていたことです。マーシュ大尉が見かけたのは彼だったのです。わたしはこう考えてみた。邸に入った彼はすでに殺されている主人を発見した。主人の死体のそばには、英貨百ポンドに相当するフランス紙幣の入った封筒が転がっていた。彼はその金を盗み、一度邸を抜け出して、それを町のやくざ友だちかなにかに預けておいて、また戻ってきた。そのときはエッジウェア卿用の鍵を使って、ドアをあけたのだ。彼はそのまま、翌朝メイドがこの殺人に気がつくまで放っておいた。彼は自分にはなんの危険もないと思ったのだ。彼はエッジウェア卿夫人が犯人だと確信していたし、金のほうはもう邸外に持ち出され、両替えしてしまったのだから絶対安全だ。ところがしばらくするうちに、エッジウェア卿夫人にアリバイがあり、スコットランド・ヤードが彼の身もとを洗い始めたのに気がついて、身の危険を感ずるや、風をくらって逃亡したのです」

ジャップがウムウムと頷いてみせた。

「さて、わたしはまだ例の鼻眼鏡の持ち主を探しださなければなりませんでした。もしミス・キャロルが持ち主であれば、ことは簡単に落着する。彼女なら例の手紙を、出さないで握り潰すこともできるし、カーロッタ・アダムズと計画の詳細を打ち合わせることも——あるいは彼女と凶行の夕方落ち合うこともできる。眼鏡はそのときふとした偶然でカーロッタ・アダムズのバッグに入ってしまったのだとも考えられる。

だが、鼻眼鏡は、明らかにミス・キャロルのものではなかった。わたしは失望を抱きながらヘイスティングズと家路を辿っていた。歩きながら、頭のなかをもう一度整理しようと努めていた。すると奇蹟が起こったのです！

はじめ、ヘイスティングズが事件のことを何か話していた。そのうちに、殺されたドナルド・ロスが、モンタギュー・コーナー邸での晩餐会に出席していた十三人の一人であり、しかも彼が、最初に席を立った人間だったことに気づいて、ヘイスティングズはそのことをわたしに注意しました。わたしはそのとき自分の考えに没頭していたのであまり注意を払いませんでしたが、それでもふと、厳密な意味でいえばそれは本当じゃないな、と頭のどこかで考えた。晩餐会の終わりに最初に立ち上がったのは彼かもしれないが、実際には彼じゃなく、電話にでたエッジウェア卿夫人だ。そうして彼女のことを考えているうちに、ある謎々が思いだされてきた——彼女の、ある意味でいって非常に子供っぽい考え方にピッタリだなと思ったせいでしょう。わたしはこれをヘイスティングズに話しましたが、彼はヴィクトリア女王みたいな怖い顔でにこりともしませんでした。それから、またわたしは、ジェーン・ウィルキンスンに対するムッシュー・マーティンの気持ちをいちばんよく知っているのは誰だろう、と考えはじめました。彼女自身はもちろん話してくれるはずもない——わたしは考え悩みました。そのときです——ちょうど交差点を横切ろうとしていた——通行人の一人が、ほんのちょっとした文句をしゃべりました。

彼は、そばのガールフレンドに向かって、誰だか知らないがその誰かが、『エリスに訊くべきだった』といったのです。その瞬間、あらゆる疑問はいっぺんに吹き飛んだんです。すべては一挙に解決してしまったのです」

彼は一同を見まわした。

「そうだ、そうだったのです、鼻眼鏡も、電話も、パリに金の小箱を受け取りに来た小柄の女も。エリスとは、いうまでもなく、ジェーン・ウィルキンスンのメイドだ。わたしは次から次へと事件の各段階を追ってみました――蠟燭――あのほの暗さ――ヴァン・デューセン夫人――なにもかもが符合する。解けました！」

30　真　相

ポアロはわれわれをぐるりと見まわした。

「さてみなさん」彼はいよいよ言葉静かに語りだした。「かくてわたしは、あの夜の事件の真相を語るべき段階に達しました。

カーロッタ・アダムズはあの夕方七時に家を出た。そこから、彼女はタクシーを駆ってピカデリー・パレスへと赴いたのです」

「なんだって？」私は思わず叫んだ。

「ピカデリー・パレスですよ。あの日、朝のうちに、彼女はヴァン・デューセン夫人という名で部屋を予約しておいたのです。そのとき彼女は、非常に度の強い眼鏡をかけていた。ご存じのように、度の強い眼鏡は人相をまったく変えて見せるものです。さてこうして部屋を予約するに当たって、彼女はホテルの者に、夜行の臨港急行列車でリヴァプールに行く予定で、荷物は先に送ってあるといっておいた。八時三十分、エッジウェア卿夫人が来て彼女に会いたいといった。夫人は彼女の部屋へ通された。ここで、二人はお互いの服を交換したのです。金髪の鬘《かつら》をつけ、白のタフタドレスを着、貂《てん》のショールをした、ジェーン・ウィルキンスンならぬカーロッタ・アダムズが、ホテルを出、そのままチズィックへ車を走らせたのです。いや、いや、これはそう難しいことではなかったのですよ。わたしは夕方のあの邸宅を行ってみて知っている――晩餐用のテーブルには、ただ蠟燭の灯がともされるだけだし、ランプの光はうす暗い。しかもその場には、ジェーン・ウィルキンスンをよく知っている人間は一人としていなかった。人はただ彼女の金髪と名高いハスキーな声と身のこなしを見る。じつに簡単なことだったのですよ。そして、もし万が一彼女の変装が見破られても――その時はその時で、どうにでも弁解の立つようになっていたのです。一方エッジウェア卿夫人は、黒髪の鬘《かつら》をつけ、カーロッタの服を着て眼鏡をかけると、支払いを済ませて、スーツケースを車に運ばせ、ユーストンの駅へやってきた。彼女は黒髪の鬘《かつら》をトイレではずし、スーツケースを一時預かりに預けた。さてリージェント・ゲートへ行く前に彼女はチズィックへ電話をかけエッジウェア卿夫人をと呼びだした。これも二人のあいだで打ち合わせのできていたことだった。もし万事異状なくすすんでいて、誰にも見破られないでいるときは、ただ簡単に〝はいそうです〟と答えれば良いようになっていたのです。ミス・アダムズがこの電話の真の意味にまったく気づかなかったことはいまさらいうまでもないでしょう？　さてこの返事を得て、エッジウェア卿夫人は前進した。彼女はリージェント・ゲートに赴き、エッジウェア卿にと面会を申し込み、堂々とエッジウェア卿夫人と名乗って彼の書斎に入り、第一の殺人をなんなくしおおせた。もちろん彼女は二階からミス・キャロルが見おろしていたことは知らなかったのです。彼女は計算していた——十二人の有名人の証言に対して、執事一人ごときの反証はわけなく覆せる、と。しかも彼は実際に彼女と会ったこともないのだし、その彼でさえ、彼女のかぶっていた特殊な帽子でよく見えなかったのですから。

彼女は邸を出てユーストン駅に戻り、ふたたび黒髪の鬘《かつら》をつけて、スーツケースを取りだした。さてこんどはカーロッタがチズィックから帰ってくる時間に間に合わせなければならない。前もって二人はだいたいの時間を打ち合わせておいた。ジェーンはコーナーハウスに行った。時間の進みが遅いような気がして、何度も時計を見たのでしょう。この間に彼女は第二の殺人の準備をととのえました。彼女が持って歩いていたカーロッタのバッグのなかへ、パリでこしらえさせた例の金の小箱を入れたのです。おそらく、彼女があの手紙に気がついたのはこのときだったのでしょう。あるいはもう少し前かもしれません。とにかく、手紙の宛て名を一瞥したとたんに、彼女はある種の危険を嗅ぎ当てたのです。彼女は手紙をひらいてみた。果たせるかな彼女の疑いは適中していた。おそらく、ジェーンの感じた最初の衝動は手紙そのものを湮滅することだったでしょう。が、彼女は、すぐに、もっと良い手段のあることに気がついた。手紙の、一ページだけを破り去ることによって、すべての嫌疑が、ロナルド・マーシュ——伯父殺しの強力な動機を持ち合わせている男——にいくように工夫したのです。たとえ当夜ロナルド・マーシュがアリバイを持っていて、容疑をかけられなかったとしても、とにかく例の〝彼女〟のsを破り取ってある以上、嫌疑は必ず〝彼〟すなわちある男にいく。こう考えた彼女はただちにそれを実行し、手紙をもとの封筒へ、封筒をもとのバッグへと戻しておいた。

やがて、晩餐会が終わりに近いと見るや彼女はサヴォイ・ホテルの方角へ歩きはじめた。ホテルの近くで、彼女自身の変装をしたカーロッタの乗った車が近づいてくるのを見とどけるや、彼女は歩みを早めて、車の到着とほとんど同時に、ホテルに飛びこみ、階段を上がった。彼女は人目につかない黒の服装をしていた。おそらく誰も彼女の姿に気のついたものはなかったでしょう。

三階へ上がると、彼女は自分の部屋へ飛びこんだ。ほとんど同時にカーロッタが入ってきた。メイドは、いつものように、先に寝むようにといいつけられていた。ことは、完全に平常どおり進行していました。二人はふたたび着替えをすませた。それから、たぶん、エッジウェア卿夫人が軽く一杯飲もうと提案した。今夜の成功を祝す意味での乾杯だとでもいったのです。杯のなかにはヴェロナールが入っていた。ジェーンは、己《おの》が手にかけた犠牲者の健康を祝し、明日は約束の小切手を送るから、といった。カーロッタ・アダムズは別れて家に帰った。彼女はひどく眠かった――でも、誰かに電話をかけようとした――たぶんこれはロナルド・マーシュ、ないしはムッシュー・マーティンだった――ヴィクトリア局番の電話を持っていたのはこの二人だからです。しかし、眠さが、これを断念させてしまった。彼女は、なんだかひどく疲れていた。ヴェロナールが効きだしてきたのです。彼女はベッドに入った、そして――そのまま、ふたたび目覚めなかった。第二の殺人はこうして終始成功裡に終わりました。

さて次は第三の殺人です。事の起こりはある昼食会の席でした。サー・モンタギュー・コーナーも出席していて、凶行の夜エッジウェア卿夫人とのあいだに交わした会話について話をしたりはしたが、これを誤魔化すのは造作なかった。なにか、当たらず障らずの曖昧な返事を、例の妙なる声音で呟いておけばよかった。だが、復讐の女神《ネメシス》は思いがけぬときにやって来ました。誰かが〝パリスの審判〟という言葉を口にしたとき、無知な彼女は、そのパリスを、ただの――彼女の知っているパリ、流行やなにかのパリと取り違えてしまったのです！

そして、そのとき彼女の前には、やっぱりチズィックのパーティに出ていた一人の青年が座っていた。彼はあの夜、パーティの席上で、ギリシャ文明やホーマーの詩について才気豊かに論じていたエッジウェア卿夫人を覚えていた。カーロッタ・アダムズは教養のある読書好きの女だったのです。彼は一瞬変な気がした。よくよく相手をみつめてみた。そして、突然、彼は気がついたのです。これはあの夜のエッジウェア卿夫人ではない！　よく似てこそいるが別の女だ！　彼はおそろしく混乱してしまった。確信がなかった。誰かに聞いてほしかった。彼はわたしのことを思いだしました。そして、わたしに会いたいとヘイスティングズに話した。

だが、それが彼女の耳に入ったのです。偶然といおうか、何といおうか、とにかく彼女は、ポアロに会いたいという彼の言葉を耳にした瞬間に、これが何らかのかたちで、自分の身の危険に関係のあることだと悟った。じつに驚くべき敏感さ、怜悧さでした。彼女は、ヘイスティングズが、わたしは五時まで戻るまいといっているのを聞いた。五時二十分前彼女はロスのメゾネットを訪ねます。ロスはドアをあけて、そこに彼女の立っているのを見て大いに驚いた。が、彼女をおそれる気持ちは起こりません。腕力もあり体も丈夫な若い男です——いずれにしろ女一人をおそれることもなかった。彼は彼女を案内して食堂に入った。彼女は、なにか辻褄の合いそうな悲しい物語かなにかを、ロスに向かって浴びせかけたのでしょう。おそらく、彼の前にひざまずき、両腕を彼の首のまわりに巻く、といった調子だったのでしょう。そうしておいて、すばやく、正確な一撃を浴びせたのです——前の場合とまったく同じように。彼は声も立てずに死んだ、かくして、ロスの口も封じられました」

　重苦しい沈黙があった。ややあって、ジャップがしわがれた声で口をきった。

「それじゃ——みんな彼女の仕業だったのですか？」

　ポアロはうやうやしく一礼した。

「しかし、卿が離婚に同意したのなら、なにも——」

「マートン公爵家が代々英国国教会の大立者だということを思いだしてみてください。たとえ離婚したにせよ、前夫の生きている女と結婚することなど、夢想だにできぬことなのですよ。しかも彼は、若いが教義の熱狂的な信奉者です。だから、彼と結婚するためには彼女は寡婦とならなければならなかった。それでも、たぶん、試しに公爵をつついてみたと思ってまちがいないでしょう。だが彼はその餌に飛びついてこなかったのです」

「それじゃ、なぜあなたをエッジウェア卿のところへやったのだろう？」

「さ、そのことです《バルブルゥ》」とポアロは、それまでの正確な英語から、思わず母国語へ逆戻りしてしまった。「わたしの眼を、たぶらかそうとしての細工だったのです。彼女に殺人の動機のあり得ぬことを、このわたしに証言させようとしての計略だったのです。そう、彼女はあえてした――このわたしを、エルキュール・ポアロをして、彼女の手先をつとめさせようとしたのです！　しかも彼女はみごと成功してのけたのです！　あの不思議な頭脳《あたま》――子供っぽく、狡猾な頭脳《あたま》でです！　みごとな演技でした！　あの、卿が書いたという手紙の話を聞かされて、そんな手紙は決して受け取らなかった、と驚いてみせたすばらしさはどうです！　犯した三つの殺人を、遂行しながら彼女は、果たして自責の念が毛ほどにもあったでしょうか？　わたしは誓っていえる――そんなものは少しもなかった！」

「だからぼくがいったじゃありませんか」とブライアンが横あいから叫んだ。「ジェーンがどんな女か、ぼくがいったでしょう？　ぼくはジェーンがいまに彼を殺すってことがわかっていた。ぼくは感じてたんだ、いつかは彼女がやってのけるということを――ジェーンは利口だった――間抜けじゃないかと思うような考え方をするかと思うと、また悪魔のように利口な女だったんだ。ぼくは彼女を苦しめてやりたかった、彼女を罰してやりたかった、苦しめて、苦しめて、絞首台に送ってやりたかったんだ」

彼の顔は朱をさしたように真っ赤になった。声は一種の凄味を帯びて響いた。

「もういいわ、ね、もういいわ」ジェニー・ドライヴァーがいった。

それは公園などで子守りが子供をあやすときの調子にそっくりだった。

「それでは、例の金の小箱とDの頭文字やパリ十一月の文字なんかは？」ジャップがいった。

「小箱は彼女が手紙で注文し、メイドのエリスを受け取りにやったのです。エリスは金を払い、小箱の包みを受け取って帰った。彼女はもちろんなかに何が入っているのか知る由もなかった。ああ、それから、エッジウェア卿夫人は彼女から、ヴァン・デューセン夫人に化ける変装用に彼女の鼻眼鏡を借用した。それを彼女はカーロッタ・アダムズのバッグのなかに置き忘れたのです。彼女の失敗のひとつでした。

ああ、まったく偶然でした——交差点の真ん中に立ったときでした——不意に閃いたのです。バスの運転手の悪口はあまり上品とはいえなかったが、しかしそれだけの価値はあった。エリスだ！　エリスの鼻眼鏡だ！　パリに注文した小箱を受け取ったのはエリスだ！　エリス、すなわちジェーン・ウィルキンスンだ。彼女はエリスから、鼻眼鏡のほかにもう一つあるものを借りている」

「何を？」

「コーンナイフ（魚の目を切るナイフ）です」

私は震え上がった。短い沈黙があった。

ジャップが、奇妙な答えを期待する声音でいった。

「ムッシュー・ポアロ、それは本当ですか？」

「本当ですよ。ジャップ」

ブライアン・マーティンがまた口を出した。それが、いかにも彼らしい口ぶりだった。

「それじゃムッシュー・ポアロ、ぼくはどうなるんです？　なぜ今日ここへぼくなんか引っ張ってきたんです？　なぜぼくを、死ぬほどの目に遭わせたんです？」不機嫌そのものだった。

ポアロは冷ややかに彼を見据えた。

「あなたを罰するためにです。あなたの無礼さをこらしめるためにですよ、ムッシュー。このエルキュール・ポアロを騙そうとするとどんな報いを受けるか、思い知りましたかね？」

ジェニー・ドライヴァーがけたたましく笑いだした。笑って、笑って、しまいに、ブライアンを見ていった。

「いい気味、ブライアン、仕方がないわよ、自分でやったことなんだもの」

それからポアロに振り向いた。

「ロニー・マーシュでなくって、あたしもとても嬉しかったわ。あたしはいつも彼が好きだったし。でも、いちばん嬉しいのはカーロッタを殺したやつが罰をうけるってことよ！　それから、ブライアンについてはね、あなたにもお話ししておきたいことがあるのよ、ムッシュー・ポアロ。あたし、彼と結婚します。そして、もし彼がハリウッド流に二、三年たったら離婚してまた誰かと、なんて思ってたらそれこそ一世一代の大失敗をしたことになるのよ。だってあたしと結婚したが最後、一生あたしにくっついてなきゃならないんですからね」

ポアロは女の顔を見た——その、意志的な顎のあたりや燃えるような髪を見た。

「あなたならできるでしょう、マドモアゼル。前からわたしはあなたには何でもやってのけられる度胸がある、といっておいた——ふむ、たとえ映画スターと結婚するなどという大それたことでもですな」

31　手　記

一、二日後、私は突然アルゼンチンに呼び戻され、すぐ出発しなければならなかったので、ついにふたたびジェーン・ウィルキンスンを見ることもなく、ただ新聞で彼女の裁判と処刑を知るにとどまったが、いざ真相をつきつけられた彼女の取り乱し方は非常に意外の感があった。彼女は追求されるに従って支離滅裂になっていった。これは、少なくとも私には意外だった。自分の巧妙さ、自分の演技力をたのんで、得意になっているかぎり、彼女は決して過ちを犯さなかった。だがその自信が、何者かによって自分の立てた計画を見破られたと知ってぐらつきはじめるや、もう彼女には、子供が嘘をつきとおすほどの力もなくなってしまったのだ。そして、四方八方から責めたてられると、たちまち微塵になってしまったのである。

こうして、前にもいったように、あの昼食会は、私のジェーン・ウィルキンスンを見た最後の機会になってしまった。しかし、私が彼女を思いだすときには、いつも同じ、サヴォイ・ホテルの自分の部屋で、鏡に向かい、高価な黒のドレスをまとってみながら、真剣な、魂を奪われたような表情で己《おの》が姿に見入っていた、あの彼女の姿を思い浮かべるのだった。あれは決してポーズではなかった。あのとき、彼女はまったく自然のままに動いていたのだ。彼女の計画は一応成功した——したがって彼女には、もうそれ以上なんの不安もなかったのだ。そして私も、ポアロと同様、あの三つの殺人を犯しながら、彼女がわずかな鼓動の戦《おのの》きすら感じなかったであろうことを固く信じている。

ここに私は一通の手記を公開する。これは彼女の処刑後、彼女からポアロにあてて送られた手記の写しである。かの美しく、しかも一片の良心だに持たなかった女の心理をうがち得て妙であるといえようか。

ムッシュー・ポアロ

いろいろと考えてみました結果、やはりわたしはあなたにこの手紙を書くべきだと存じ、筆を取りました。あなたはときおり、扱われた事件の記録を出版されていらっしゃいます。でもいままで、犯人自身の手になる手記を出版されたことはまだ一度もないようにお見受けします。わたしといたしましても、世間の方々に、わたしのいたしましたことを正確に知っていただきたい気持ちがございます。わたしはいまでも、あれを、とても上手に計画したものだと思っております。もう少し下手でしたら、あなたにとっても、ずっと都合がおよろしかったでしょうね。それを思うとちょっとお気の毒ですけれど、これは仕方がありません。この手記をお読みになれば、わたしの頭脳の優秀さを、いっそうお認めくださるものと思います。お認めくださいますわね？　わたしは世間から記憶されていたいのです。わたしは、自分が、普通の人間とは違った、ユニークな存在であることを信じています。ここの人たちはみな、そう思っています。

事の起こりは、アメリカで、わたしがマートンと知り合ったときに始まります。わたしは彼が、もしわたしが寡婦でさえあったならすぐにでも結婚する気持ちでいるのを見抜きました。不幸なことに、彼は離婚ということにとてもおかしな偏見を抱いていたのです。わたしは彼を説得しようとしました。が、これはだめでした。わたしは慎重にやらなければいけないぞ、と自分にいい聞かせました。マートンはおかしな男だったからです。

夫が死んでくれなければわたしの目的は絶対達せられません。でもわたしには、どういうふうに手をつけたものかわかりませんでした。こうした問題は、アメリカでならじつに簡単に処置できますが、ロンドンではそうもまいりません。わたしは考えに考えました――でも、どうしてもうまい考えが浮かびませんでした。その折です、わたしがカーロッタ・アダムズのショーを見たのは。彼女がわたしの人物模写をやる姿を見て、わたしはすぐに、ある計画を思いつきました。彼女をうまく使えば、アリバイをつくることができます。その同じ夜、わたしはあなたを見かけました。とたんにまたひとつ名案が浮かびました。あなたに夫のもとへ行っていただき、夫に離婚の交渉をしてもらうのです。同時にわたしはあちこちへ行って、夫を殺す話を吹聴してまわりました。たとえ真実でも、少し愚かしそうないい方でしゃべり立てると、かえって人はその真実を真実と信じなくなることを知っていたからです。劇場や映画の出演契約の際にもわたしはよくこの手を使いましたわ。それに、人より、少し頭脳《あたま》のわるそうな恰好をして見せるのも役に立ちます。さてわたしは二度目にカーロッタ・アダムズに会ったとき、この考えを洩らしてみました。わたしはこれは一種の賭なのだと説明しました――そして、彼女はその場で陥落しました。彼女はわたしになりすましてある晩餐会に行く、もし彼女がうまくやりおおせたら、一万ドルの賞金を出す、こういうことになっていました。彼女はとても乗り気になりました。服を交換するとか、その他多くの思いつきは、すべてカーロッタ自身の考えだったのです。でも、服をとり替えるのは、わたしの家でやればエリスがいるし、彼女の家では彼女のメイドがいてできません。もちろんカーロッタは、なぜメイドに見られてはいけないのかと不審がりました。ちょっと、気まずい空気になりましたが、わたしはただ「だめなのよ」といいました。彼女は下らない強情を張るものだと思ったのでしょうが、でも結局折れてきました。そこでホテルを使うことになったのです。わたしはエリスの鼻眼鏡を借りておきました。

もちろん、わたしはカーロッタをそのままにしておくわけにはいきません。いずれは亡きものにしなければならない。これはいくらか気の毒でした、が、そういうことをいい出すなら、彼女が、わたしを、あんな模写のモデルに使ったことは絶対に許せない無礼です。たまたまわたしの計画に都合が良かったからいいようなもの、そうでなければ、わたしは彼女の無礼を罰しなければならなかったでしょう。

わたしはヴェロナールを少し持っていました。自分ではほとんど使うこともなかったのですが。これがとても重宝でした。これを使えばいい――そう思ったとたんに、頭脳《あたま》に電波のような閃きを感じました――カーロッタが、ヴェロナールの常用者だったという印象を与えることができたらどんなに好都合だろう。そこでわたしはひとつの箱を――昔わたしがもらった箱によく似たのを注文し、彼女の頭文字を象嵌させ、内蓋に処方を刻ませました。ほかに、Dとか、パリとか、十一月とか刻ませたのは、そうしておけば、調査するにもよけい困難にすることができるだろうと考えたからです。注文の手紙は、ある日リッツ・ホテルに昼食をしにいったとき、そこから書き、できあがったものは、エリスを使いにやって取ってこさせました。もちろんエリスは中身を知りません。

さてあの夜のことは、なにもかも都合よく進みました。わたしはエリスがパリに行っているあいだに彼女のコーンナイフを一本盗っておきました。手頃で、刃も鋭そうでしたから。すぐにもとに戻しておいたので彼女はそれにまったく気がつかずにすみました。一撃で致命傷を与えることのできる場所を教えてくれたのはサン・フランシスコのある医者でした。たまたま腰椎と槽《そう》の穿刺の話をしていたとき、充分注意してやらないとシスターティア・マグナから、メデュラ・オブロンガタまで突き刺すおそれがある、ここをやられると、そこには全神経が集中しているのだから、患者を即死させてしまうことがある、と説明を加えてくれました。わたしは先生にいって何度も何度もその場所を教えてもらいました。何かのことで、これが役立つ日の来ないともかぎらない、と思ったのです。医者には、ある映画のシーンに使うので、知りたいのだと説明しておきました。

カーロッタ・アダムズが妹へ手紙を出したのは恥を知らない行ないです。彼女は

〈彼女〉を破ってあのページを破ったと思います。あれにしても、あのページを破ったのは自分ながら上出来だったと思います。〈彼女〉を

〈彼〉に置き換えることを考えついたのは自分ながら上出来だったと思います。あれは全部わたし一人で考えたのです。なによりも、これがいちばんの自慢です。いつも皆は、わたしが頭脳《あたま》のない女だといっていました――しかし、こうした思いつきは、頭脳《あたま》のないものの考えだせることではないでしょう。

わたしはすべてを、慎重に考えぬいておきました。ですから、スコットランド・ヤードの男がやってきたときも計画どおりにやりました。あの場面は、楽しみながらやりました。わたしはあのとき、彼が本当にわたしを捕まえていくだろうと思っていたのです。捕まっても平気でした。あの晩餐会に出ていた人々の証言を信じないわけにはいかないでしょうし、わたしとカーロッタ・アダムズが入れ替わったことを警察が知るはずもありませんでしたから。

その後、わたしは幸福で、心も満ち足りていました。幸運にも恵まれ、わたしはもうすべてがわたしの思いどおりにいくものと考えました。老公爵夫人はわたしに目をむいて憤りましたが、マートンは優しくしてくれました。彼は一片の疑惑さえもたず、できるかぎり早くの結婚を希望していました。

この数週間ほど幸福だったことはありません。夫の甥が容疑者として逮捕された

ことは何ものにもましてわたしの安全感を増してくれました。同時にわたしは、そのときほど、カーロッタ・アダムズの手紙のあのページを破ることを思いついた自分の頭脳《あたま》の良さを誇らしく思ったことはありません。

ドナルド・ロスの場合は、あれはただ運が悪かっただけなのです。わたしはいまだに、なぜ彼がわたしを見破ったのか、そのわけがわかりません。パリスというのは誰か人の名前で、場所のパリではなかったのですってね。いまでもそのパリスって誰だかわたしは知りませんが——男の名前としては、ずいぶん変な名前ですわね。

一度運が悪くなりはじめると、もう悪くなる一方なのは奇妙なことですね。とにかく、一刻を争って、ドナルド・ロスをどうかしなければなりませんでした。事実うまくいったと思いましたが、そうではなかったのかもしれません。なにしろ時間がなくて、もっと良い手段を考える暇も、アリバイを作っておく暇もみつけられなかったのですから。ともあれわたしは彼を殺しておけば安全だと思ったのです。

もちろん、エリスはあなたに呼ばれていっていろいろ質問されたことをわたしに話しました。でもわたしは、あなたの質問を、すべてブライアン・マーティンに関することだと取りました。あなたの考えていたことには思い当たりませんでした。おそあなたはパリに注文品を受け取りにいったかともエリスに訊きませんでした。おそらくあなたは、エリスにあなたの質問をしゃべられると、わたしが勘づくと思って警戒なすったのでしょう。ですから、逮捕されたとき、わたしはただ驚くばかりでした。わたしはほとんど信じられませんでした。わたしのしたことをすべて知っているように見えたので、わたしは恐ろしくなりました。

もうだめだな、と感じました。運が悪かったのです。でもあなたは自分のなさったことを後悔なさらないのかしら。結局、わたしは、わたしなりの方法で幸福を求めただけですのに。それに、あなただって、あのとき、わたしがお願いしたのでなかったら、事件に関係することはなかったのですよ、きっと。でもわたしは、あなたがこれほど恐ろしい知恵者だとは思わなかったのです――あなたは頭脳《あたま》のよさそうな方には見えませんものね。

変ですわね、ここへ来て、わたしの容貌はちっとも衰えないのです。あんなに恐ろしい裁判や、反対側の壇にいた男のいったひどい言葉や、尋問攻めでさんざんの目に遭わされたりしたのにね。

わたしは以前より顔色が白く、痩せてきました。でも、このほうがわたしには似合うのよ。みんなは、わたしがすばらしく勇敢だったといいます。でも、わたしを捕えたからって、みんなはあなたを責めないでしょうね？　それではお気の毒ですもの。

女で、わたしのような殺人者はいまだかつてなかったと思います。

さて、もうお別れにしましょう。なんだか、とても妙な気持ち。これから先のことが、わたしにはよくわかっていないらしいの。明日は牧師に会いにいきます。あなたに寛大なる（なぜなら、わたしは敵を許さねばならないから。でしょう？）

ジェーン・ウィルキンスン

P・S

マダム・タッソーの蠟人形館では、わたしの蠟人形を陳列してくれないかしら？

『エッジウェア卿の死』配役

漫画家
高橋葉介

え〜と、映画《オリエント急行殺人事件》でエルキュール・ポアロを演《や》ってたのは、ピーター・ユスチノフでしたっけか？（編集部註：ちがいます）ショーン・コネリー、出てましたね。殺されちゃう大富豪はリチャード・ウィドマーク、アンソニー・パーキンスも出演してた。《サイコ》のノーマン・ベイツ、それで、マーチン・バルサムがアンソニー・パーキンスと顔を合わせた途端、『〇〇〇〇〇〇』って言うんですが、実はこれは……って、あれ、これネタばらしだな。

ちなみに私の知人は、《オリエント急行殺人事件》が公開当時、街角に貼られていた映画宣伝のポスター一面にデカデカと『犯人は〇〇だ！』と落書きされているのを目撃したらしいのですが。

《猿の惑星》のオチはいくら何でも世間の常識だろうとは思うのだけど、たとえば《市民ケーン》の〝バラのつぼみ〟のネタってバラしても怒られない範囲なの？　《太陽がいっぱい》でアラン・ドロンは詰めが甘いんだよなー……は言ってもいいの？　誰か教えて下さい。それで、クリスティー作品に戻りますが『アクロイド殺し』のオチも古典とはいえ、書いちゃいけないんだろうな、きっと……ってもういいよ。

　意外だったのは、アガサ・クリスティーは、実は、〝屋台崩し〟〝禁じ手破り〟と呼ばれる程、それまであったミステリのあらゆる法則をブチ壊す、斬新というより反則に近いオチを創造し続ける事によって女王として、ミステリ界に君臨したらしい……（他人がそう書いてたのを読みました）と知りまして、本当に私はミステリについて無知なのです。それで、この後、何を書いても怒られそうなので、困るのですが。

　最初に戻りまして《オリエント急行殺人事件》でエルキュール・ポアロはピーター・ユスチノフが演《や》ったと思います。違ってたらごめんなさい。（編集部註：ちがいます。アルバート・フィニーですよ）調べりゃすぐにわかる事なんですが、今、私は記憶だけでこの文章を書き上げる事に意地になってます。それで、あの、今回『エッジウェア卿の死』を日本人のキャストで映画化もしくは舞台化したらどういう配役になるかなと思うんですが、まず、主役のエルキュール・ポアロは生きてりゃ、え〜と、藤村有弘氏が良いと思うのです。昔、《ひょっこりひょうたん島》でドン・ガバチョの声をやってましたがお亡くなりになりましたし、金子信雄という手もありますが、やっぱり亡くなってるし。欲しいのは〝知性を感じさせるが、上品さが嫌みな、しかし憎めないデブ〟というキャラクターで、日本のタレントさんでこーゆーのはあまりいない。きっと詳しい人はすぐに思いつくんでしょうが、私は知らない。ホンジャマカの石塚英彦を思い浮かべましたが、庶民的に過ぎるかもしれません。ポアロは美食家ですが、ドンブリかかえて「まいうー」とは言わないだろうし、やっぱりデブ・タレの伊集院光なんてどうかしらん。うんちく好きみたいだし、何よりも、お笑いの人なのにあの目は異常に怖いです。

ヘイスティングズ大尉は東幹久でどうだ。西村雅彦というのも考えましたが、これ、どう考えてもシチュエーション・コメディーになるでしょうから、脚本は三谷幸喜を据《す》えるとポアロは田村正和になってしまう。

ジェーン・ウィルキンスンは大竹しのぶでいいや、エッジウェア卿は佐野史郎、カーロッタ・アダムズは清水ミチコ、ほら、ものまねだから。ジャップ警部は高橋元太郎、ブライアン・マーティンが岡田眞澄、ルシー・アダムズは光浦靖子、ロナルド・マーシュは見栄晴くんだ。……それで、ポアロと並ぶクリスティーの創造した偉大なるもう一人の探偵——ミス・マープルを誰にするかと考えると、それはもう、市原悦子しかいないでしょう。

灰色の脳細胞と異名をとる

〈名探偵ポアロ〉シリーズ

本名エルキュール・ポアロ。イギリスの私立探偵。元ベルギー警察の捜査員。卵形の顔とぴんとたった口髭が特徴の小柄なベルギー人で、「灰色の脳細胞」を駆使し、難事件に挑む。『スタイルズ荘の怪事件』（一九二〇）に初登場し、友人のヘイスティングズ大尉とともに事件を追う。フェアかアンフェアかとミステリ・ファンのあいだで議論が巻き起こった『アクロイド殺し』（一九二六）、イニシャルのＡＢＣ順に殺人事件が起きる奇怪なストーリーが話題をよんだ『ＡＢＣ殺人事件』（一九三六）、閉ざされた船上での殺人事件を巧みに描いた『ナイルに死す』（一九三七）など多くの作品で活躍し、最後の登場になる『カーテン』（一九七五）まで活躍した。イギリスだけでなく、イラク、フランス、イタリアなど各地で起きた事件にも挑んだ。

映像化作品では、アルバート・フィニー（映画《オリエント急行殺人事件》）、ピーター・ユスチノフ（映画《ナイル殺人事件》）、デビッド・スーシェ（ＴＶシリーズ）らがポアロを演じ、人気を博している。

1 スタイルズ荘の怪事件
2 ゴルフ場殺人事件
3 アクロイド殺し
4 ビッグ4
5 青列車の秘密
6 邪悪の家
7 エッジウェア卿の死
8 オリエント急行の殺人
9 三幕の殺人
10 雲をつかむ死
11 ＡＢＣ殺人事件
12 メソポタミヤの殺人
13 ひらいたトランプ
14 もの言えぬ証人
15 ナイルに死す
16 死との約束
17 ポアロのクリスマス
18 杉の柩
19 愛国殺人
20 白昼の悪魔
21 五匹の子豚
22 ホロー荘の殺人
23 満潮に乗って
24 マギンティ夫人は死んだ
25 葬儀を終えて
26 ヒッコリー・ロードの殺人
27 死者のあやまち
28 鳩のなかの猫
29 複数の時計
30 第三の女
31 ハロウィーン・パーティ
32 象は忘れない
33 カーテン
34 ブラック・コーヒー〈小説版〉

訳者略歴　1929年生，作家，評論家，翻訳家　訳書『夏への扉〔新版〕』ハインライン，『幼年期の終り』クラーク，『鋼鉄都市』アシモフ，『盗まれた街』フィニイ（以上早川書房刊）他多数

エッジウェア卿《きょう》の死《し》

〈クリスティー文庫7〉

二〇〇四年七月十五日　発行
二〇二一年七月十五日　九刷

（定価はカバーに表示してあります）

著者　アガサ・クリスティー
訳者　福《ふく》島《しま》正《まさ》実《み》
発行者　早川浩
発行所　株式会社　早川書房

郵便番号一〇一 - 〇〇四六
東京都千代田区神田多町二ノ二
電話　〇三 - 三二五二 - 三一一一
振替　〇〇一六〇 - 三 - 四七七九九
https://www.hayakawa-online.co.jp

乱丁・落丁本は小社制作部宛お送り下さい。
送料小社負担にてお取りかえいたします。

印刷・星野精版印刷株式会社　製本・株式会社川島製本所
Printed and bound in Japan
ISBN978-4-15-130007-3 C0197

本書は活字が大きく読みやすい〈トールサイズ〉です。